Vladimir Nabokov

La méprise

PRÉFACE DE L'AUTEUR

Traduit de l'anglais
par Marcel Stora
Édition révisée et augmentée
Compléments de textes
traduits par Gilles Barbedette

Gallimard

Paterum, il devient oeun d'autres.

→ Richie →

Sran ouille ← LURE

Rapport de supériorité / de mépris

=> doublé sens, car se prennent pour d'autres

- Chute par rapport à l'image où ils avaient j'e ms

- Dieu à leur manière

- Ant (Quête de perfection mod <- de valorisation)

- Désir de changer identité par imaginaire (grenouille ds caverne) à travers Félix et Herman

Vladimir Nabokov est né le 23 avril 1899 à Saint-Pétersbourg, au 47 rue Morskaïa (actuellement rue Herzen), dans un milieu aristocratique libéral et anglophile. Fils aîné d'une famille de cinq enfants, Vladimir Nabokov bénéficie, avec ses frères et sœurs, d'une éducation trilingue. Ce trilinguisme de l'enfance sera déterminant pour son œuvre d'écrivain russe puis américain. L'auteur voyage au tout début du siècle en Europe avec ses parents, découvre la passion des lépidoptères et des échecs, le bonheur de vivre à proximité d'une « bibliothèque de dix mille ouvrages ». Entre 1911 et 1917, il suit les cours de l'Institut Ténichev à Saint-Pétersbourg, et sa première œuvre, un recueil de poèmes imprimé à cinq cents exemplaires, paraît à titre privé en 1916.

La Révolution de 1917 interrompt brutalement cette enfance idyllique. Le père de l'auteur, Vladimir Dmitriévitch Nabokov, éminent juriste et fils d'un ancien ministre de la Justice, était membre du Parti constitutionnel démocrate et de la première Douma de 1906 (le premier et éphémère parlement russe). Opposant déterminé au despotisme du tsar, il avait connu la prison en 1908. Au début de 1917, il fait partie du Gouvernement provisoire de Kérenski et de la nouvelle Assemblée constituante. La révolution d'Octobre contraint les Nabokov à se réfugier d'abord en Crimée. Le 15 avril 1919, la famille quitte définitivement la Russie à destination de Londres.

Entre 1919 et 1922, Vladimir Nabokov étudie les littératures russe et française à Cambridge (Trinity College). Son père, qui s'est installé à Berlin avec le reste de sa famille pour diriger avec Hessen le journal émigré *Roul'*, est assassiné par des fascistes russes en mars 1922. C'est dans ce journal de Berlin, ainsi que dans les journaux russes émigrés de Paris, que Nabokov fait paraître des poèmes, des articles critiques, des traductions du français ou de l'anglais, puis ses premières nouvelles et des extraits de ses premiers romans.

A partir de 1923, avec la parution de sa traduction russe d'*Alice au pays des merveilles*, puis de ses propres romans, en particulier *La défense Loujine* (1930), *Chambre obscure* (1932), *La méprise* (1936) et surtout *Le don* (1937), Nabokov s'impose comme le plus exceptionnel romancier russe de son temps. Résident berlinois de 1922 à 1937, l'auteur, qui a épousé Véra Evséievna Slonim le 15 avril 1925, s'installe, pour fuir le nazisme, à Paris au début de 1937, où certains de ses livres ont déjà été traduits en français.

L'écrivain polyglotte, qui signait ses ouvrages russes du pseudonyme de Sirine, commence à se métamorphoser en un écrivain de langue anglaise. Après avoir traduit, non sans les remanier, deux de ses romans russes en anglais, *La méprise* qui devient *Despair* (Londres, 1937) puis *Chambre obscure* rebaptisé *Laughter in the Dark* (New York, 1938), Nabokov écrit à Paris en 1938 son premier roman de langue anglaise, *La vraie vie de Sebastian Knight*, qui paraîtra seulement en 1941, soit un an après son arrivée en Amérique, le 28 mai 1940. Toute l'œuvre romanesque de Nabokov sera désormais écrite en anglais.

Nommé professeur associé à Stanford University en 1941, il accepte ensuite un poste d'entomologiste au Museum of Comparative Zoology de Harvard, tout en donnant des conférences de littérature à Wellesley College. L'amitié et le soutien d'Edmund Wilson et de Mary McCarthy, puis des responsables du *New Yorker*, lui permettent d'acquérir une audience qu'il n'avait jamais espérée. Nommé professeur de littérature à Cornell University en 1948, il donne des conférences sur « les grands maîtres européens du roman », et cela jusqu'en 1959, un an après le succès de scandale de *Lolita* (publié d'abord en anglais à Paris, par Olympia Press, en 1955), qui lui permet de vivre de sa plume et fait découvrir une œuvre immense.

En 1961, il s'installe au Montreux Palace, en Suisse, où il écrira, en outre, ces chefs-d'œuvre que sont *Feu pâle* et le monumental *Ada*, publié à l'occasion de son soixante-dixième anniversaire. Maître d'œuvre d'une célèbre traduction anglaise d'*Eugène Onéguine* de Pouchkine, Nabokov a retraduit en anglais certains de ses romans et nouvelles russes, avec la collaboration de son fils, et poursuivi une carrière de lépidoptérologiste qui lui valut l'admiration de ses pairs. Ses collections sont, pour l'essentiel, conservées dans les musées de Cornell University, de Harvard et de Lausanne. L'auteur est mort le 2 juillet 1977 à Montreux.

À Véra

NOTE SUR LA PRÉSENTE ÉDITION

Le titre russe de ce roman signifie « Désespoir » (*Despair* en anglais), mais Nabokov avait choisi pour la version française de la traduction anglaise qu'il fit de son propre roman le titre *La méprise*. C'est donc ce titre qui a été conservé. L'édition française était basée sur le texte anglais de 1939 mais n'incluait pas les modifications faites par l'auteur dans une nouvelle édition américaine publiée en 1965 et complétée en 1966 par une préface.

Gilles Barbedette

PRÉFACE

Le texte russe de « Despair » (« Otchayanié » — un hurlement autrement plus sonore) a été écrit en 1932 à Berlin. La revue émigrée « Sovremenyié Zapiski », à Paris, le publia sous forme de feuilleton pendant l'année 1934, et la maison d'édition émigrée Pétropolis de Berlin publia le livre en 1936. Comme cela a été le cas pour tous mes autres livres, « Otchayanié » (en dépit des hypothèses de Hermann) est interdit de publication dans le prototype de l'État policier.

A la fin de 1936, alors que je vivais encore à Berlin — où une autre monstruosité avait commencé à hurler dans un mégaphone — je traduisis « Otchayanié » pour un éditeur anglais basé à Londres. J'avais eu beau griffonner en anglais, durant toute ma carrière littéraire, en marge, pour ainsi dire, de mes écrits russes, ce fut là ma première véritable tentative (si l'on omet un médiocre poème écrit pour une revue de Cambridge autour des années 20) d'utiliser l'anglais pour ce que l'on pourrait appeler vaguement une finalité artistique. Le résultat me sembla gauche du point de vue stylistique, aussi demandai-je à un Anglais assez grincheux de lire tout l'ensemble, grâce aux services d'une agence de Berlin ; il trouva quelques solécismes dans le premier chapitre puis refusa de conti-

13

nuer, disant qu'il désapprouvait l'objet même du livre ; je me demande s'il ne soupçonnait pas qu'il pût s'agir là d'une véritable confession.

En 1937, John Long, de Londres, fit paraître La méprise *dans une édition décente, avec sur la quatrième de couverture, un* catalogue raisonné *de ses publications. En dépit de cet atout, le livre se vendit fort mal et quelques années plus tard, une bombe allemande détruisit tout le stock. Le seul exemplaire existant est, à ma connaissance, celui que je possède mais deux ou trois d'entre eux sont peut-être tapis au milieu d'écrits abandonnés sur les étagères de pensions de famille, sur la côte anglaise, entre Bournemouth et Tweedmouth.*

Pour la présente édition j'ai fait plus que retoucher cette traduction vieille de trente ans : j'ai révisé entièrement « Otchayanié ». Des étudiants chanceux qui seront en mesure de comparer les trois textes noteront également l'ajout d'un passage important qui avait été bêtement omis lors d'une époque plus timide que la nôtre. Est-ce bien juste, est-ce raisonnable d'un point de vue scientifique ? Je peux facilement imaginer ce que Pouchkine aurait pu dire à ces paraphraseurs tremblants ; mais je sais également combien j'aurais été heureux et excité si j'avais pu lire en 1935, par avance, la version de 1965. L'extase passionnée que ressent un jeune écrivain pour l'écrivain qu'il sera un jour c'est l'ambition sous sa forme la plus louable. Cet amour n'est pas réciproque, pour le vieil écrivain installé dans sa plus vaste bibliothèque, car même s'il se souvient avec nostalgie d'un palais dénudé et d'un œil bien clair, il n'éprouve qu'un haussement d'épaules pour l'apprentissage avorté de sa jeunesse.

La méprise, *dans un esprit de parenté absolu avec le reste de mes livres, n'a aucun commentaire social à faire, ni aucun message à accrocher entre ses dents. Ce livre* n'exalte pas l'organe spirituel de l'homme et n'indique pas à l'humanité quelle est la porte de sortie. Il contient bien moins d' « idées » que tous ces plantureux et vulgaires romans que l'on acclame si hystériquement dans la petite allée des rumeurs entre les balivernes et les huées. L'objet aux contours attractifs ou bien le rêve d'un Wiener-schnitzel que le freudien pressé croit pouvoir débusquer dans mes rebuts lointains, vont se révéler, après un examen plus approfondi, un mirage ridicule organisé par mes agents. Laissez-moi ajouter, pour parer à toute éventualité, que les experts en « écoles littéraires » seraient bien inspirés cette fois de se retenir de citer l' « influence des impressionnistes allemands » : je ne connais pas l'allemand ni n'ai lu les impressionnistes — quels qu'ils soient. En revanche je connais le français et je serais intéressé de savoir si quelqu'un voit dans Hermann « le père de l'existentialisme ».

Ce livre a moins de charme russe-blanc que mes autres romans émigrés* ; ainsi sera-t-il moins troublant et désagréable pour les lecteurs qui ont grandi avec la propagande gauchiste des années 30. Les lecteurs ordinaires, en revanche, se réjouiront de sa structure simple et de son intrigue plaisante — laquelle n'est pas aussi familière que l'auteur de la lettre du chapitre 11 le croit.

Il y a de nombreuses conversations amusantes dans ce livre et la scène finale avec Félix dans les bois hivernaux est bien entendu fort drôle.

Je suis incapable de prévoir et de repousser des tentatives inévitables de trouver dans l'Alambic de La méprise un aspect du venin rhétorique que j'ai injecté

---

* Ce qui n'a pas empêché un critique communiste (Jean-Paul Sartre) qui consacra en 1939 un article remarquablement stupide à la traduction française de La méprise, de dire que « l'auteur et son personnage sont des victimes de la guerre et de l'émigration ».

dans le ton du narrateur dans un roman plus tardif. Hermann et Humbert sont identiques comme deux dragons peints par le même artiste à différentes périodes de sa vie peuvent se ressembler. Tous deux sont des vauriens névrosés ; cependant il existe une verte allée du Paradis où Humbert a le droit de se promener à la nuit tombée une fois dans l'année ; mais l'Enfer ne mettra jamais Hermann en liberté surveillée.

Les vers et les fragments que Hermann marmonne dans le chapitre 4 viennent d'un court poème de Pouchkine adressé à sa femme dans les années 1830. Je le donne ici en entier, dans ma propre traduction anglaise, et j'ai retenu la mesure et la rime — une attitude qui est rarement recommandable, et même inadmissible — sauf lorsque se produit une conjonction toute particulière des astres dans le firmament du poème comme ici :

« " 'Tis time, my dear ", 'tis time. The heart demands
    repose.
Day after day flits by, and with each hour there goes
A little bit of life ; but meanwhile you and I
Together plan to dwell... yet lo ! 'tis then we die ".
There is no bliss on earth : there's peace and freedom,
    though.
An enviable lot I long have yearned to know :
Long have I, weary slave, been contemplating flight
To a remote abode of work and pure delight[1]. »

---

1. Il est temps, ma chère, il est temps. Le cœur veut se reposer.
   Un jour s'envole après l'autre et avec chaque heure
   s'en va un peu de vie ; mais toi et moi songeons à
   nous attarder... et puis voilà : nous mourons
   Il n'y a pas de bonheur sur terre ; seulement la paix et la liberté
   Depuis longtemps je rêve d'un beau destin
   Longtemps, esclave las, j'ai souhaité m'envoler
   Dans une lointaine demeure de travail et de pur plaisir.

Cette « demeure lointaine » (« remote abode ») vers laquelle se précipite finalement Hermann est située, par souci d'économie, dans le Roussillon où quelques années plus tôt j'avais commencé à écrire mon livre d'échecs, La défense Loujine. *Laissons-là Hermann au point le plus ridicule de sa déconfiture. Je ne me souviens pas de ce qui lui est arrivé. Après tout, quinze autres livres et deux fois plus d'années se sont écoulés entre-temps. Je ne peux même pas me souvenir si le film qu'il se proposait de diriger fût jamais produit par lui.*

Vladimir Nabokov
1er mars 1965, Montreux.

I

Si je n'étais parfaitement sûr de mon talent d'écrivain et de ma merveilleuse habileté à exprimer les idées avec une grâce et une vivacité suprêmes... Ainsi, plus ou moins, avais-je pensé commencer mon récit. Plus loin, j'aurais attiré l'attention du lecteur sur le fait que, si je n'avais eu en moi ce talent, cette habileté, etc. non seulement je me serais abstenu de décrire certains événements récents, mais encore il n'y aurait rien eu à décrire car, gentil lecteur, rien du tout ne serait arrivé. Stupide peut-être, mais au moins clair ! Le don de pénétrer les artifices de la vie, une disposition innée au constant exercice du génie créateur pouvaient seuls me rendre capable... Parvenu à ce point, j'aurais comparé au poète ou au comédien le violateur de cette loi qui fait tant d'histoires pour un peu de sang répandu. Mais, comme disait mon pauvre ami gaucher : la spéculation philosophique est l'invention des riches. Qu'elle soit maudite !

Je dois avoir l'air de ne pas savoir comment démarrer. Amusant à regarder, le monsieur d'un certain âge qui, les joues flottantes, trottine lourdement dans un valeureux élan vers le dernier autobus ; il finit par le rattraper, mais il a peur de le prendre en marche ; alors, toujours au trot, il lâche prise avec un sourire penaud. Est-ce que je n'ose pas faire le saut ? Il ronfle, il prend de la vitesse, il va disparaître au coin de la rue, le puissant autobus de mon récit. Un peu grosse, cette image. Je cours toujours.

Mon père était un Allemand de langue russe, de Reval, et son éducation le destinait à l'agriculture. Ma mère, une Russe pur sang, était issue d'une vieille lignée princière. Dans la chaleur des jours d'été, grande dame alanguie, vêtue de soie lilas, elle reposait sur son rocking-chair, s'éventant, grignotant du chocolat ; tous les stores étaient baissés, et le vent soufflant de quelque champ fraîchement moissonné les gonflait comme des voiles de pourpre.

Pendant la guerre, je fus interné comme sujet allemand... Une sacrée malchance, car je venais de m'inscrire à l'Université de Saint-Pétersbourg. De la fin de 1914 au milieu de 1919, je lus exactement mille dix-huit livres... j'en ai fait le compte. Faisant route vers l'Allemagne, j'échouai à Moscou ; j'y restai trois mois et je m'y mariai. Depuis 1920, j'ai vécu à Berlin. Le 9 mai 1930, ayant dépassé l'âge de trente-cinq ans...

Une légère digression : dans ce passage concernant ma mère, j'ai menti de propos délibéré. En réalité, c'était une femme du peuple, simple et grossière, sordidement vêtue d'une sorte de sarrau très vague autour de la taille. Sans doute, j'aurais pu rayer cela, mais je le laisse à dessein comme exemple d'un de mes traits essentiels : le mensonge allègre et inspiré.

Donc, ainsi que je le disais, le 9 mai 1930 me trouva en voyage d'affaires à Prague. Mes affaires, c'était le chocolat. Le chocolat est une bonne chose. Il y a des demoiselles qui n'aiment que le chocolat amer...

difficiles petites pimbêches. (Je ne vois pas très bien pourquoi j'écris sur ce ton.)

Mes mains tremblent, j'ai envie de crier ou de casser quelque chose qui fasse du bruit... Cette humeur ne convient guère au calme développement d'un récit fait à loisir. Le cœur me démange, horrible sensation. Il faut que je sois calme, que je conserve mon sang-froid. Sans cela, inutile de continuer. Tout à fait calme. Le chocolat, comme chacun sait... (que le lecteur imagine ici un tableau de la fabrication du chocolat). Notre marque, sur les papiers enveloppant les tablettes, montrait une dame en lilas qui tenait un éventail. Une maison étrangère était sur le point de faire faillite, nous la pressions de remplacer son procédé de fabrication par le nôtre pour la vente en Tchécoslovaquie, et voilà comment je me trouvais à Prague. Le matin du 9 mai, je quittai mon hôtel dans un taxi qui m'emmena... Travail embêtant, de raconter tout cela. Ça m'assomme! Mais si grand que soit mon désir d'atteindre rapidement le point crucial, quelques explications préliminaires semblent nécessaires. Expédions-les en vitesse: le hasard voulut que le bureau de l'usine fût à la limite même de la ville, et je n'y trouvai pas le type que je voulais voir. On me dit qu'il serait de retour dans une heure...

Je pense devoir apprendre au lecteur qu'un long intervalle vient de s'écouler. Le soleil a eu le temps de se coucher, touchant au passage les nuages fauves au-dessus de la montagne qui ressemble tant au Fouji-Yama. Je suis resté assis dans un étrange état d'épuisement, tantôt écoutant le fracas et la ruée du vent, tantôt dessinant des nez en marge de la feuille, tantôt glissant dans une vague torpeur, puis sursautant, tout frémissant. Et de nouveau montait en moi cette sensation de piqûre, cette insupportable agitation... et ma volonté gisait, flasque, dans un monde vide... Je dus faire un grand effort pour allumer, et pour fixer une plume neuve. La vieille, brisée et recourbée, ressemblait maintenant au bec d'un oiseau de proie. Non, ce ne sont pas là les douleurs de la création... c'est quelque chose de tout à fait différent.

Enfin, comme je le disais, l'homme n'était pas là, il reviendrait dans une heure. N'ayant rien de mieux à faire, je sortis me promener. C'était un jour puissant et frais, parsemé de bleu ; le vent, parent éloigné de celui d'ici, prenait son vol le long des rues étroites. De temps à autre, un nuage escamotait le soleil qui reparaissait comme la pièce de monnaie d'un prestidigitateur. Le jardin public, où des infirmes pédalaient des mains, était une tempête de buissons de lilas secoués. Je regardais les enseignes ; j'y cueillais parfois un mot dont la racine slave m'était familière, quoiqu'elle s'enveloppât d'un sens étranger. Je portais des gants jaunes tout neufs, et je flânais sans but en balançant les bras. Puis la rangée de maisons s'arrêta tout soudain, découvrant une vaste étendue de pays qui me parut au premier coup d'œil extrêmement rustique et attirante.

Après avoir longé une caserne devant laquelle un soldat exerçait un cheval blanc, je marchai sur un sol mou et gluant ; des pissenlits tremblaient au vent et, sous une palissade, un soulier percé prenait un bain de soleil. Plus loin, une colline splendidement escarpée s'élevait dans le ciel. Décidai d'y grimper. Sa splendeur se révéla trompeuse. Parmi des hêtres rabougris et des buissons de sureau, un sentier en zigzags, dans lequel des marches étaient taillées, serpentait vers le sommet. Je crus tout d'abord qu'aussitôt après le prochain tournant j'atteindrais un lieu d'une beauté sauvage et magnifique, mais il ne se montrait jamais. Cette végétation chétive ne pouvait me satisfaire. Les arbustes s'éparpillaient sur le sol nu, tout souillé de lambeaux de papier, de loques, de vieilles boîtes de fer-blanc. On ne pouvait quitter les marches du sentier creusé très profondément dans la pente ; et, de chaque côté, des racines d'arbres et des bouts de mousse pourrissante jaillissaient de ses parois de terre, comme les ressorts de meubles décrépits. Lorsque j'atteignis le sommet, j'y trouvai quelques cabanes posées tout de guingois, et une corde à linge où pendaient des caleçons que le vent emplissait d'une vie factice.

Je m'accoudai à la balustrade de bois noueux et, regardant en bas, je vis au loin la ville de Prague, voilée d'une brume légère ; toits luisants, cheminées fumantes, la caserne devant laquelle je venais de passer, un tout petit cheval blanc.

Ayant décidé de descendre par un autre chemin, je pris la route que je trouvai derrière les cabanes. La seule belle chose dans le paysage, c'était sur une colline le dôme d'un gazomètre : rond et vermeil contre le ciel bleu, il ressemblait à un gros ballon. Quittant la route, je me mis à grimper, escaladant cette fois une pente couverte d'herbe maigre. Pays morne et stérile. Le bruit d'un camion vint de la route, puis une charrette passa dans la direction opposée, puis un cycliste, puis, vilainement peinte aux couleurs de l'arc-en-ciel, l'automobile de livraison d'une fabrique de vernis. Dans le spectre de ces vauriens la bande verte se confondait avec la rouge.

Je restai quelque temps sur la pente, à regarder la route. Puis je fis demi-tour, j'avançai, je trouvai quelque chose qui avait l'air d'un sentier courant entre deux bosses de terrain pelé et, au bout d'un moment, je cherchai un endroit où me reposer. A peu de distance de moi, sous un buisson d'épines, un homme était couché de tout son long, à plat sur le dos, une casquette sur le visage. J'allais passer, mais quelque chose dans son attitude m'atteignit comme un étrange sortilège : l'exagération de cette immobilité, le manque de vie de ces jambes étendues, la raideur de ce bras à demi courbé. Il portait un veston foncé et un pantalon usé, en velours à côtes.

« Allons donc ! » me dis-je. « Il dort, il dort tout simplement. Aucune raison pour que je m'en mêle. »

Mais j'approchai néanmoins et, du bout de mon élégante chaussure, je fis sauter la casquette de son visage.

Sonnez les trompettes, s'il vous plaît ! Ou, mieux encore, ce roulement de tambour qui accompagne une fantastique prouesse acrobatique. Incroyable ! Je mis en doute la réalité de ce que je voyais, je doutai de ma propre raison, il me sembla que j'allais me trouver mal... réellement, je fus obligé de m'asseoir, mes genoux tremblaient tellement.

Certes, si quelqu'un d'autre s'était trouvé à ma place et avait vu ce que je vis, il aurait peut-être éclaté de rire. Pour moi, j'étais trop hébété par le mystère que cela impliquait. Tandis que je regardais, tout en moi semblait perdre pied et tomber en tournoyant d'une hauteur de dix étages. Je contemplais une merveille. Sa perfection, son manque de cause et d'objet m'emplissaient d'une singulière horreur.

A présent, maintenant que je suis arrivé à l'endroit important et que j'ai éteint le feu de cette démangeaison, il sied, je le présume, que j'invite ma prose à se tenir en repos et que, revenant tranquillement sur mes pas, j'essaie de décrire mon humeur exacte ce matin-là et le cours de mes pensées quand, n'ayant pas trouvé l'agent de la chocolaterie, je fis cette promenade, escaladai cette colline, regardai la rotondité rouge de ce gazomètre sur le fond bleu d'un venteux jour de mai. Ne manquons pas de régler cette question. Imaginez-moi de nouveau avant ma rencontre, musardant encore sans but. Que se passait-il dans mon esprit ? Rien du tout, si bizarre que ce soit. J'étais absolument vide, et par là comparable à quelque vaisseau translucide destiné à recevoir un contenu encore ignoré. Des bouffées de pensées relatives à l'affaire en cours, à la voiture que j'avais récemment acquise, à tel ou tel trait de la campagne environnante jouaient pour ainsi dire à l'extérieur de mon esprit et, si quelque chose y faisait écho dans ma vaste solitude, c'était simplement l'obscure sensation d'une force qui me poussait en avant.

Un intelligent Letton, que j'avais connu en 1919 à Moscou, me dit une fois que les nuées de rêverie qui m'envahissaient de temps en temps sans aucune raison présageaient à coup sûr que je finirais dans une maison de fous. Naturellement, il exagérait ; au cours de l'an dernier, j'ai soigneusement mis à l'épreuve les remarquables qualités de clarté et de cohésion qui caractérisent les constructions logiques où s'est complu mon esprit fortement développé mais parfaitement normal. Badinages de l'intuition, vision artistique, inspiration, toutes les grandes choses auxquelles ma vie doit tant de beauté peuvent, je suppose, frapper le profane, si intelligent soit-il, comme le préambule d'une folie douce. Mais soyez sans inquiétude ; ma santé est parfaite, mon corps aussi propre au-dedans qu'au-dehors, mon allure dégagée ; je ne bois ni ne fume à l'excès, je ne vis pas dans la débauche. Ainsi, dans tout l'éclat de la santé, bien vêtu et plein de jeunesse, je rôdai dans le site déjà décrit ; et l'inspiration secrète ne m'abusa point. Je trouvai la chose que j'avais inconsciemment poursuivie. Laissez-moi le répéter... incroyable ! Je contemplais une merveille et sa perfection, son manque de cause et d'objet m'emplissaient d'une singulière horreur. Mais, dès ce moment peut-être, tandis que je regardais, ma raison s'était mise à scruter la perfection, à rechercher la cause, à deviner l'objet.

Il respira en reniflant violemment ; de petites rides vivantes marquèrent son visage... cela troubla légèrement la merveille qui, pourtant, était toujours là. Il ouvrit alors les yeux, cligna obliquement vers moi, s'assit et, avec d'interminables bâillements — il ne pouvait s'en rassasier — se mit à se gratter la tête, les deux mains enfoncées dans sa chevelure brune et grasse.

C'était un homme de mon âge, efflanqué, sale, avec une barbe de trois jours au menton ; on entrevoyait une étroite bande de chair rose entre le bord inférieur de son col (mou, avec deux petits œillets ronds destinés à une épingle absente) et l'encolure de sa chemise. Sa cravate au nœud mince pendait de côté, et il n'y avait pas un seul bouton à son devant de chemise. Quelques violettes pâles se fanaient à sa boutonnière ; l'une s'était détachée et pendait, la tête en bas. Près de lui était posé un havresac en forme de poire, avec des bouts de ficelle qui faisaient de leur mieux pour consolider les courroies. Je restai assis, examinant le vagabond avec étonnement ; il semblait

26

avoir revêtu un déguisement de rustre, choisi à dessein pour un bal costumé d'un autre temps.

— J'en grillerais bien une, dit-il en tchèque.

Sa voix était étonnamment basse, tranquille même; avec deux doigts en fourchette il fit le geste de tenir une cigarette. Je lançai vers lui mon grand étui à cigarettes; pas une seule fois mes yeux ne quittèrent son visage. Il se pencha un peu de mon côté, appuyant sa main contre le sol, et je profitai de l'occasion pour inspecter son oreille et le creux de sa tempe.

— Des allemandes, dit-il en souriant...

Il découvrit ses gencives. Cela me parut déplorable, mais heureusement son sourire s'évanouit aussitôt. (Dès ce moment, il me répugnait de renoncer à la merveille.)

— Allemand vous-même? s'enquit-il en allemand, ses doigts roulant et pressant la cigarette. Je dis que oui, et je fis cliqueter mon briquet sous son nez. Il joignit avidement les mains, formant un toit au-dessus de la flamme tremblante. Ongles carrés, d'un bleu noir.

— Moi aussi je suis allemand, dit-il en soufflant une bouffée de fumée... Enfin, mon père était allemand, mais ma mère était tchèque, elle venait de Pilsen.

J'attendais toujours de lui une explosion de surprise, peut-être un grand rire, mais il demeurait impassible. C'est alors déjà que je compris à quel point il était idiot.

— Dormi comme une souche! dit-il pour lui-même sur un ton de futile satisfaction, et il cracha avec délices.

— Sans travail? questionnai-je.

D'un air lugubre, il inclina plusieurs fois la tête,

puis il cracha de nouveau. Je suis toujours surpris de la quantité de salive que semblent posséder les petites gens.

— Je marcherai plus longtemps que mes souliers, dit-il en regardant ses pieds.

De fait, il était tristement chaussé.

Il roula lentement pour se mettre à plat ventre et, tout en considérant la lointaine usine à gaz et une alouette qui s'envolait d'un sillon, il poursuivit rêveusement :

— C'était un bon boulot, celui que j'ai eu l'année dernière en Saxe, pas loin de la frontière. Du jardinage. Y a rien de mieux au monde ! Plus tard, j'ai travaillé dans une pâtisserie. Tous les soirs, après le travail, moi et mes amis nous traversions la frontière pour boire une chopine de bière. Dix kilomètres pour aller, autant pour revenir. La bière tchèque était meilleur marché que la nôtre. Il y a eu un temps, aussi, où je jouais du violon et où j'avais une souris blanche.

Maintenant, regardons de côté, mais juste en passant, sans scruter les visages ; pas de trop près, s'il vous plaît, Messieurs, ou vous pourriez ressentir le plus grand choc de votre vie. Ou peut-être ne sentiriez-vous rien. Hélas, après tout ce qui est advenu, je suis arrivé à connaître la partialité et la fausseté de la vision humaine. Quoi qu'il en soit, voici le tableau : deux hommes se reposent sur une herbe maladive ; l'un d'eux, un gaillard élégamment vêtu, fait claquer un gant jaune sur son genou ; l'autre, un vagabond à l'œil vague, couché de tout son long clame ses griefs contre la vie. Bruissement sec des ronces environnantes. Vol des nuages. Un venteux jour de mai, avec de petits frissons comme ceux qui courent sur la robe d'un cheval. Vacarme d'une camionnette sur la route. Dans le ciel, la petite voix d'une alouette.

Le vagabond était devenu silencieux; puis il se remit à parler, s'interrompant pour expectorer. Une chose, une autre. Encore et encore. Il soupira tristement. Couché face contre terre, il plia les jambes jusqu'à ce que ses talons collent à son derrière, puis il les étendit de nouveau.

— Voyons! bredouillai-je. Ne remarquez-vous vraiment rien?

Il roula sur le dos et s'assit.

— Qu'est-ce qu'il y a? questionna-t-il, le visage assombri par la méfiance.

Je dis :

— Vous devez être aveugle.

Pendant quelque dix secondes, nous nous regardâmes dans les yeux. Lentement je levai mon bras droit, mais son bras gauche ne se leva pas ainsi que je m'y attendais presque. Je fermai l'œil gauche, mais ses deux yeux restèrent ouverts. Je lui tirai la langue. Il murmura de nouveau :

— Qu'est-ce que c'est? Qu'est-ce que c'est?

Je tirai de ma poche une petite glace. Tout en la prenant, il se passa la main sur la figure, puis examina sa paume, mais il n'y trouva ni sang ni saleté. Il se regarda dans le miroir brillant. Me le rendit en haussant les épaules.

— Imbécile! criai-je. Ne vois-tu pas que nous deux... Ne vois-tu pas, espèce d'imbécile, que nous sommes... Allons, regarde... regarde-moi bien...

J'attirai sa tête tout contre la mienne, de sorte que nos tempes se touchèrent; deux paires d'yeux dansèrent et flottèrent dans le miroir.

Lorsqu'il parla, son ton était condescendant :

— Un homme riche et un homme pauvre ne se ressemblent jamais tout à fait, mais je pense que vous avez raison. Tenez, je me rappelle avoir vu deux jumeaux dans une foire en août 1926... ou bien était-ce en septembre ? Attendez... Non. En août. Eh bien, ça c'était vraiment une ressemblance. Personne ne pouvait les distinguer l'un de l'autre. On promettait cent marks à qui découvrirait la moindre différence. « Très bien », dit Fritz (le Rouquin qu'on l'appelait) et il flanque un bon coup sur l'oreille d'un des jumeaux. « Voilà ! » qu'il dit, « l'un d'eux a une oreille rouge, et l'autre pas, alors passez donc l'argent si ça ne vous fait rien ! » Ce que nous avons ri !

Son regard courut sur le tissu gris tourterelle de mon costume ; glissa le long de la manche ; broncha et s'arrêta sur la montre d'or, à mon poignet.

— Ne pourriez-vous pas me trouver du travail ? demanda-t-il en dressant la tête.

Remarque : c'est lui et non moi qui aperçut le premier le lien maçonnique de notre ressemblance ; et, comme la constatation de la ressemblance même était venue de moi, je me trouvais vis-à-vis de lui — d'après son calcul subconscient — dans un subtil état de dépendance, comme si j'avais été l'imitateur et lui le modèle. Naturellement, on préfère toujours que les gens disent : « Il vous ressemble », et non : « Vous lui ressemblez ». En me demandant de l'aider, ce piètre coquin ne faisait que tâter le terrain en vue de sollicitations futures. Tout au fond de sa stupide cervelle se cachait peut-être la pensée que je devais lui être reconnaissant parce qu'il m'octroyait généreusement, du seul fait de sa propre existence, l'occasion d'avoir un aspect semblable au sien. Notre ressemblance me frappait comme une bizarrerie voisine du miracle. Ce qui l'intéressait, lui, c'était surtout mon désir de voir une ressemblance quelle qu'elle fût. Il apparaissait à mes yeux comme mon double, c'est-à-dire comme une créature physiquement identique à moi-même. C'est cette identité absolue qui me faisait frémir si profondément. Lui, de son côté, voyait en moi un douteux imitateur. Je veux cependant insister sur le manque de clarté des idées qu'il pouvait avoir. Il n'aurait certainement pas compris les commentaires qu'elles m'inspirent, le lourdaud !

— Je crains de ne pouvoir faire grand-chose pour toi en ce moment, répondis-je froidement. Mais laisse-moi ton adresse.

Je pris mon carnet et mon stylo d'argent.

Il eut un sourire lamentable.

— Pas la peine de dire que j'habite une villa ; vaut mieux dormir dans un fenil que dans un bois, mais vaut mieux dormir dans un bois que sur un banc.

— Tout de même, j'aimerais savoir où te trouver.

Il réfléchit à cela, puis me dit :

— Cet automne, je serai sûrement à ce même village où j'ai travaillé l'an dernier. Vous pourriez m'envoyer un mot au bureau de poste de là-bas. Ce n'est pas loin de Tarnitz. Donnez, je vais vous écrire l'adresse.

Son prénom se trouva être Félix, ce qui signifie « l'heureux ». Quant à son nom de famille, gentil lecteur, vous n'avez pas besoin de le connaître. Son écriture maladroite semblait craquer à chaque boucle. Il écrivait de la main gauche... Il était temps que je parte. Je lui donnai dix couronnes. Il tendit la main avec une grimace condescendante, prenant tout juste la peine de s'asseoir. Puis, immédiatement, je revins sur mes pas. Je ne saisis cette main que parce qu'elle me donnait l'occasion d'éprouver la sensation curieuse d'être Narcisse en train de tromper Nemesis pour faire apparaître son image du ruisseau.

J'allai rapidement vers la route. Lorsque je regardai par-dessus mon épaule, je vis sa maigre silhouette parmi les buissons. Il était couché sur le dos, les jambes croisées en l'air et les bras sous la tête.

Soudain je me sentis mou, égaré, mort de fatigue, comme après une longue et dégoûtante orgie. La raison de cette émotion écœurante et douceâtre, c'est qu'avec une distraction parfaitement jouée il avait empoché mon crayon d'argent. Une procession de crayons d'argent défilait dans un tunnel infini de corruption. Marchant tout au bord de la route, je gardais parfois les yeux fermés jusqu'au moment où je manquais tomber dans le fossé. Et plus tard, au bureau, au cours d'une conversation d'affaires, je mourais d'envie de dire à mon interlocuteur : « Il vient de m'arriver quelque chose de singulier ! Vous aurez peine à croire… » Mais je ne dis rien, établissant ainsi un précédent en faveur du silence.

Lorsque enfin je regagnai ma chambre d'hôtel, j'y trouvai, au milieu d'ombres ardentes et encadré de bronze ouvré, Félix qui m'attendait. Pâle et solennel, il approcha. Maintenant, il était bien rasé ; ses cheveux lisses étaient brossés en arrière. Il portait un costume gris tourterelle avec une cravate lilas. Je tirai mon mouchoir ; lui aussi tira le sien. Une trêve, des pourparlers.

La poussière de la campagne m'était entrée dans les narines. Je me mouchai, puis m'assis sur le bord du lit, sans cesser de regarder le miroir. Je me rappelle que toutes les petites marques d'existence consciente, telles que la poussière dans mon nez, la terre collée entre la semelle et le talon d'une chaussure, la faim, et ensuite la saveur dorée d'une escalope de veau, au grill-room, absorbaient étrangement mon attention, comme si j'avais cherché et trouvé (tout en doutant encore un peu) des preuves que j'étais bien moi, et que ce moi (un homme d'affaires de deuxième zone, avec des idées) était réellement dans un hôtel, en train de dîner, réfléchissant à des questions commerciales, et n'avait rien de commun avec un certain vagabond qui, à ce moment, se prélassait sous un buisson. Et, de nouveau, l'idée de cette merveille fit manquer un battement à mon cœur. Cet homme, surtout quand il dormait, quand ses traits étaient immobiles, me montrait ma propre face, mon masque, l'image parfaitement pure de mon cadavre... je me sers de ce terme uniquement parce que je désire exprimer avec une extrême clarté... exprimer quoi? Eh bien, cela : que nous avions des traits identiques, et que, à l'état de repos absolu, cette ressemblance était remarquablement évidente, et qu'est-ce que la mort, sinon un visage en paix... sa perfection artistique? La vie ne faisait que corrompre mon double ; ainsi un souffle de brise obscurcit la félicité de Narcisse ; ainsi, en l'absence du peintre, son élève étale des teintes superflues et défigure le portrait peint par le maître.

Et puis, pensai-je, n'étais-je pas, moi qui connaissais et aimais mon visage, mieux placé que d'autres pour remarquer mon double, car tout le monde n'est pas si observateur ; et il arrive souvent que des gens s'entretiennent d'une ressemblance frappante entre deux personnes qui, bien qu'elles se connaissent, ne se doutent pas de leur propre ressemblance (et qui la nieraient vivement si on leur en parlait). Tout de même, jamais auparavant je n'avais cru possible qu'une ressemblance fût aussi parfaite que celle existant entre Félix et moi. J'ai vu des frères qui se ressemblaient, des jumeaux. J'ai vu un homme rencontrant son double sur l'écran ; ou plutôt un acteur jouant deux rôles, avec, comme dans notre cas, la différence des situations sociales naïvement soulignée, de sorte que dans un rôle il était un voyou furtif, et dans l'autre un bourgeois rangé, installé dans sa voiture... comme si, réellement, une paire de clochards identiques ou une paire d'identiques hommes du monde avait dû être moins amusante. Oui, j'ai vu tout cela, mais la ressemblance entre frères jumeaux est gâtée comme une rime presque parfaite par le sceau de la parenté, et c'est à peine si un artiste de cinéma dans un double rôle peut tromper quelqu'un car, même s'il apparaît en même temps dans les deux personnages, l'œil ne peut s'empêcher de tracer une ligne vers le milieu où les moitiés de l'image ont été jointes.

Notre cas, cependant, n'était ni celui de jumeaux identiques (qui partagent le sang destiné à un seul) ni la sorcellerie d'un magicien de scène.

Comme je brûle de vous convaincre ! Et je vous convaincrai, je vous convaincrai ! Je vous forcerai à croire, vous tous, coquins que vous êtes !... pourtant je crains que les mots seuls, en raison de leur nature particulière, soient impuissants à évoquer visuellement une ressemblance de cette sorte, il faudrait que les deux visages fussent peints côte à côte, au moyen de couleurs réelles, non de mots, alors et alors seulement le spectateur comprendrait. Le rêve le plus cher d'un auteur, c'est de transformer le lecteur en spectateur ; y parvient-il jamais ? Les pâles organismes des héros littéraires, nourris sous la surveillance de l'auteur, se gonflent graduellement du sang vital du lecteur ; de sorte que le génie d'un écrivain consiste à leur donner la faculté d'accéder à la vie, grâce à une telle nutrition, et de vivre longtemps. Mais pour l'instant ce n'est pas de méthodes littéraires que j'ai besoin, mais de l'art du peintre avec sa simple et brutale évidence.

Regardez, voici mon nez ; un gros nez du type nordique, avec un os dur et la partie charnue presque rectangulaire. Et voilà son nez, parfaite réplique du mien. Voici les deux sillons nettement dessinés de chaque côté de ma bouche aux lèvres si minces qu'elles semblent avoir été effacées d'un coup de langue. Il les a, lui aussi. Voici les pommettes... mais ceci est un signalement de passeport, une liste de particularités faciales sans signification ; une convention absurde. Quelqu'un m'a dit un jour que je ressemblais à Amundsen, l'explorateur polaire. Eh bien, Félix, lui aussi, ressemblait à Amundsen. Mais tout le monde ne peut pas se souvenir du visage d'Amundsen. Moi-même, je ne m'en souviens que vaguement. Et je ne suis même pas certain qu'il y ait eu quelque rapport avec Nansen. Non, je ne peux rien expliquer.

Je minaude, voilà ce que je fais. Je sais fort bien que j'ai réussi. Ça marche splendidement ! Maintenant, vous nous voyez tous les deux, lecteur. Deux, mais avec un seul visage. Ne supposez surtout pas que j'aie honte d'erreurs ou de coquilles possibles dans le livre de la nature. Regardez de plus près : je possède de grandes dents jaunâtres ; les siennes sont plus blanches et plus rapprochées, mais est-ce réellement important ? Sur mon front, une veine saillante a la forme d'un M majuscule imparfaitement dessiné, mais quand je dors mon front est aussi lisse que celui de mon double. Et ses oreilles... les replis n'en diffèrent que très légèrement de ceux des miennes : ici plus comprimés, là un peu atténués. Nous avons des yeux de la même forme, étroitement fendus avec des cils clairsemés, mais son iris est plus pâle que le mien.

C'est à peu près tout pour les marques distinctives que je discernai lors de cette première rencontre. Durant la nuit suivante, ma mémoire rationnelle ne cessa d'examiner ces menus défauts, tandis qu'avec la mémoire irrationnelle de mes sens, je continuais, en dépit de tout, à me voir moi-même, mon propre moi, dans le triste accoutrement d'un vagabond au visage immobile, dont le menton et les joues s'ombrent de poils raides, comme il advient à un homme mort la veille au soir.

Pourquoi m'attardai-je à Prague ? J'avais terminé mon affaire. J'étais libre de retourner à Berlin. Pourquoi, le lendemain matin, regagnai-je ces pentes, cette route ? Je n'eus pas de peine à trouver l'endroit exact où il s'était couché un jour plus tôt. J'y découvris le bout doré d'une cigarette, un morceau d'un journal tchèque, et... cette trace pathétiquement impersonnelle que le rôdeur ingénu a coutume de laisser sous un buisson : un gros objet, dur, viril et un recouvert d'un autre, plus fin. Plusieurs mouches vert émeraude complétaient le tableau. Où était-il allé ? Où avait-il passé la nuit ? Vaines devinettes ? Je ne sais pourquoi, je me sentis horriblement mal à l'aise, d'une façon vague et lourde, comme si tout cela eût été une mauvaise action.

J'allai chercher ma valise à l'hôtel, et je me hâtai vers la gare. Là, à l'entrée du quai, il y avait deux rangées d'agréables bancs très bas, aux dossiers taillés en parfaite harmonie avec l'épine dorsale humaine. Des gens y étaient assis ; quelques-uns sommeillaient. Il me vint à l'esprit que, soudain, j'allais le voir là, profondément endormi, les mains ouvertes et une dernière violette restant à sa boutonnière. On nous remarquerait ensemble ; les gens bondiraient, nous entoureraient, nous traîneraient au commissariat de police... pourquoi ? Pourquoi est-ce que j'écris cela ? Simplement un écart de ma plume ? Ou bien, est-ce vraiment un crime en soi, que deux personnes soient aussi semblables que deux gouttes de sang ?

II

Je me suis beaucoup trop habitué à me voir de l'extérieur, à être à la fois peintre et modèle ; pas étonnant que le charme très précieux du naturel soit refusé à mon style. J'ai beau essayer, je ne parviens pas à regagner mon enveloppe originelle, et moins encore à m'installer à l'aise dans mon ancien moi ; le désordre y est bien trop grand ; des choses ont été déplacées, la lampe est noire et morte, des bouts de mon passé jonchent le sol.

Un passé fort heureux, je peux le dire. J'avais à Berlin un appartement petit mais agréable, trois pièces et demie, balcon ensoleillé, eau chaude, chauffage central ; Lydia, mon épouse âgée de 30 ans, et Elsie la bonne. Le garage était tout près, avec cette délicieuse petite voiture... une deux-places bleu foncé achetée à tempérament. Sur le balcon, un cactus à tête ronde, ventru et chenu, croissait bravement mais lentement. J'achetais toujours mon tabac dans la même boutique, et j'y étais accueilli par un sourire radieux. Un semblable sourire saluait ma femme au magasin qui nous fournissait les œufs et le beurre. Le samedi soir, nous allions au café ou au cinéma. Nous faisions partie de la crème de la bonne classe moyenne, du moins à ce qu'il me semble. Toutefois, en rentrant du bureau je n'enlevais pas mes souliers pour m'allonger sur le divan avec le journal du soir. Et mes conversations avec ma femme ne roulaient pas uniquement sur des chiffres mesquins. Et mes pensées n'avaient pas toujours pour objet les aventures du chocolat que je fabriquais. Je peux même avouer que certains goûts bohèmes n'étaient pas entièrement étrangers à ma nature.

Quant à mon attitude à l'égard de la Russie nouvelle, laissez-moi déclarer tout de suite que je ne partageais pas les vues de ma femme. Venant de ses lèvres peintes, le terme « bolchevik » prenait une note de haine habituelle et banale... non, je crains que « haine » ne soit ici un mot trop fort. C'était quelque chose de simple, d'élémentaire, de féminin, car elle détestait les bolcheviks comme on déteste la pluie (surtout le dimanche) ou les punaises (surtout dans un nouveau logement), et le bolchevisme était pour elle une incommodité comparable au rhume vulgaire. Elle tenait pour établi que les faits confirmaient son opinion ; leur vérité était trop évidente pour être discutée. Les bolcheviks ne croyaient pas en Dieu ; ça leur paraissait inconvenant, mais pouvait-on attendre autre chose de ces gredins sadiques ?

Quand je disais que le communisme, à la longue, était une grande chose, une nécessité ; que la jeune Russie nouvelle était en train de produire des valeurs magnifiques, quoique inintelligibles aux esprits occidentaux et inacceptables pour des exilés aigris et dépourvus ; que jamais encore l'histoire n'avait connu tant d'ascétisme et de désintéressement, tant de foi en la similitude imminente de tous les hommes... quand je parlais ainsi, ma femme répondait avec sérénité :

— Je pense que tu dis ça pour me taquiner, et je trouve que ce n'est pas gentil.

Mais j'étais réellement très sérieux, car j'ai toujours cru que l'enchevêtrement bigarré de nos vies illusoires exigeait un changement essentiel de ce genre ; que le communisme créerait un monde joliment carré de gaillards, identiquement musclés, larges d'épaules et microcéphales ; et qu'une attitude hostile vis-à-vis de lui était à la fois puérile et préconçue, rappelant la grimace de ma femme... narines tendues et un sourcil levé (idée puérile et préconçue de la vamp) chaque fois qu'elle s'aperçoit dans un miroir.

Voilà un mot que je hais... quelle chose hideuse ! Je n'en ai plus eu un seul depuis que j'ai cessé de me raser. En tout cas, la simple mention de ce mot vient de me donner un choc pénible, rompant le cours de mon récit (veuillez imaginer ici ce qui devrait suivre : l'histoire des miroirs)... et aussi, il y en a de contrefaits, monstres parmi les miroirs : un cou découvert, si peu que ce soit, s'étire soudain en une coulée de chair, d'un peu plus bas, une autre nudité d'un rose de massepain s'étend à sa rencontre, et cela se rejoint et se confond ; un miroir déformant déshabille son homme ou se met à l'aplatir, et, voyez ! cela produit un homme-taureau, un homme-crapaud, sous la pression d'innombrables atmosphères de verre ; ou encore, on est tiré comme de la pâte, puis déchiré en deux.

Assez !... continuons... les éclats de rire ne sont pas mon genre ! Assez, tout n'est pas aussi simple que vous avez l'air de le penser, vous tous, pourceaux que vous êtes ! Oh oui, je vais vous insulter, nul ne peut me l'interdire. Et, ne pas avoir de glace dans ma chambre... c'est aussi mon droit ! Au fait, même s'il advenait que je me trouve en face d'un miroir (cette

40

blague, qu'ai-je donc à craindre?) il refléterait un étranger barbu... car ma bougresse de barbe a diantrement prospéré, et en si peu de temps, encore! Je suis parfaitement déguisé, au point d'être invisible à mes propres yeux. Le poil jaillit de chaque pore. Il devait y avoir en moi une extraordinaire réserve pileuse. Je me cache dans la jungle naturelle qui a surgi de moi. Rien à craindre. Superstition imbécile.

Tenez, je vais encore écrire ce mot. Miroir. Miroir. Eh bien, est-il arrivé quelque chose? Miroir, miroir, miroir. Autant de fois qu'il vous plaira... je ne crains rien. Un miroir. S'apercevoir dans un miroir. C'est à ma femme que je faisais allusion en parlant de cela. Difficile de parler si l'on est constamment interrompu.

A propos, elle aussi s'adonnait à la superstition. Elle touchait du bois. A la hâte, l'air décidé, les lèvres serrées, elle cherchait du regard un morceau de bois nu et non poli, puis elle le touchait légèrement de ses doigts pulpeux (petits coussins de chair autour des ongles brillants comme des fraises, qui, quoique vernis, n'étaient jamais tout à fait propres; des ongles d'enfant)... elle le touchait rapidement, pendant que l'évocation du bonheur flottait encore, toute chaude, dans l'air. Elle croyait aux rêves: rêver que vous aviez perdu une dent, cela signifiait la mort de quelqu'un de votre connaissance; et si du sang venait avec la dent, ce serait la mort d'un parent. Un champ de pâquerettes annonçait la rencontre d'un premier amour. Les perles représentaient les larmes. Il était très mauvais de se voir, tout vêtu de blanc, assis au bout d'une table. La boue symbolisait l'argent; un chat... une trahison; la mer... un tourment de l'âme. Elle aimait raconter longuement ses rêves, avec toutes leurs circonstances. Hélas... Je parle d'elle au passé. Laissez-moi serrer d'un cran la boucle de mon récit.

Elle exècre Lloyd George ; sans lui, l'Empire russe ne se serait pas effondré ; et... d'une façon générale : « Je pourrais étrangler ces Anglais de mes propres mains. » Les Allemands en prennent pour leur grade à cause de ce train plombé dans lequel le bolchevisme fut mis en conserve, et Lénine importé en Russie. Parlant des Français : « Tu sais, Ardalion » — (un de ses cousins qui avait combattu dans l'Armée Blanche) — « dit que, pendant l'évacuation, ils se sont conduits comme de vraies canailles. » En même temps, elle considère le type de visage des Anglais comme le plus beau du monde (après le mien) ; elle respecte les Allemands, gens rangés qui aiment la musique, et déclare qu'elle adore Paris où nous avons eu l'occasion de passer quelques jours. Là-dessus, ses opinions sont raides comme des statues dans leurs niches. Au contraire, sa position vis-à-vis du peuple russe a, somme toute, subi une certaine évolution. En 1920, elle disait encore : « Le vrai paysan russe est monarchiste » ; maintenant, elle dit : « Le vrai paysan russe n'existe plus. »

Elle est peu instruite et peu observatrice. Nous avons découvert un jour que pour elle le mot « ascète » était en quelque sorte obscurément lié à « as », « assiette » et « Sète », mais qu'elle n'avait pas la moindre idée de ce qu'était réellement un ascète. Le bouleau est la seule espèce d'arbre qu'elle soit capable de reconnaître : elle dit que ça lui rappelle le pays boisé où elle est née.

C'est une grande dévoreuse de livres, mais elle ne lit que du fatras, ne retient rien et saute les descriptions un peu longues. Elle va chercher ses livres dans une bibliothèque russe ; là, elle s'asseoit, et elle met très longtemps à choisir ; fouille parmi les livres qui sont sur la table ; en prend un, tourne les pages, y jette un coup d'œil de côté, comme une poule qui cherche une graine ; le met à l'écart, en prend un autre, l'ouvre... tout ceci s'exécute sur la table et à l'aide d'une seule main ; elle s'aperçoit qu'elle tient le livre à l'envers, sur quoi elle le fait tourner de quatre-vingt-dix degrés... pas plus, car elle le rejette pour se précipiter sur le volume que le bibliothécaire va présenter à une autre dame ; tout ce manège dure plus d'une heure, et j'ignore ce qui détermine son choix définitif. Peut-être le titre.

Une fois, je rapportai d'un voyage en chemin de fer un infect roman policier dont la couverture portait une araignée rouge au milieu de sa toile noire. Lydia le feuilleta et le trouva terriblement passionnant... elle sentit qu'elle ne pourrait absolument pas s'empêcher de regarder la fin, mais comme cela aurait tout gâté, elle ferma les yeux et déchira le dos du volume, divisant le livre en deux parties dont elle cacha la seconde, celle qui contenait le dénouement ; puis, plus tard, elle oublia l'endroit et pendant longtemps, longtemps, elle explora la maison, cherchant le criminel qu'elle-même avait caché, tout en répétant d'une petite voix : « C'était si bouleversant, si terriblement bouleversant ; je sais que je mourrai si je ne découvre pas... »

Maintenant, elle a trouvé. Elles étaient bien cachées, ces pages qui expliquaient tout ; on les retrouva pourtant... toutes sauf une, peut-être. Vraiment, quantité de choses se sont passées ; aujourd'hui dûment expliquées. Ce qu'elle craignait le plus est arrivé aussi. De tous les présages, c'était le plus fatal.

Un miroir brisé. Oui, c'est arrivé, mais pas tout à fait de la façon ordinaire. La pauvre femme morte.

Tam-ta-tam. Et encore une fois... ТАМ ! Non, je ne suis pas devenu fou. Je produis seulement de plaisants petits bruits. Le genre de plaisir que l'on éprouve à faire un poisson d'avril à quelqu'un. Et j'ai fait une fameuse blague à quelqu'un. A qui ? Gentil lecteur, regardez-vous dans un miroir, puisque vous semblez tant aimer les miroirs.

Et maintenant, tout à coup, je me sens triste... C'est vrai, cette fois. Avec une vivacité frappante, je viens de revoir ce cactus sur le balcon, ces chambres bleues, cet appartement que nous avions dans une de ces maisons modernes construites comme des boîtes selon ce nouveau style qui triche avec l'espace, ce style « ne faisons pas de bêtises ». Et là, sur le fond de mon élégance et de ma propreté, le désordre que mettait Lydia, le goût vulgaire et doux de son parfum. Mais son innocente sottise, son habitude de dortoir de pensionnat qui la faisait pouffer de rire au lit, ses défauts ne m'ennuyaient pas réellement. Nous ne nous disputions jamais, je ne lui fis jamais un seul reproche... peu m'importaient les bourdes qu'elle débitait en public, ou la vilaine façon dont elle se fagotait. Pauvre âme, distinguer les nuances n'était certes pas son fort. Il lui suffisait que les teintes principales s'accordassent, ce qui satisfaisait entièrement son sens de la couleur, et c'est ainsi qu'elle arborait un chapeau de feutre vert gazon avec une robe vert olive ou eau-du-Nil. Elle aimait que chaque chose « eût un écho ». Si par exemple sa ceinture était noire, alors elle trouvait absolument nécessaire de porter autour de la gorge une petite frange noire ou un petit jabot noir. Dans les premières années de notre mariage, elle portait du linge garni de broderie suisse. Elle était parfaitement capable de mettre une toilette tapageuse en même temps que de gros souliers d'automne; non, décidément, elle n'avait pas la moindre notion des mystères de l'harmonie, et ceci se rattachait je ne sais comment à son affreux désordre. Son manque de soin apparaissait jusque dans la façon dont elle marchait, car elle avait la manie d'éculer son soulier gauche.

Je ne pouvais sans frémir risquer un coup d'œil dans les tiroirs de sa commode où se tordait, pêle-mêle, un fouillis de chiffons... rubans, bouts de soie, son passeport, une tulipe fanée, quelques morceaux de fourrure mangée aux mites, divers anachronismes (par exemple des guêtres comme les jeunes filles en portaient il y a une éternité) et autres rossignols du même genre. Bien souvent aussi surgissait, dans le domaine de mes affaires merveilleusement rangées, un minuscule et très sale mouchoir de dentelle, ou un bas solitaire, déchiré. Les bas semblaient littéralement brûler sur les jambes fraîches de Lydia.

Elle ne comprenait rien de rien aux questions de ménage. Ses réceptions étaient épouvantables. Il y avait toujours, dans un petit plat, des tablettes cassées de chocolat au lait, comme on en offre en province dans les familles pauvres. Parfois, je me suis demandé pourquoi diable je l'aimais. Peut-être pour le chaud iris brun de ses yeux brillants, ou pour l'ondulation naturelle de ses cheveux châtains, coiffés n'importe comment, ou encore pour ce mouvement de ses épaules potelées. Mais la vérité, c'est probablement que je l'aimais parce qu'elle m'aimait. Pour elle, j'étais l'homme idéal : un cerveau, de l'aplomb. Et nul ne s'habillait mieux. Je me rappelle que, le soir où je mis pour la première fois ce smoking neuf au vaste pantalon, elle joignit les mains, se laissa tomber sur une chaise, et murmura : « Oh, Hermann… » C'était un ravissement qui approchait d'une sorte de douleur céleste.

Avec, peut-être, le sentiment confus qu'en embellissant encore l'image de l'homme qu'elle aimait, je faisais la moitié du chemin à sa rencontre, et que je la servais elle-même en servant son bonheur, je profitai de sa confiance et, pendant les dix ans que nous vécûmes ensemble, je lui racontai sur moi, sur mon passé, sur mes aventures, un tel amas de mensonges qu'il eût été au-dessus de mes forces de garder tout cela dans ma tête, toujours prêt à être mentionné. Mais elle oubliait toujours tout. Son parapluie séjournait tour à tour chez toutes nos connaissances ; ce qu'elle avait lu dans le journal du matin, elle me le racontait le soir, à peu près comme ceci : « Voyons où ai-je lu ça, et qu'est-ce que c'était exactement ?… Je l'ai sur le bout de la langue… oh, je t'en prie, aide-moi ! » Lui donner une lettre à mettre à la poste revenait à la jeter à la rivière, en se fiant pour le reste au discernement du courant et au loisir piscatorial du destinataire.

Elle mêlait dates, noms, visages. Après avoir inventé quelque chose, je n'y revenais jamais ; elle avait bientôt oublié, l'histoire sombrait au fond de sa conscience, mais à la surface restaient les rides toujours renouvelées d'un humble émerveillement. Son amour passait presque la frontière qui limitait tous ses autres sentiments. Certaines nuits, quand voile rimait avec étoile, ses pensées les plus fermement établies se changeaient en timides nomades. Cela ne durait pas, elles ne s'égaraient pas loin, son monde se refermait bien vite ; et ce monde était très simple, dans lequel nulle complication ne dépassait la recherche du numéro de téléphone qu'elle avait noté sur une des pages d'un livre de la bibliothèque ambulante, emprunté par la personne même qu'elle désirait appeler.

Elle m'aimait sans réserve, sans restriction ; son adoration semblait faire partie de sa nature. Je ne sais pourquoi je me suis remis à parler d'elle au passé ; mais peu importe, cela convient mieux à ma plume. Elle était petite, dodue, sans forme précise mais seules les femmes un peu girondes m'excitent. Je ne saurais rien faire d'une jeune femme élancée, d'une mignonne famélique, ou de la prostituée fière et habile qui déambule de long en large Tauentzienstrasse chaussée de bottes luisantes et finement lacées. Non seulement j'avais toujours été éminemment satisfait par ma douce compagne et ses charmes angéliques mais j'avais noté, non sans exprimer ma gratitude envers la Nature et éprouver un frisson de surprise, que la violence et la douceur de mes joies nocturnes connaissaient un moment exquis en raison d'une aberration, laquelle, je m'en aperçois, n'est pas aussi rare que je le pensais d'abord parmi les hommes nerveux qui ont dépassé la trentaine. Je fais allusion à la théorie bien connue de la « dissociation ». Chez moi, cela débuta de manière fragmentaire quelques mois avant le voyage que je fis à Prague. Ainsi j'étais au lit avec Lydia, en train d'achever la brève série de caresses préliminaires qu'elle avait, en principe, le droit d'exécuter, lorsque soudain je m'aperçus que cet espiègle double avait pris ma place. Mon visage avait disparu dans les plis de son cou, ses jambes avaient commencé de s'accrocher autour de moi, le cendrier dégringola de la table de nuit, et tout l'univers avec lui — mais en même temps, de manière incompréhensible et délicieuse, j'étais nu, au centre de la pièce, un bras posé sur le dossier d'une chaise où elle avait laissé ses bas ou son collant. L'impression d'être dans deux endroits différents à la fois me procura une joie extraordinaire ; mais cela n'était rien en comparaison de ce qui devait suivre. Dans mon impatience à me dissocier, je poussai Lydia en direction du lit. La dissociation avait maintenant atteint son niveau idéal. Je restai assis dans un fauteuil à quelques mètres du lit sur lequel Lydia avait été placée et répartie. De mon point d'observation avantageux et magique, j'observais les ondulations qui couraient et descendaient le long de mon dos musclé, dans la lumière de laboratoire d'une grosse lampe de chevet qui révélait un éclat nacré sur le rose de ses jambes et une lueur bronze dans sa chevelure étalée sur l'oreiller — c'étaient là les seules parties d'elle que je pouvais apercevoir alors que mon grand dos n'avait pas encore glissé pour remonter sa moitié frontale haletante face au public. La phase suivante se produisit lorsque je m'aperçus que plus la distance entre mes deux personnalités était grande et plus j'éprouvais un sentiment d'extase ; aussi chaque soir, je me couchais à quelques centimètres du lit et bientôt les pieds noirs de ma chaise allaient jusqu'au seuil de la porte ouverte. Finalement, je me retrouvais assis dans le salon — tout en faisant l'amour dans la chambre à coucher. Cela ne suffisait pas. Je voulais découvrir à tout prix le moyen de me reculer d'au moins une centaine de mètres de la scène éclairée sur laquelle je jouais ; je voulais observer cette scène de chambre depuis une lointaine galerie surélevée, perdue dans un brouillard bleuté sous les allégories troubles du dôme étoilé ; regarder un petit, mais distinct et très actif couple à travers des jumelles d'opéra, des jumelles de campagne, un télescope immense, ou bien des instruments d'optique au pouvoir encore inconnu qui grossiraient en fonction de l'augmentation de mon extase. En fait je n'allais jamais plus loin que la console du salon, et même ainsi, je voyais ma vue du lit coupée par le montant de la porte, sauf si j'ouvrais la penderie dans la chambre afin de voir le lit se refléter dans le speculum oblique ou « spiegel ». Hélas, une nuit d'avril, avec les harpes de la pluie qui marmonnaient, aphrodisiaques, dans l'orchestre, alors que j'étais assis à la distance limite du quinzième rang et assistant à un spectacle particulièrement remarquable, lequel avait déjà commencé, en présence de l'acteur de mon Moi, colossal et inventif — depuis ce lit lointain, où je croyais être, j'entendis les bâillements et la voix de Lydia déclarant stupidement que si je ne venais pas me coucher, je pourrais lui apporter le livre rouge qu'elle avait laissé au salon. Il était, en fait, sur la console, tout près de ma chaise et plutôt que de l'amener je le jetai en direction du lit avec le moulin tournant de ses pages. Cette secousse étrange et abominable rompit le charme. J'étais comme l'espèce d'oiseau insulaire qui a perdu la faculté de s'élever en l'air et qui, tel le pingouin, ne vole que lorsqu'il est endormi. J'essayai de rattraper le double et j'aurais sans doute réussi si une nouvelle et merveilleuse obsession n'avait annihilé en moi tout désir de reprendre ces expériences amusantes mais plutôt banales.

Autrement, mon bonheur conjugal était parfait. Elle m'aimait sans réserve ni examen rétrospectif ; son dévouement semblait faire corps avec sa nature. Je ne sais pourquoi j'ai encore utilisé le passé ; mais peu importe, mon stylo trouve cela mieux comme cela. Oui, elle m'aimait, elle m'aimait avec foi. Elle prenait plaisir à examiner mon visage sous tous ses angles ; le pouce et l'index écartés comme les branches d'un compas, elle mesurait mes traits : la surface un peu piquante, au-dessus de la lèvre supérieure, avec son assez long sillon vertical au milieu ; le front spacieux avec ses renflements jumeaux au-dessus des sourcils ; et l'ongle de son index suivait les lignes de chaque côté de ma bouche toujours bien fermée et insensible au chatouillement. Un grand visage, et pas trop simple ; modelé sur commande spéciale ; avec du lustre sur les pommettes, les joues elles-mêmes légèrement creuses et se couvrant, le second jour, de poils rougeâtres dans certaines lumières, exactement semblables à sa barbe. Seuls nos yeux n'étaient pas tout à fait identiques, mais la ressemblance qui existait entre eux était un vrai luxe ; car les siens étaient fermés, lorsque je le vis couché devant moi sur le sol, et, quoique je n'aie jamais réellement vu, seulement senti mes paupières quand elles sont fermées, je sais qu'elles ne différaient en rien du linteau de ses yeux... voilà un beau mot ! Élégant, mais beau, et l'hôte bienvenu de ma prose. Non, je ne m'énerve pas le moins du monde ; je suis parfaitement maître de moi. Si de temps en temps mon visage se montre soudain, comme de derrière une haie, peut-être au grand ennui du précieux lecteur, c'est vraiment pour le bien de ce dernier : qu'il s'accoutume à ma figure ; et pendant ce temps, je rirai sous cape parce qu'il ne saura pas si c'était mon visage ou celui de Félix. Me voilà ! et maintenant... je n'y suis plus ; ou peut-être n'était-ce pas moi ! C'est seulement par cette méthode que j'ai l'espoir d'instruire le lecteur, lui prouvant expérimentalement que notre ressemblance n'était pas imaginaire, qu'elle était une possibilité réelle, bien plus même... un fait réel, oui, un fait, aussi chimérique et absurde que cela puisse paraître.

En rentrant de Prague à Berlin, je trouvai Lydia à la cuisine, occupée à battre un œuf dans un verre... nous appelions ça un « floc-floc ». « Bobo à la gorge », dit-elle d'une voix enfantine ; puis elle posa le verre sur le bord du réchaud, essuya ses lèvres jaunes sur le dessus de son poignet, et me baisa la main. Elle portait une blouse rose, des bas rosâtres, des pantoufles avachies. Le soleil du soir emplissait la cuisine. Elle se remit à tourner la cuiller dans l'épaisse matière jaune, des grains de sucre craquèrent doucement, c'était encore pâteux, la cuiller ne se mouvait pas avec l'ovalité veloutée qu'il fallait obtenir. Un livre tout abîmé était ouvert sur le réchaud. Une personne inconnue avait griffonné une note dans la marge, avec un crayon mal taillé : « Triste, mais vrai !!! » et trois points d'exclamation. Je lus attentivement la phrase qui avait tant ému un des prédécesseurs de ma femme : « Aime ton prochain », dit Sir Reginald, « aujourd'hui, cela n'est plus coté à la Bourse des relations humaines. »

— Alors... tu as fait bon voyage ? questionna ma femme, tout en continuant à tourner énergiquement la poignée, la boîte solidement maintenue entre ses genoux.

Les grains de café craquaient, richement odorants ; la manivelle tournait encore avec effort, le moulin crépitait et grinçait ; puis vint un relâchement, un abandon ; plus aucune résistance ; vide.

Je me suis embrouillé quelque part. Comme dans un rêve. Elle faisait ce floc-floc... et non du café.

— Ça aurait pu être pire, dis-je, parlant du voyage. Et toi, comment vas-tu ?

Pourquoi ne lui racontai-je pas mon incroyable aventure ? Moi qui inventais pour elle des millions de faux prodiges, il semblait que je n'osais pas, de mes lèvres souillées, lui parler d'un prodige qui était réel. Peut-être aussi qu'autre chose me retint. Un auteur ne lit pas aux gens l'ébauche de son travail inachevé ; un enfant bien à l'abri de sa matrice ne s'appelle pas petit Tom ou Belle ; un sauvage s'abstient de prononcer à haute voix les mots désignant des objets dont la signification est mystérieuse et le caractère incertain ; Lydia elle-même n'aimait pas que l'on nommât prématurément des événements qui ne faisaient encore que luire dans un lointain futur.

Pendant plusieurs jours, je demeurai oppressé par cette rencontre. Cela me troublait étrangement, de penser que pendant tout ce temps mon double trimardait au long de routes que j'ignorais, qu'il avait faim et froid, qu'il était trempé... et que peut-être il avait déjà attrapé un rhume. Je désirais vivement qu'il trouvât du travail : il eût été plus agréable de le savoir bien installé au chaud... ou tout au moins à l'abri, en prison. Tout de même, je n'avais nulle intention d'entreprendre quoi que ce fût pour améliorer son sort. Je n'avais pas la moindre envie de payer son entretien, et il eût été impossible de le faire embaucher à Berlin où grouillait déjà la racaille. Au reste, pour être tout à fait franc, je trouvais en quelque sorte préférable de le maintenir à une certaine distance de moi-même, comme si la proximité avait dû rompre le charme de notre ressemblance. De temps à autre, je pourrais lui envoyer quelque argent pour l'empêcher de tomber et de périr au cours de ses lointains vagabondages et de cesser ainsi d'être mon fidèle représentant, vivante et ambulante copie de mon visage... Pensées bienveillantes mais vaines, puisque l'homme n'avait pas d'adresse fixe. Attendons donc (pensai-je) jusqu'à ce que, certain jour d'automne, il se rende à ce bureau de poste de village, quelque part en Saxe.

Le mois de mai passa, et le souvenir de Félix se cicatrisa dans mon âme. Je note pour mon propre plaisir la cadence paisible de cette phrase : le ton de narration banale des cinq premiers mots, et ensuite ce long soupir de contentement imbécile. Les amateurs de sensationnel pourront cependant observer avec intérêt qu'en général l'expression « se cicatriser » s'emploie uniquement en parlant de blessures. Mais ceci est simplement dit en passant ; il n'y a pas de mal. A présent, voilà encore autre chose que j'aimerais noter... c'est qu'il m'est devenu plus facile d'écrire : mon récit a pris son essor. J'ai maintenant bondi dans cet autobus (dont il a été question au début) et, qui plus est, je suis confortablement assis près de la fenêtre. Et d'ailleurs, c'est ainsi que je me rendais à mon bureau quand je n'avais pas encore acheté la voiture.

Cet été-là elle dut travailler joliment dur, la brillante petite voiture bleue. Oui, j'étais vraiment pris par mon nouveau jouet. Lydia et moi, nous filions souvent à la campagne pour toute la journée. Nous emmenions toujours avec nous le cousin de Lydia, nommé Ardalion ; il était peintre : joyeux garçon, mais fichu peintre. En tout cas, il était pauvre comme Job. Si des gens lui faisaient faire leur portrait c'était pure charité de leur part, ou manque de caractère (car il était capable d'une abjecte insistance). Il avait l'habitude de m'emprunter de petites sommes, ainsi probablement qu'à Lydia ; et, bien entendu, il s'arrangeait pour rester à dîner. Il était toujours en retard pour son loyer, et, quand il le payait, il le payait en nature. En nature morte, pour être précis... pommes carrées sur une toile oblique, ou tulipes phalliques dans un vase penché. Sa propriétaire faisait encadrer tout cela à ses frais à elle, de sorte que sa salle à manger faisait songer à une exposition. Il se nourrissait dans un petit restaurant russe que, disait-il, il avait « soigné » (il voulait dire qu'il en avait décoré les murs) ; il employait une expression encore plus riche, car il était de Moscou où les gens aiment l'argot facétieux débordant de triviale verdeur. (Je n'essaierai pas d'en donner une idée.) Ce qu'il y avait de drôle, c'est que malgré sa pauvreté il avait trouvé moyen d'acquérir un bout de terrain à trois heures de Berlin en auto... ou plutôt il avait trouvé moyen d'effectuer un premier versement de cent marks, et il ne se souciait pas du reste ; en fait, il était résolu à ne jamais lâcher un centime de plus, car il estimait que le sol, fécondé par son premier versement, était désormais sien jusqu'au Jugement dernier. Il était, ce terrain, long d'environ deux courts de tennis et demi, et il aboutissait à un assez beau petit lac. Un couple de bouleaux insépara-bles y croissait (ou un couple de couples si l'on comptait leur reflet) ; il y avait aussi plusieurs buissons d'aunes noirs ; cinq pins se dressaient un peu plus loin et, plus loin encore vers l'intérieur, il y avait de la bruyère, cadeau du bois environnant. Le terrain n'était pas clos... Il n'y avait pas eu assez d'argent pour cela. Je soupçonnais fortement Ardalion d'atten-dre que les deux parcelles adjacentes fussent clôturées les premières, ce qui légitimerait automatiquement les limites de sa propriété et lui donnerait une clôture gratuite ; mais les lots avoisinants étaient toujours invendus. Les affaires étaient mauvaises tout autour de ce lac, car l'endroit était humide, infesté de moustiques, éloigné du village ; de plus, il n'y avait pas de chemin qui le joignît à la grande route, et nul ne savait quand ce chemin serait tracé.

Ce fut, je m'en souviens, un dimanche matin à la mi-juin, que, cédant à l'éloquence enflammée d'Ardalion, nous y allâmes pour la première fois. Nous passâmes d'abord chercher le gaillard. Je restai longtemps à klaxonner, les yeux fixés sur sa fenêtre. Cette fenêtre dormait profondément. Lydia mit ses mains autour de sa bouche et cria d'une voix de mégaphone :

— Ar... dali... o... o !

Une des fenêtres du premier étage, juste au-dessus de l'enseigne d'un bistro (dont l'aspect, je ne sais pourquoi, me portait à croire qu'Ardalion y devait de l'argent) s'ouvrit d'un coup furieux, et un digne homme à figure de Bismarck, vêtu d'une robe de chambre, regarda dehors.

Laissant Lydia dans la voiture dont le moteur était maintenant arrêté je montai réveiller Ardalion. Je le trouvai endormi. Il dormait en slip de bain. Roulant hors de son lit, il se mit à enfiler avec une silencieuse rapidité des sandales, une chemise bleue et un pantalon de flanelle ; puis il s'empara vivement d'une serviette de cuir (dont la joue faisait une bosse suspecte) et nous descendîmes. Une expression solennelle et endormie n'augmentait pas précisément le charme de sa physionomie au gros nez. On le plaça dans le spider.

Je ne connaissais pas la route. Il nous dit qu'il la connaissait aussi bien que son Pater Noster. Nous n'avions pas plus tôt quitté Berlin que nous nous égarâmes. Le reste de notre promenade consista à demander notre chemin.

— Joyeux spectacle pour un propriétaire foncier ! s'écria Ardalion lorsque, vers midi, après avoir dépassé Kœnigsdorf, nous roulâmes sur le bout de route qu'il connaissait. Je vous dirai quand il faudra tourner. Salut, salut mes arbres vénérables !

— Ne fais pas l'idiot, mon petit Ardalion, dit placidement Lydia.

De chaque côté s'étendaient des terres âpres et incultes, de la variété « sable et bruyère », parsemées de jeunes pins. Puis, plus loin, la campagne changeait un peu ; nous avions maintenant à notre droite un champ ordinaire, auquel un bois faisait à peu de distance une sombre bordure. Ardalion se remit à faire de l'esbroufe. A droite de la route était planté un poteau d'un jaune éclatant et en ce point s'embranchait à angle droit un chemin à peine perceptible, le fantôme d'un chemin abandonné qui expirait bientôt parmi les rigoles et l'avoine en herbe.

— Voici le tournant, dit pompeusement Ardalion, et puis, avec un soudain grognement, il plongea en avant, contre moi, car j'avais serré les freins.

Vous souriez, gentil lecteur ? Et d'ailleurs pourquoi ne souririez-vous pas ? Un agréable jour d'été et une paisible campagne ; un bon diable d'artiste et un poteau indicateur... Ce poteau jaune... Placé par le monsieur qui vendait les parcelles ; dressé dans une brillante solitude ; frère égaré de ces autres poteaux peints qui, sept kilomètres plus loin dans la direction du village de Waldau, montaient la garde sur des arpents plus tentants et plus chers, par la suite ce poteau-là devint pour moi une idée fixe. Jaune, nettement découpé au milieu d'un vaste paysage, il se dressa dans mes rêves. C'est d'après sa position que mes imaginations se repéraient. Toutes mes pensées s'y rapportaient. Il luisait, phare fidèle, dans les ténèbres de mes spéculations. J'ai maintenant le sentiment que je le *reconnus* en le voyant pour la première fois : il me fut familier comme un morceau de l'avenir. Peut-être que je me trompe ; peut-être le regard que je lui jetai fut-il tout à fait indifférent, mon seul souci étant de ne pas érafler mon aile contre lui en prenant le virage ; mais tout de même, comme je me rappelle cela aujourd'hui, je ne peux séparer cette première connaissance de ses développements ultérieurs.

Le chemin, comme je l'ai déjà dit, se perdait, s'évanouissait ; la voiture craqua avec humeur en passant sur ce sol bosselé ; je l'arrêtai en haussant les épaules.

Lydia dit :

— Je propose, mon petit Ardy, de pousser plutôt jusqu'à Waldau ; tu as dit qu'il y avait là-bas un grand lac et un café ou je ne sais quoi.

— Il n'en est pas question, répliqua nerveusement Ardalion. Premièrement parce que le café est encore à l'état de projet, et deuxièmement parce que moi aussi j'ai un lac. Allons, mon cher ami, continua-t-il en se tournant vers moi, faites avancer la bagnole, vous ne le regretterez pas.

Devant nous, à quelque cent mètres, commençait une forêt de pins. Je la regardai, et... eh bien, je peux jurer qu'il me sembla déjà la connaître. Oui, c'est cela, maintenant j'en suis sûr... j'éprouvai certainement cette étrange sensation ; elle n'a pas été ajoutée comme une retouche. Et ce poteau jaune... De quel air significatif il me regarda, quand je tournai la tête vers lui... comme s'il avait dit : « Je suis ici, je suis à ton service... » Et ces pins en face de moi, avec leurs troncs qui ressemblaient à des peaux de serpent rougeâtres et très ajustées, et leur fourrure verte que le vent caressait à rebrousse-poil ; et ce bouleau dénudé, à la lisière de la forêt (pourquoi donc ai-je écrit « dénudé » ? Ce n'était pas encore l'hiver, l'hiver était encore loin), et cette journée si parfumée et presque sans nuages, et ces petits grillons bégayants, essayant avec zèle de dire quelque chose qui commençait par un z... Oui, tout cela avait une signification... pas d'erreur.

— Puis-je vous demander où vous voulez que j'avance ? Je ne vois pas de route.

— Oh, ne soyez pas si difficile, dit Ardalion. Allez-y, vieux frère. Mais oui, tout droit. Là, là, où vous voyez ce creux. Nous pouvons tout juste y arriver et, une fois dans le bois, on est tout près de chez moi.

— Ne ferions-nous pas mieux de descendre et d'y aller à pied ? proposa Lydia.

— Tu as raison, répondis-je, personne ne songerait à voler une voiture neuve qu'on laisse toute seule.

— Oui, le risque est trop grand, admit-elle tout de suite. Mais ne pourriez-vous y aller tous les deux (Ardalion gémit), il te montrerait son terrain pendant que je vous attendrais ici, et ensuite nous pourrions continuer jusqu'à Waldau, nous baigner et nous asseoir au café ?

— Ce que tu es rosse ! dit Ardalion avec beaucoup de sentiment. Ne comprends-tu pas que je voulais vous souhaiter la bienvenue dans mon domaine ? Quelques gentilles surprises vous attendaient. Tu m'as fait beaucoup de peine.

Je démarrai en disant :

— Bon, mais si nous la bousillons c'est vous qui paierez les réparations.

Les secousses me faisaient sauter sur mon siège, à côté de moi Lydia sautait, derrière nous Ardalion sautait sans cesser de parler :

— Nous allons bientôt (cahot) entrer dans le bois (cahot) et là (cahot-cahot) ce sera plus facile à cause de la bruyère (cahot).

Nous y entrâmes. Pour commencer nous nous empêtrâmes dans le sable profond, le moteur hurla, les roues patinèrent ; nous parvînmes enfin à nous en arracher ; puis des branches vinrent balayer la carrosserie, égratignant la peinture. A la fin une espèce de sentier se montra, tantôt recouvert d'un pétillement sec de bruyère, tantôt émergeant de nouveau pour faire des méandres entre les troncs rapprochés.

— Plus à droite, dit Ardalion, un peu plus à droite. Eh bien, que dites-vous de l'odeur des pins ? Magnifique, hein ? Je vous l'avais dit. Absolument magnifique. Vous pouvez arrêter ici pendant que je vais en reconnaissance.

Il sortit de voiture et s'éloigna avec, à chaque pas, un dandinement inspiré de son arrière-train.

— Holà, je viens aussi, cria Lydia, mais il naviguait toutes voiles dehors, et bientôt les broussailles touffues le cachèrent.

Le moteur cliqueta légèrement, puis s'arrêta.

— Quel endroit lugubre, dit Lydia. Vraiment, j'aurais peur de rester ici toute seule. On pourrait être volé, assassiné... et quoi encore...

Un endroit solitaire, oui tout à fait ! La neige couvrait le sol, avec des points où la terre nue apparaissait en taches noires. Quelle absurdité !

Comment aurait-il pu y avoir de la neige en juin ? Cela devrait être rayé, s'il n'était pas mauvais de faire des ratures ; car le véritable auteur, ce n'est pas moi, c'est ma mémoire impatiente. Comprenez-le comme il vous plaira ; ce n'est pas mon affaire. Et le poteau jaune avait lui aussi une calotte de neige. C'est ainsi que l'avenir brille à travers le passé. Mais cela suffit, remettons dans le champ ce jour d'été : taches de soleil et d'ombre ; ombres des branches à travers la voiture bleue ; une pomme de pin sur le marchepied, où se trouvera un jour l'objet le plus inattendu : un blaireau.

— Est-ce que c'est mardi qu'ils viennent ? demanda Lydia.

Je répondis :

— Non, c'est mercredi soir.

Un silence.

— J'espère seulement, dit ma femme, qu'ils ne l'amèneront pas avec eux comme la dernière fois.

— Et même s'ils l'amènent... Qu'est-ce que ça peut te faire ?

Un silence. De petits papillons bleus se posent sur du thym.

— Dis donc, Hermann, es-tu tout à fait sûr que c'est mercredi soir ?

(Le sens caché vaut-il d'être dévoilé ? Nous parlions de choses sans importance, de gens que nous connaissions, de leur chien, détestable petite créature qui accaparait l'attention de tous lors des réceptions ; Lydia n'aimait que les « grands chiens avec pedigree » ; lorsqu'elle prononçait « pedigree », ses narines palpitaient.)

— Pourquoi ne revient-il pas ? Il s'est sûrement perdu.

Je descendis et je fis le tour de la voiture. Partout, la peinture écorchée.

N'ayant rien de mieux à faire, Lydia s'occupa de la serviette d'Ardalion : elle la tâta, puis l'ouvrit. Je m'éloignai de quelques pas (non, non... je ne peux me rappeler à quoi je songeais); examinai de petites branches cassées qui se trouvaient à mes pieds; puis rebroussai chemin. A présent Lydia était assise sur le marchepied, et elle sifflait doucement. Nous allumâmes chacun une cigarette. Silence. Sa façon de souffler la fumée de côté, en tordant la bouche.

De loin retentit le vigoureux braillement d'Ardalion. Une minute plus tard il apparut dans une clairière et agita les bras, nous faisant signe de venir. Nous le suivîmes en roulant lentement, faisant de la circumnavigation autour des troncs d'arbres. Ardalion allait devant, à grandes enjambées, l'air résolu et affairé. Quelque chose étincela... le lac.

J'ai déjà décrit son terrain. Il fut incapable de m'en montrer les limites exactes. A longs pas martelés il mesurait les mètres, s'arrêtait, regardait en arrière, pliant à demi la jambe qui supportait son poids; puis il secoua la tête et se mit à la recherche d'une certaine souche qui marquait une chose ou une autre.

Les deux bouleaux enlacés se regardaient dans l'eau; il y avait du duvet à la surface, et les joncs brillaient au soleil. Il se trouva que la surprise qu'Ardalion nous avait promise était une bouteille de vodka, mais Lydia avait déjà réussi à la cacher. Elle riait et gambadait, semblable à une boule de croquet, dans son maillot de bain chamois avec cette double raie rouge et bleue au milieu. Quand, après avoir chevauché tout son saoul Ardalion qui nageait lentement (« ne me pince pas, ma fille, ou je te flanque à l'eau ! »), après beaucoup de cris perçants et d'écla-boussures elle sortit de l'eau, ses jambes paraissaient vraiment poilues, mais elles furent bientôt sèches et on ne vit plus qu'un éclat doré. Avant de piquer une tête, Ardalion faisait le signe de croix ; le long de son tibia, il y avait une grande et laide cicatrice laissée par la guerre civile ; de l'ouverture de son maillot affreuse-ment flasque, sautait sans cesse la croix, de genre moujik, qu'il portait à même la peau, chaque fois qu'il plongeait.

Lydia s'enduisit consciencieusement de cold-cream et s'allongea sur le dos, se mettant à la disposition du soleil. Ardalion et moi, nous nous installâmes confor-tablement à quelques mètres de là, à l'ombre du meilleur pin. De sa serviette tristement ridée, il tira une boîte à dessin, des crayons ; et je m'aperçus bientôt qu'il me dessinait.

— Vous avez une drôle de tête, dit-il en plissant les yeux.

— Oh, montre-moi ça ! cria Lydia sans bouger d'un poil.

— La tête un peu plus haute, dit Ardalion. Merci, ça ira.

— Oh, fais voir, cria-t-elle encore, une minute plus tard.

— Fais-moi voir d'abord où tu as planqué ma vodka, grommela Ardalion.

— Rien à faire, répliqua-t-elle. Je ne veux pas que tu boives quand je suis là.

— Cette femme est piquée ! Voyons, mon vieux, pensez-vous qu'elle l'ait réellement enterré ? Moi qui avais l'intention de vider avec vous la coupe de la fraternité !

— Je voudrais te faire entièrement passer l'envie de

boire, cria Lydia sans soulever ses paupières ointes de graisse.

— Quel sacré culot, dit Ardalion.

— Dites-moi, lui demandai-je, ce qui vous fait dire que j'ai une drôle de tête ? Qu'est-ce qui ne va pas ?

— Sais pas. La mine de plomb ne vous réussit pas. La prochaine fois, j'essaierai le fusain ou l'huile.

Il effaça quelque chose ; épousseta les débris de gomme avec le dos de ses doigts ; dressa la tête.

— C'est curieux, j'ai toujours pensé que j'avais un visage tout ce qu'il y a de plus ordinaire. Essayez, peut-être, de le dessiner de profil.

— Oui, de profil ! cria Lydia (toujours couchée sur le sable, les bras et les jambes en croix).

— Eh bien, ce n'est pas exactement ce que j'appellerais ordinaire. Un peu plus haut, s'il vous plaît. Non, si vous voulez le savoir, j'y trouve quelque chose de franchement bizarre. On dirait que tous vos traits glissent sous mon crayon, ils glissent et ils s'échappent.

— En somme, on ne rencontre que rarement de tels visages, est-ce là ce que vous voulez dire ?

— Chaque visage est unique, déclara Ardalion.

— Mon Dieu, je grille, geignit Lydia, mais elle ne bougea pas.

— Allons donc, réellement... unique !... N'allez-vous pas trop loin ? Prenez par exemple les types définis de visages humains qui existent par le monde ; disons, les types zoologiques. Il y a des gens qui ressemblent à des singes ; il existe aussi le type « rat », le type « porc ». Ensuite, prenez la ressemblance avec les célébrités... les Napoléons chez les hommes, les reines Victoria chez les femmes. Des gens m'ont dit que je leur rappelais Amundsen. J'ai fréquemment rencontré des nez à la Léon Tolstoï. Il y a encore le type de visage qui vous fait penser à certains tableaux. Des visages d'icônes, des madones! Et que dites-vous de la ressemblance due au genre de vie ou à la profession...

— Dans une seconde, vous direz que tous les Chinois se ressemblent. Vous oubliez, mon bon vieux, que ce qu'un artiste perçoit tout d'abord, c'est la différence entre les objets. C'est le vulgaire qui note leur ressemblance. N'avons-nous pas entendu Lydia s'écrier au cinéma : « Ooh! Ne dirait-on pas notre bonne? »

— Mon petit Ardy, n'essaie pas d'être drôle, dit Lydia.

— Mais vous devez admettre, continuai-je, que c'est parfois la ressemblance qui importe.

— Pour acheter un second chandelier, dit Ardalion.

Il est vraiment inutile de continuer à noter notre conversation. Je désirais passionnément que l'imbécile se mît à parler de sosies, mais il n'en parla pas. Au bout d'un moment, il posa son carnet de croquis. Lydia le supplia de lui montrer ce qu'il avait fait. Il dit qu'il le lui montrerait si elle lui rendait sa vodka. Elle refusa, et elle ne vit pas le croquis. Le souvenir de ce jour s'achève dans un brouillard ensoleillé, à moins qu'il ne se mêle dans ma mémoire à des excursions ultérieures. Car cette première excursion fut suivie par un grand nombre d'autres. Un penchant sombre et douloureusement aigu se développa en moi pour ce bois solitaire au milieu duquel luisait le lac. Ardalion essaya tant qu'il put de m'intimider pour me décider à voir le directeur et à acheter le bout de terrain attenant au sien, mais je ne me laissai pas faire; et même si j'avais brûlé d'envie d'acheter de la terre, je n'aurais pourtant pu m'y décider, car cet été-là mes affaires avaient pris une fâcheuse tournure, et j'en avais soupé de tout : mon sale chocolat me ruinait. Mais je vous donne ma parole, messieurs, ma parole d'honneur : ce ne fut pas une avidité mercenaire, ce ne fut pas seulement cela, pas seulement le désir d'améliorer ma situation... Mais n'anticipons pas.

III

Comment allons-nous commencer ce chapitre ? Je présente un choix de plusieurs variantes. Numéro un (volontiers adoptée dans les romans où le récit est fait à la première personne par l'auteur réel ou supposé) :

Aujourd'hui, il fait beau mais froid, et la violence du vent ne laisse aucun répit ; le feuillage toujours vert roule et se balance sous ma fenêtre, et le facteur marche à reculons sur la route de Pignan en maintenant sa casquette. J'ai le cœur lourd.

Les caractères distinctifs de cette variante tombent sous le sens : tout d'abord, il est clair que, lorsqu'un homme écrit, il se trouve en un lieu défini ; il n'est pas simplement une sorte d'esprit planant au-dessus de la page. Tandis qu'il médite et qu'il écrit, quelque chose se passe autour de lui ; il y a, par exemple, ce vent, ce tourbillon de poussière sur la route que je vois de ma fenêtre (à présent, le facteur s'est retourné, et, plié en deux, luttant toujours, il marche en avant). Agréable et charmante variante, ce numéro un ; elle permet de souffler, et elle contribue à introduire une note personnelle, ce qui donne de la vie au récit... surtout quand la première personne est aussi fictive que tout le reste. Eh bien, nous y voilà justement ; c'est un truc de métier, une pauvre ficelle complètement usée par les marchands de fiction littéraire, et qui ne me convient pas, maintenant que je m'en tiens strictement à la vérité. Nous pouvons donc recourir à la deuxième variante, qui consiste à lâcher un nouveau personnage en commençant ainsi le chapitre :

Orlovius était mécontent.

Lorsqu'il lui advenait d'être mécontent ou ennuyé, ou simplement d'ignorer la réponse convenable, il tirait le long lobe de son oreille gauche que bordait un duvet gris ; puis il tirait aussi le long lobe de son oreille droite, de manière à éviter toute jalousie, et il vous regardait par-dessus ses lunettes ordinaires et honnêtes, il prenait son temps, et puis il répondait enfin : « C'est lourd à dire, mais je... »

Pour lui, « lourd » signifiait « difficile », comme en allemand ; et il y avait une épaisseur teutonique dans le russe solennel qu'il parlait.

Certes, cette seconde variante d'un début de chapitre est une méthode excellente et appréciée... mais il y a en elle quelque chose de trop élégant ; de plus, il ne me semble pas bienséant que le timide et lugubre Orlovius ouvre brusquement, d'un geste allègre, les portes d'un nouveau chapitre. Je soumets à votre attention ma troisième variante.

Pendant ce temps-là... (engageante succession de points de suspension).

Jadis, ce tour-là fut le favori du kinématographe, *alias* cinématographe, *alias* Kinéma. On voyait le héros faire ceci ou cela, et pendant ce temps-là... Des points... et l'action sautait à la campagne. Pendant ce temps-là... Un nouveau paragraphe, s'il vous plaît.

... Peinant sur la route grillée par le soleil, et s'efforçant de rester à l'ombre des pommiers chaque fois que leurs troncs tordus et blanchis à la chaux marchaient à son côté...

Non, c'est une bêtise : il ne cheminait pas toujours. Un fermier aurait besoin d'un bras supplémentaire ; un meunier, d'un dos de plus. N'ayant jamais été moi-même un vagabond, je ne parvenais pas à bien me représenter sa vie. Ce que je désirais surtout imaginer, c'était l'impression laissée en lui par un certain matin de mai passé sur une herbe chétive, près de Prague. Il s'éveilla. Un monsieur bien habillé était assis près de lui et le regardait. Agréable pensée : il pourrait me donner une cigarette. Il se trouva que c'était un Allemand. Avec beaucoup d'insistance (il avait peut-être la tête un peu dérangée ?), il voulut à toute force me faire prendre sa glace de poche ; il devint tout à fait grossier. J'ai compris qu'il était question de ressemblances. Bon, que je me suis dit, va pour ces ressemblances. Je m'en fiche. Possible qu'il me donnerait un boulot peinard. Il m'a demandé mon adresse. On ne sait jamais, ça pourrait donner quelque chose.

Plus tard : conversation dans une grange, par une nuit chaude et sombre :

— Ben, comme j' te l' disais, c'était un drôle de corps, ce type que j'ai rencontré un jour. Il a trouvé que j'étais son double.

Un rire dans l'obscurité :

— C'est toi qui voyais double, grand ballot !

Ici s'est glissé un autre procédé littéraire : l'imitation de romans étrangers, traduits en russe, qui dépeignent les façons de joyeux vagabonds, braves gaillards pleins de cœur. (Mes procédés semblent s'être quelque peu mêlés, j'en ai peur.)

Et, à propos de littérature, il n'est pas une chose

que j'ignore à ce sujet. Ç'a toujours été ma marotte. Encore enfant, j'ai composé des poèmes et des récits très travaillés. Je n'ai jamais volé de pêches dans la serre chaude du propriétaire russe dont mon père était l'intendant. Je n'ai jamais enterré de chats vivants. Je n'ai jamais tordu les bras de compagnons de jeu plus faibles que moi ; mais, comme je l'ai dit, je composais des poèmes abstrus et des récits remarquables, avec une terrible finalité et sans aucune raison, pamphlets contre des connaissances de ma famille. Mais je n'écrivais pas ces récits, et je n'en parlais à personne. Pas un jour ne passait sans que je fisse quelque mensonge. Je mentais comme le rossignol chante, extatiquement, oublieux de moi-même ; me réjouissant dans la nouvelle harmonie vitale que je créais. Pour ces doux mensonges, ma mère me donnait un coup sur l'oreille, et mon père me flanquait des raclées avec une cravache qui avait été un nerf de bœuf. Cela ne me décourageait pas le moins du monde ; au contraire, cela favorisait plutôt le vol de mes chimères. Avec une oreille sourde et les fesses brûlantes, je me couchais sur le ventre dans l'herbe touffue du verger, et je sifflais et rêvais.

A l'école, j'avais invariablement la plus mauvaise note en composition russe, parce que j'avais une façon bien à moi d'accommoder les classiques russes et étrangers ; c'est ainsi, par exemple, que, racontant « à ma façon » le sujet d'*Othello* (qui m'était, sachez-le, parfaitement familier) je faisais du More un sceptique et de Desdémone une infidèle.

Un revolver vint en ma possession ; et je traçais souvent à la craie, sur les troncs des trembles, dans le bois, d'affreux visages blancs et hurlants, sur lesquels je tirais, à tour de rôle.

J'aimais, j'aime encore à donner aux mots une allure gauche et niaise, à les lier par le mariage burlesque du calembour, à les mettre à l'envers, à tomber sur eux à l'improviste. Que fait ce ver dans souverain ? Ce pou dans épouse ? Comment Dieu et le Malin se combinent-ils pour montrer la lune à midi ?

Pendant plusieurs années, je fus hanté par un rêve très singulier et très pénible : je rêvais que j'étais debout dans un long couloir au fond duquel il y avait une porte, et que je désirais passionnément aller ouvrir, mais je n'osais pas ; à la fin, je décidais d'y aller, et j'y allais en effet ; mais un sursaut me faisait aussitôt sortir de mon rêve avec un gémissement, car ce que j'y voyais était inimaginablement terrible ; à savoir, une chambre parfaitement vide, nue, récemment blanchie à la chaux. C'était tout, mais c'était si terrible que je ne pus jamais y résister. Ainsi une nuit, une chaise et son ombre gracile firent leur apparition au milieu de la pièce nue — non comme un premier meuble mais comme si quelqu'un l'avait apportée pour grimper dessus et installer des rideaux et puisque je savais qui je verrais là-bas la prochaine fois en train de se déhancher avec un marteau et une poignée de clous, je les recrachais et n'ouvris plus jamais cette porte.

A l'âge de seize ans, j'étais encore à l'école et je commençai à rendre de fréquentes visites dans un lupanar délicieusement simple ; après avoir choisi les sept filles au complet, je jetai mon dévolu sur la grassouillette Polymnia avec qui j'avais l'habitude de boire des litres de bière moussue sur une table humide du verger. Je raffole tout simplement des vergers.

Pendant la guerre, comme je l'ai peut-être déjà

indiqué, je me morfondis dans un village de pêcheurs, non loin d'Astrakhan, et sans les livres je me demande si j'aurais vu la fin de ces mornes années.

Je connus Lydia à Moscou (où j'étais arrivé par miracle, après m'être glissé à travers le maudit tumulte de la guerre civile), dans l'appartement où je vivais et qui appartenait à un type que j'avais connu par hasard. C'était un Letton, un homme silencieux au visage blanc, au crâne cubique en haut duquel se dressaient de courts cheveux raides et aux froids yeux de poisson. Professeur de latin de son métier, il réussit plus tard à devenir un important fonctionnaire soviétique. Le Destin avait entassé dans ce logement plusieurs personnes qui se connaissaient à peine et il y avait parmi eux cet autre cousin de Lydia, Innocent, le frère d'Ardalion, qui, pour une raison ou une autre, fut fusillé par le peloton d'exécution peu après notre départ. (A vrai dire, tout ceci serait bien mieux à sa place au début du premier chapitre plutôt qu'au début du troisième.)

> « Ame » en russe est « doucha »,
> doux chat qui se régale
> d'une goutte d'opale
> ou d'un pâle crachat
> sur une feuille pâle ;
> chat galeux, dont la gale
> est en russe « parcha »[1].

C'est à moi, à moi ! Juvénalies... mes expériences de ces sons dénués de sens, et que j'aimais... A présent, il

1. L'auteur a adapté ce poème en français et nous avons préféré le laisser en l'état, bien qu'il diffère totalement du poème de la version anglaise (N.d.T.).

est une chose que j'aimerais savoir : étais-je doué à cette époque de ce qu'on appelle des penchants criminels ? Mon adolescence, si terne et sombre en apparence, cachait-elle la possibilité de produire un malfaiteur de génie ? Ou, peut-être, étais-je seulement en train de parcourir ce banal corridor de mes rêves, criant chaque fois d'horreur en trouvant la chambre vide, puis, un jour inoubliable, ne la trouvant plus vide et voyant mon double se lever et venir au-devant de moi ? Oui, ce fut alors que tout s'expliqua et se justifia... mon désir d'ouvrir cette porte, et les jeux étranges auxquels je jouais, et cette soif de fausseté, ce goût du mensonge laborieux, qui jusqu'alors avait paru si dénué d'objet. Hermann découvrit son ego. Cela advint, comme j'ai eu l'honneur de vous en informer, le neuf mai ; et en juillet j'allai voir Orlovius.

La décision que j'avais prise et qui, maintenant, était rapidement mise à exécution, rencontra son entière approbation, d'autant plus que je suivais un conseil qu'il m'avait donné autrefois.

Une semaine plus tard, je l'invitai à dîner. Il enfonça le coin de sa serviette entre son col et son cou, sur le côté. Tout en attaquant son potage, il exprima son mécontentement concernant la tournure des événements politiques. Lydia demanda tranquillement s'il y aurait une guerre, et avec qui ? Il regarda par-dessus ses lunettes, prenant son temps (c'est ainsi, plus ou moins, que vous l'avez entrevu au début de ce chapitre), et finalement il répondit :

— C'est dur à dire, mais je pense que la guerre est exclue. Quand j'étais jeune, il me vint l'idée de toujours supposer le mieux (il prononçait « vint » comme « fin », tant ses consonnes labiales étaient appuyées). Je crois toujours à cette idée. Le principal, chez moi, c'est l'optimisme.

— Ce qui est fort commode si l'on pense à votre profession, dis-je en souriant.

Il me regarda d'un air sombre et répondit très sérieusement :

— Mais c'est le pessimisme qui nous amène des clients.

La fin du dîner fut couronnée par un thé inattendu, servi dans des verres. Pour d'inexplicables raisons, Lydia pensait que c'était une touche très habile et très agréable. En tout cas, cela plut à Orlovius. Tout en nous parlant pesamment et lugubrement de sa vieille mère qui vivait à Dorpat, il leva son verre pour remuer le thé qui lui restait, à la manière allemande — c'est-à-dire non pas avec la cuiller, mais au moyen d'un mouvement circulaire du poignet — de façon à ne pas perdre le sucre qui était au fond.

L'accord que je signai avec sa maison fut, de ma part, une action curieusement brumeuse et insignifiante. C'est à peu près vers ce moment que je devins si déprimé, silencieux, distrait ; même ma femme, si peu observatrice, remarqua un changement en moi. Une fois, au milieu de la nuit (nous étions réveillés dans le lit, car il faisait dans la chambre une chaleur étouffante, malgré la fenêtre grande ouverte), elle dit :

— Tu as l'air vraiment surmené, Hermann ; en août, nous irons à la mer.

— Oh, dis-je, ce n'est pas seulement ça, c'est l'existence de citadin qui m'assomme.

Elle ne pouvait voir mon visage dans l'obscurité. Au bout d'une minute, elle continua :

— Tiens, prends par exemple ma tante Elisa... tu sais bien, cette tante qui vivait à Pignan, en France... Il y a bien une ville qui s'appelle Pignan, n'est-ce pas ?

— Oui.

— Eh bien, elle n'habite plus là-bas, elle est allée à Nice avec le vieux Français qu'elle a épousé. Ils ont une ferme dans la région.

Elle bâilla.

— Mon chocolat fout le camp, ma fille, dis-je en bâillant aussi.

— Tout s'arrangera, murmura Lydia. Il faut que tu te reposes, c'est tout.

— Ce n'est pas du repos qu'il me faut, mais un changement de vie, dis-je en feignant de soupirer.

— Changement de vie, dit Lydia.

— Dis-moi, lui demandai-je, n'aimerais-tu pas que nous vivions quelque part, dans un coin ensoleillé, est-ce que tu ne trouverais pas ça chic, si je me retirais des affaires ? Le genre rentier respectable, hein ?

— Avec toi, je vivrais n'importe où, Hermann. Nous ferions venir Ardalion, et peut-être que nous achèterions un grand chien costaud.

Un silence.

— Oui, mais malheureusement nous n'irons nulle part. Je suis absolument fauché. Il va falloir liquider ce chocolat, je pense.

Un piéton attardé passa. Choc ! Et encore : choc ! Il tapait probablement sur les becs de gaz avec sa canne.

— Devinette : mon premier, c'est ce bruit, mon second est une exclamation, mon troisième est une note de musique ; et mon tout, c'est ma ruine.

Le doux ronronnement d'une auto.

— Eh bien... tu ne devines pas ?

Mais mon imbécile de femme dormait déjà. Je fermai les yeux, me mis sur le côté, essayai de dormir moi aussi ; n'y parvins pas. Sortant des ténèbres, tout droit vers moi, la mâchoire en avant et les yeux regardant droit dans les miens, Félix approcha. En arrivant sur moi, il se dissipa, et je vis seulement devant moi la longue route vide par où il était venu. Puis, de nouveau, apparut très loin une silhouette, celle d'un homme qui frappait chaque tronc d'arbre au bord de la route, d'un coup de son bâton ; il avança fièrement, plus près, plus près, et j'essayai de découvrir son visage... Et voilà que, la mâchoire en avant et les yeux regardant droit dans les miens... Mais il s'évanouit comme tout à l'heure, juste au moment de m'atteindre, ou plutôt il sembla pénétrer en moi, et passer à travers, comme si j'eusse été une ombre ; et puis, de nouveau, il n'y eut plus que la route qui s'étendait, pleine d'attente, et de nouveau une forme apparut, et de nouveau c'était lui.

Je me tournai de l'autre côté, et pendant un moment tout fut noir et paisible, obscurité tranquille ; puis, graduellement, une route devint perceptible : la même route, mais vue dans l'autre sens ; et soudain apparut juste devant mon visage, comme s'il était sorti de moi, l'occiput d'un homme et le sac piriforme attaché à ses épaules ; lentement sa silhouette diminua, il allait, dans un instant il aurait disparu... mais tout à coup il s'arrêta, regarda derrière lui et rebroussa chemin, de sorte que son visage fut de plus en plus distinct ; et c'était mon propre visage.

Je me tournai encore une fois, je m'étendis sur le dos, et alors, comme à travers un verre fumé, s'étendit au-dessus de moi un ciel verni de bleu-noir, une bande de ciel entre les formes noir ébène d'arbres qui fuyaient lentement de chaque côté ; mais quand je me couchai sur le ventre, je vis courir sous moi les pierres usées de la route, une ornière, une mare, et dans cette flaque ridée par le vent la réplique tremblante de mon visage ; qui, ainsi que je le remarquai avec horreur, n'avait pas d'yeux.

— Je laisse toujours les yeux pour la fin, dit Ardalion, content de lui.

Il tenait devant lui, à bout de bras, mon portrait au fusain qu'il avait commencé, et il penchait la tête en tous sens. Il venait souvent, et c'est sur le balcon que se passait en général la séance de pose. J'avais maintenant beaucoup de loisirs : j'avais eu l'idée de m'accorder de petites vacances.

Lydia était là, elle aussi, pelotonnée avec un livre dans un fauteuil d'osier ; dans le cendrier, un bout de cigarette à demi écrasé (elle ne les écrasait jamais tout à fait à mort) émettait avec une vitalité forcenée un fil droit et mince de fumée : parfois un vent léger l'inclinait et le brouillait, mais il repartait ensuite aussi droit et mince que jamais.

— Tout sauf un soupçon de ressemblance, dit Lydia, sans toutefois lever les yeux de dessus son livre.

— Ça peut encore venir, repartit Ardalion. Là, je vais rogner cette narine, et nous y arriverons. La lumière est plutôt terne, cet après-midi.

— Qu'est-ce qui est terne ? s'enquit Lydia, levant les yeux et marquant du doigt la ligne interrompue. Je souhaite interrompre ce passage car il y a encore un autre morceau de ma vie de cet été que je désire présenter à votre attention, lecteur. Tout en m'excusant de la confusion et du décousu de mon récit, permettez-moi de répéter que ce n'est pas moi qui écris, mais ma mémoire qui a ses caprices et ses règles à elle. Donc, regardez-moi rôder à nouveau dans la forêt, près du lac d'Ardalion ; cette fois je suis venu seul, et non en voiture, mais par le train (jusqu'à Kœnigsdorf) et le car (jusqu'au poteau jaune).

Sur la carte de la banlieue qu'Ardalion laissa un jour sur notre balcon, tous les détails du pays apparaissent très clairement. Supposons que je tienne cette carte devant moi ; Berlin, qui est en dehors du tableau, peut être imaginé quelque part dans le voisinage de mon coude gauche. Sur la carte même, dans l'angle sud-ouest, monte vers le nord, comme un bout de ruban noir et blanc, la ligne de chemin de fer, qui, tout au moins métaphysiquement, court le long de ma manche au nord de Berlin. Le bout visible de ce ruban s'arrête à Kœnigsdorf, dans cet angle de gauche, et au-delà de ce point le ruban noir et blanc tourne et poursuit ses méandres vers l'est où se trouve un autre petit cercle : Eichenberg.

Inutile, toutefois, d'aller maintenant aussi loin ; nous descendons à Kœnigsdorf. Lorsque la voie ferrée s'incline vers l'est, sa compagne, la grande route, la quitte et monte seule vers le nord, droit sur le village de Waldau ; trois fois par jour, un car fait le service entre Kœnigsdorf et Waldau (dix-sept kilomètres) ; et c'est à Waldau, soit dit en passant, que se trouve le siège de l'entreprise de lotissement ; un pavillon peint de couleurs pimpantes, un drapeau de fantaisie qui flotte au vent, de nombreux poteaux jaunes : l'un, par exemple, avec une flèche « vers la plage et les bains », mais il n'y a pas encore de plage dont on puisse parler... simplement un marais sur la lèvre du lac de Waldau ; un autre indique « vers le casino », mais ce

77

dernier également est absent, quoiqu'il soit représenté par quelque chose qui ressemble à un tabernacle, avec un commencement de café en plein air ; un autre encore vous invite à aller « vers le terrain de sport », et il est exact que l'on trouve par là, nouvellement érigé, un portique compliqué qui a plutôt l'air d'un gibet, mais il n'y a personne pour se servir de ce truc-là, à l'exception d'un galopin du village qui se balance la tête en bas, montrant son fond de culotte rapiécé ; et tout autour, dans toutes les directions, c'est le lotissement ; quelques parcelles sont à moitié vendues, et le dimanche on voit de gros hommes à costumes de bain et lunettes de corne, gravement occupés à construire des bungalows ; çà et là, l'on peut même voir des fleurs fraîchement plantées, ou une cabane aux couleurs joyeuses, qui sert de cabinets.

Cependant nous n'irons pas davantage jusqu'à Waldau, mais nous quitterons le car à son dixième kilomètre, après Kœnigsdorf à un endroit où se dresse un solitaire poteau jaune. Maintenant, à notre droite, c'est-à-dire à l'est de la grande route, s'étend un vaste espace entièrement pointillé : c'est la forêt ; là, à son cœur même, se trouve le petit lac avec, sur sa rive occidentale, étalées en éventail comme des cartes à jouer, une douzaine de parcelles dont une seule est vendue (celle d'Ardalion... si l'on peut appeler ça vendue).

Nous arrivons maintenant à la partie intéressante. J'ai déjà mentionné la gare d'Eichenberg qui vient après Kœnigsdorf quand on voyage vers l'est. Voici la question qui se pose : une personne partant des environs du lac d'Ardalion peut-elle gagner Eichenberg à pied ? La réponse est : oui. Il nous faudrait contourner la rive méridionale du lac, puis nous diriger droit vers l'est, à travers bois. Après une marche de quatre kilomètres, toujours sous bois, nous arrivons à un sentier rustique, qui dans un sens va je ne sais où, vers des hameaux dont nous n'avons pas à nous soucier, tandis que dans l'autre direction il nous conduit à Eichenberg.

Ma vie est toute déchirée et gâchée, mais me voilà faisant le clown, jonglant avec de jolies petites descriptions, jouant du pronom intime « nous », faisant signe au touriste, à l'amant de la Nature, ce pittoresque hachis de verts et de bleus. Mais accordez-moi votre patience, mon lecteur. Vous serez richement récompensé par la promenade à laquelle je vous convie. Notons que ces conversations avec les lecteurs sont tout à fait idiotes. Apartés de théâtre. Le chuchotement éloquent : « Doucement, donc ! Quelqu'un approche... »

Cette promenade. Le car me laissa au poteau jaune. Le car reprit sa course, emportant loin de moi trois vieilles femmes en noir, mouchetées de blanc ; un gaillard en gilet de velours, avec une faux enveloppée dans de la toile de sac ; une petite fille avec un gros paquet ; un homme en pardessus, dont la cravate toute faite était de travers, et qui avait sur les genoux un sac de voyage qui semblait lourd : probablement un vétérinaire.

Parmi l'herbe et les épurges il y avait des traces de pneus... les pneus de ma voiture qui avait plus d'une fois cahoté et rebondi ici, au cours de nos randonnées. Je portais des culottes de golf, ou, comme disent les Allemands : des « knickerbockers » (le k se prononce). Je pénétrai dans le bois. Je m'arrêtai à l'endroit exact où ma femme et moi avions une fois attendu Ardalion. Là, je fumai une cigarette. Je regardai les petites bouffées de fumée qui s'étendaient lentement en l'air, se repliaient sous des doigts invisibles, puis se dissipaient. Je ressentis un spasme dans la gorge. Je continuai vers le lac et je remarquai sur le sable un bout de papier noir et orange tout chiffonné (Lydia avait fait une photo de nous). Je contournai le lac du côté sud, puis j'allai droit vers l'est, à travers un épais bois de pins.

Après une heure de marche, je parvins à la grande route. Je m'y engageai, et une heure plus tard j'étais à Eichenberg. Je pris un train omnibus. Je retournai à Berlin.

Je refis plusieurs fois ce parcours monotone, sans jamais rencontrer âme qui vive dans la forêt. Tristesse, et un grand silence. Autour du lac, les terrains ne se vendaient pas du tout ; réellement, toute l'entreprise était en fâcheuse posture. Quand nous venions là tous les trois, notre solitude demeurait tout le jour si parfaite que l'on pouvait, si l'on voulait, se baigner complètement nu ; ce qui me rappelle qu'une fois, sur mon ordre, Lydia enleva tout ce qu'elle avait sur elle, et, avec maintes jolies rougeurs et timides manières, posa pour Ardalion en peau de buffle (ses grosses cuisses étaient si comprimées qu'elle pouvait à peine se tenir debout) qui, tout soudain, s'irrita de quelque chose, sans doute de son manque de talent et, cessant brusquement de dessiner, alla chercher des champignons comestibles.

Quant à mon portrait, il y travailla avec acharnement, continuant fort avant dans le mois d'août, quand, n'ayant pas réussi à maîtriser le trait honnête du fusain, il l'abandonna pour la mesquine fourberie du pastel. Je m'assignai une certaine échéance : la date à laquelle il aurait fini la chose. Enfin vint l'arôme de jus de poire du fixatif, le portrait fut encadré et Lydia donna à Ardalion vingt marks allemands, les glissant dans une enveloppe, par amour de l'élégance. Nous avions ce soir-là des invités, Orlovius entre autres, et tous regardaient bouche bée; quoi donc? L'horreur rougie de mon visage. Je ne sais pourquoi il avait prêté à mes joues ces couleurs de fruit; elles sont en réalité pâles comme la mort. Qu'on regardât comme on voulait, il n'y avait pas l'ombre d'une ressemblance! Parfaitement ridicule était, par exemple, ce point écarlate à la commissure de la paupière, ou cet éclair des dents de dessous une lèvre hargneuse et méprisante. Tout cela... sur un fond ambitieux suggérant des choses qui auraient pu être des figures géométriques ou des bras de potence...

Orlovius, chez qui la myopie était une forme de la stupidité, s'approcha aussi près qu'il put du portrait et, après avoir remonté ses lunettes sur son front (pourquoi donc les mettait-il? elles ne faisaient que le gêner), il demeura tout à fait immobile, bouche entrouverte, haletant doucement vers le tableau, comme s'il avait été sur le point d'en faire un repas. « Le style moderne », dit-il enfin avec dégoût, et il passa au suivant, qu'il se mit à examiner avec la même attention scrupuleuse, bien que ce fût seulement une banale reproduction que l'on trouve dans tout intérieur berlinois : « L'Île des Morts ».

Et maintenant, cher lecteur, imaginons un petit bureau au sixième étage d'un immeuble impersonnel. La dactylo était partie; j'étais seul. Dans la fenêtre apparaissait un ciel nuageux; il y avait un calendrier qui montrait un grand 9 rouge assez semblable à une langue de bœuf : le neuf septembre. Sur la table gisaient les ennuis du jour (sous forme de lettres de créanciers) et parmi eux se trouvait une boîte de chocolats symboliquement vide, avec la dame lilas qui m'avait été infidèle. Il n'y avait personne. Je découvris la machine à écrire. Tout était silencieux. Sur une certaine page de mon carnet (détruite depuis) il y avait une certaine adresse, d'une écriture presque illettrée. Regardant à travers, je pouvais voir s'incliner un front de cire, une oreille sale ; la tête en bas, une violette pendait d'une boutonnière ; un doigt à l'ongle noir appuyait sur mon stylo d'argent.

Je m'en souviens, je secouai cet engourdissement, je remis le carnet dans ma poche, sortis mes clés, je fus sur le point de fermer et de m'en aller... je m'en allai, mais alors je m'arrêtai dans le couloir, le cœur battant la chamade... Non, il m'était impossible de m'en aller... Rentrant dans la pièce, je restai un moment debout à la fenêtre, regardant la maison en face. Des lampes y étaient déjà allumées, éclairant de grands registres, et un homme en noir, une main derrière son dos, allait et venait, dictant sans doute à une dactylo que je ne pouvais voir. Il apparaissait de temps à autre, et une fois même il s'arrêta à la fenêtre, pour réfléchir un peu, puis se retourna, dictant, dictant, dictant.

Inexorable ! J'allumai, je m'assis, j'appuyai sur mes tempes. Soudain, avec une furieuse folie, le téléphone sonna ; mais il se trouva que c'était une erreur... faux numéro. Et puis ce fut de nouveau le silence, à part le crépitement léger de la pluie qui hâtait l'approche de la nuit.

IV

« Cher Félix, je t'ai trouvé du travail. Avant tout, il faut que nous causions entre quatre yeux et que nous tirions les choses au clair. Comme il se trouve que mes affaires m'appellent en Saxe, je propose que nous nous rencontrions à Tarnitz, qui n'est pas très loin de ton séjour actuel. Fais-moi connaître sans retard si mon projet te convient. Si oui, je t'indiquerai le jour, l'heure et le lieu exact, et je t'enverrai l'argent qu'il te faudra pour venir. La vie de voyages que je mène m'empêche d'avoir un domicile fixe, il vaut donc mieux que tu me répondes " poste restante " (ici, l'adresse d'un bureau de poste de Berlin), avec le mot " Ardalion " sur l'enveloppe. A présent, au revoir. J'attends de tes nouvelles. » (Pas de signature).

La voilà devant moi, cette lettre du 9 septembre 1930. Je ne me souviens pas si le « monologue » était un lapsus ou une plaisanterie. La lettre était écrite sur du bon papier à lettres bleu crème avec une frégate en filigrane ; mais elle est maintenant tristement fripée, et toute salie dans les coins ; vagues empreintes de ses doigts, peut-être. Ainsi, on dirait que je suis le destinataire de cette lettre... non l'expéditeur. Eh bien, c'est ainsi que cela doit être à la longue… n'avons-nous pas échangé nos places, lui et moi ?

J'ai en ma possession deux autres lettres écrites sur ce papier, mais toutes les réponses ont été détruites. Si je les avais encore… si j'avais, par exemple, cette lettre idiote que je montrai à Orlovius, avec une nonchalance merveilleusement réglée (puis que je détruisis comme les autres), il serait maintenant possible d'adopter une forme de narration épistolaire. Forme vénérable, qui connut dans le passé de grandes réussites. D'Ixe à Igrec : « Cher Igrec »… et au-dessus, vous êtes sûr de trouver la date. Les lettres vont et viennent… tout à fait comme le vol d'une balle, ding-dong, par-dessus un filet. Bientôt le lecteur cesse de prêter la moindre attention aux dates ; et vraiment, que lui importe qu'une certaine lettre ait été écrite le neuf septembre ou le seize septembre ? Mais les dates servent à maintenir l'illusion.

Et cela continue encore et encore, Ixe écrivant à Igrec et Igrec à Ixe, page après page. Parfois un intrus, un Zed, intervient et apporte sa petite contribution personnelle à la correspondance, mais il le fait dans la seule intention d'éclairer le lecteur (qu'il ne regarde pas pendant ce temps-là, sauf, de temps à autre, un coup d'œil à la dérobée) sur quelque événement que, pour des raisons de plausibilité, ni Ixe ni Igrec n'auraient pu expliquer de façon satisfaisante.

Eux aussi, ils écrivent avec circonspection : tous ces « vous-rappelez-vous-cette-fois-que » (suivent des souvenirs détaillés) sont introduits dans le récit moins pour rafraîchir la mémoire d'Igrec que pour donner au lecteur une référence nécessaire… de sorte que, dans l'ensemble, l'effet produit est plutôt farce, et ces dates soigneusement notées et parfaitement inutiles sont, je l'ai déjà dit, particulièrement réjouissantes. Et quand enfin Zed surgit soudain avec une lettre à son correspondant personnel (car les romans de ce genre impliquent un monde composé de correspondants), lui racontant la mort d'Ixe et d'Igrec, ou bien leur heureuse union, le lecteur se prend à penser qu'il préférerait à tout cela la plus banale missive du percepteur. En général, j'ai toujours été apprécié pour mon enjouement exceptionnel; cela va tout naturellement avec une belle imagination; malheur à l'imagination que n'accompagne pas l'humour.

Un instant. J'étais en train de copier cette lettre, et voilà qu'elle a disparu je ne sais où.

Je peux continuer; elle avait glissé sous la table.

Une semaine plus tard la réponse arriva (j'étais allé cinq fois au bureau de poste, et mes nerfs étaient à vif) : Félix m'informait qu'il acceptait ma proposition avec gratitude. Comme c'est souvent le cas chez des gens presque illettrés, le ton de sa lettre était en complet désaccord avec celui de ses propos habituels : sa voix épistolaire était un fausset tremblotant, avec des accès d'éloquence enrouée, alors que dans la vie réelle il avait une basse satisfaite de soi et qui sombrait dans le didactique.

Je lui écrivis à nouveau, joignant cette fois un billet de dix marks, et lui demandant de me rencontrer le premier octobre à cinq heures de l'après-midi, près de la statue équestre au bout du boulevard qui commence à gauche de la gare, à Tarnitz. Je ne me rappelais ni l'identité de ce cavalier de bronze (un duc, je crois), ni le nom du boulevard, mais un jour, traversant la Saxe dans la voiture d'un homme avec qui j'étais en affaires, j'avais échoué deux heures durant à Tarnitz, mon compagnon désirant se livrer à un téléphonage compliqué ; et comme j'ai toujours possédé une mémoire du type photographique, j'enregistrai et fixai cette rue, cette statue et d'autres détails... tout à fait une photo de petit format, vraiment ; si pourtant je connaissais un moyen de l'agrandir, on pourrait même discerner les lettres des enseignes, car mon appareil est d'une admirable qualité.

Ma lettre du « 16 sept. » est manuscrite : je l'écrivis en hâte au bureau de poste, j'étais si agité d'avoir reçu une réponse à « ma l. du 9 oct. » que je n'eus pas la patience d'attendre le moment où je tiendrais une machine à écrire. Et puis, je n'avais encore aucune raison spéciale d'hésiter à me servir d'une de mes maintes écritures, car je savais que, le cas échéant, je me trouverais être le destinataire. Après avoir expédié la lettre, j'éprouvai ce qu'éprouve sans doute une feuille à moitié morte au cours de son lent vol plané de la branche au ruisseau.

Quelques jours avant le premier octobre, je traversai le Tiergarten à pied, avec ma femme ; là, sur un petit pont, nous nous arrêtâmes, accoudés au parapet. En bas, sur la calme surface de l'eau, se reflétaient la riche tapisserie du feuillage brun et rouille du parc, le bleu vitreux du ciel (en ignorant tout du modèle), les contours sombres du parapet et de nos visages inclinés. Quand une feuille y tombait, son double inévitable montait à sa rencontre, issu des profondeurs ombreuses de l'eau. Leur rencontre était silencieuse. La feuille tombait en tournoyant, et en tournoyant montait vers elle, plein d'avidité, son reflet exact et mortel. Je ne pouvais arracher mon regard de ces rencontres inévitables.

— Viens, dit Lydia en soupirant. L'automne,

l'automne, dit-elle au bout d'un moment, l'automne. Oui, c'est l'automne.

Elle portait déjà son manteau de léopard.

— Qu'il doit faire bon en Russie, dit-elle (elle parlait ainsi au début du printemps et aussi lors des beaux jours d'hiver : l'été, seul, n'avait aucune influence sur son imagination).

— « ... hormis paix et franchise... Depuis long-temps, en rêve, un beau destin me grise. Longtemps, esclave las... »

— Viens, esclave las. Nous dînons un peu plus tôt, ce soir.

— « ... Je me prépare à fuir... Je me prépare. » Tu t'ennuierais probablement, Lydia... sans Berlin, sans les vulgaires saloperies d'Ardalion ?

— Ma foi non. Moi aussi, j'ai terriblement envie de voir du pays... Le soleil, les vagues de la mer. Une gentille petite vie. Je ne peux pas comprendre pour-quoi tu le critiques ainsi.

— « ... Depuis longtemps, en rêve, un beau destin me grise... » Oh, non, je ne le critique pas. A propos, que pourrions-nous faire de ce monstrueux portrait ? C'est un vrai repoussoir. « Longtemps, esclave las... »

— Regarde, Hermann, des gens à cheval. Je suis sûre qu'elle se prend pour une beauté, cette fille. Oh, viens. Tu te fais traîner comme un enfant qui boude. Vraiment, tu sais, je l'aime bien. Mon rêve serait de lui donner assez d'argent pour qu'il aille faire un tour en Italie.

— « ... En rêve... » Aujourd'hui, l'Italie ne ferait aucun bien à un mauvais peintre. C'était ainsi autre-fois, il y a longtemps. « Longtemps, esclave las... »

— Tu as l'air tout endormi, Hermann. Filons, s'il te plaît.

A présent, je veux être tout à fait franc : je ne ressentais nul désir insatiable de voyage ; mais depuis quelque temps ce sujet était constamment évoqué entre ma femme et moi. A peine nous trouvions-nous seuls qu'avec une sourde obstination j'engageais la conversation sur le « gîte du travail et du chaste plaisir »... comme dit ce poème de Pouchkine.

Entre-temps, je comptais les jours avec une assez grande impatience. J'avais reporté le rendez-vous au quinze octobre parce que je voulais me donner une chance de changer d'avis ; et je ne peux m'empêcher de penser aujourd'hui que si j'avais changé d'avis, si je n'étais pas allé à Tarnitz, Félix flânerait encore autour du duc de bronze, ou bien, se reposant sur un des bancs proches, il dessinerait encore du bout de son bâton, de gauche à droite et de droite à gauche, ces arcs-en-ciel de terre que dessine tout homme qui a un bâton et du temps à perdre... (notre éternelle sujétion au cercle dans lequel nous sommes tous emprisonnés !) Oui, c'est ainsi qu'il serait demeuré assis jusqu'à ce jour, et je continuerais à me souvenir de lui avec une angoisse et une passion farouches ; une grosse dent douloureuse, et rien pour l'arracher ; une femme qu'on ne peut pas posséder ; un lieu qui, en raison de la topographie spéciale aux cauchemars, reste atrocement inaccessible.

Le soir du treize, c'est-à-dire la veille de mon départ, Ardalion et Lydia faisaient des réussites tandis que je marchais à travers la pièce en m'examinant dans tous les miroirs. A cette époque, j'étais encore en bons termes avec les miroirs. Pendant la dernière quinzaine, j'avais laissé pousser ma moustache. Cela m'enlaidissait. Au-dessus de ma bouche exsangue jaillissait une brosse brun-rouge avec une petite brèche obscène au milieu. J'avais la sensation qu'elle était collée ; et il me semblait parfois qu'un petit animal piquant s'était installé sur ma lèvre supérieure. La nuit, à moitié endormi, je tripotais soudain mon visage, et mes doigts ne le reconnaissaient pas. Donc, comme je le disais, j'arpentais la pièce en fumant, et, dans chaque glace de la maison, un individu hâtivement confectionné me regardait de ses yeux effrayés et graves à la fois. Ardalion, en chemise bleue avec une cravate d'aspect écossais, abattait carte après carte, comme un joueur de brasserie. Lydia, assise de côté près de la table, jambes croisées, jupe relevée jusqu'aux jarrets, soufflait en l'air la fumée de sa cigarette, avançant la lèvre inférieure et fixant des yeux les cartes sur la table. C'était une nuit noire et tumultueuse ; toutes les cinq secondes venait, rasant les toits, le rayon pâle de la Tour de la Radio : secousse lumineuse ; la douce folie d'un feu tournant. Par l'étroite fenêtre ouverte dans la salle de bains arrivait, d'une fenêtre de l'autre côté de la cour, la voix pâteuse d'un haut-parleur. Dans la salle à manger, la lampe illuminait mon hideux portrait. Ardalion à la chemise bleue abattait les cartes ; Lydia était assise, son coude sur la table ; de la fumée montait du cendrier. J'allai sur le balcon.

— Ferme la porte... ça fait courant d'air, dit la voix de Lydia dans la salle à manger.

Un vent acide faisait trembler et vaciller les étoiles. Je rentrai dans la chambre.

— Où donc va notre tout joli ? questionna Ardalion, sans s'adresser à l'un de nous.

— A Dresde, répondit Lydia.

Ils jouaient maintenant au mistigri.

— Mes compliments à la Sixtine, dit Ardalion.

Non, je crois que je ne peux pas couvrir ça. Voyons. Comme ça.

— Il ferait mieux de se mettre au lit, il est mort de fatigue, dit Lydia. Dis donc, tu n'as pas le droit de toucher le paquet, ce n'est pas honnête.

— Je ne l'ai pas fait exprès, dit Ardalion. Ne te fâche pas, mon chat. Et il part pour longtemps ?

— Celle-là aussi, mon petit Ardy, celle-là aussi, s'il te plaît, tu ne l'as pas encore couverte.

Un bon moment ils continuèrent ainsi, parlant tantôt de leur jeu et tantôt de moi, comme si je n'avais pas été dans la chambre, ou comme si j'avais été une ombre, un fantôme, une créature immatérielle : et cette plaisante habitude qu'ils avaient, et qui jusque-là m'avait laissé indifférent, me sembla cette fois chargée de sens, comme si réellement mon seul reflet avait été présent, mon corps lui-même étant loin de là.

Le lendemain, à quatre heures environ, je descendis à Tarnitz. J'avais pris une valise, et elle gênait mes mouvements, car j'appartiens à cette classe d'hommes qui ont horreur de porter quoi que ce soit ; ce que j'aime, c'est faire étalage de gants très chers en peau de faon, écarter les doigts et balancer les bras, tandis que je me promène en faisant voir les bouts étincelants de mes pieds splendidement chaussés de souliers trop petits pour ma pointure et très seyants dans leurs guêtres gris souris, car les guêtres ont en commun avec les gants le pouvoir de conférer à l'homme une moelleuse élégance parente du cachet spécial des articles de voyage de luxe.

J'aime ces boutiques où l'on vend des sacs de voyage qui sentent bon, qui craquent ; la virginité de la peau de porc sous la housse ; mais je fais des digressions, je fais des digressions... peut-être que j'ai envie de faire des digressions... ça ne fait rien, continuons, où en étais-je ? Oui, je décidai de laisser ma valise à l'hôtel. Quel hôtel ? Je traversai le square, regardant autour de moi non seulement pour trouver un hôtel, mais aussi pour essayer de me rappeler l'endroit, car j'y étais déjà passé une fois et je me souvenais de ce boulevard, là-bas, et du bureau de poste. Mais je n'eus pas le temps d'exercer ma mémoire. Tout à coup ma vision fut envahie par l'enseigne d'un hôtel, son entrée, une paire de lauriers dans des baquets verts, de chaque côté... mais cette suggestion de luxe se révéla trompeuse car, aussitôt que l'on entrait, on était renversé par les fumées de la cuisine ; deux compères hirsutes buvaient de la bière au comptoir, et un vieux serveur, campé sur ses hanches et tenant sous son bras sa serviette, dont le bout remuait derrière lui, roulait sur le plancher un chiot gras, au ventre blanc, qui lui aussi remuait la queue.

Je demandai une chambre (ajoutant que mon frère passerait peut-être la nuit avec moi) et on m'en donna une assez grande, avec deux lits et une carafe d'eau croupie sur une table ronde, comme chez le pharmacien. Le garçon parti, je restai là, les oreilles bourdonnantes, tandis qu'une impression d'étrange surprise m'envahissait. Mon double était sans doute déjà dans la même ville que moi ; attendait déjà, peut-être, dans cette ville ; par conséquent, j'étais représenté par deux personnes. Si ce n'avait été pour ma moustache et mes vêtements, le personnel de l'hôtel aurait pu... mais peut-être (je continuai, sautant de pensée en pensée) qu'il avait changé, que maintenant il n'était plus semblable à moi, et que j'étais venu en vain. « Plaise à

Dieu ! » dis-je avec force, et je ne pus comprendre moi-même pourquoi j'avais dit cela ; le sens de ma vie tout entière ne voulait-il pas maintenant que j'eusse un vivant reflet ? Alors, pourquoi invoquais-je le nom d'un Dieu inexistant, pourquoi mon esprit était-il traversé par le fol espoir que mon reflet eût été défiguré ?

J'allai à la fenêtre et je regardai dehors : je vis une cour lugubre, dans laquelle un Tartare voûté, coiffé d'un bonnet brodé, montrait un petit tapis bleu à une femme aux pieds nus. Or je connaissais cette femme et je connaissais aussi ce Tartare, et je connaissais cette bardane qui envahissait un coin de la cour, et ce tourbillon de poussière, et la molle pression du vent, et le ciel pâle, écœuré de regarder des pêcheries.

A ce moment, on frappa à la porte, une femme de chambre entra avec l'oreiller supplémentaire et le pot de chambre que j'avais réclamé (plus propre), et quand je me retournai vers la fenêtre ce n'est plus un Tartare que je vis, mais un colporteur du pays, qui vendait des bretelles, et la femme était partie. Mais, tandis que je regardais, s'accomplit de nouveau ce processus de fusion, de construction, de fabrication d'un souvenir défini ; elles reparurent, croissant et se pelotonnant, ces herbes du coin de la cour, et Christina Forsmann aux cheveux rouges que j'avais connue charnellement en 1915, prit en main le tapis, et du sable vola, et je ne pus découvrir ce qu'était le noyau autour duquel se formaient toutes ces choses, ni où en était exactement le germe, la source... soudain je regardai la carafe d'eau croupie, et elle dit « tu brûles »... comme dans ce jeu où l'on cache des objets ; et il est fort possible que j'aurais fini par trouver le petit rien qui, inconsciemment remarqué par moi, avait aussitôt mis en marche le moteur de ma mémoire (ou encore, je ne l'aurais pas trouvé, la simple explication étant que tout dans cette chambre d'hôtel de la province allemande, même la vue, ressemblait vaguement et affreusement à quelque chose que j'avais vu jadis en Russie), si je n'avais pensé à mon rendez-vous ; et cela me fit enfiler mes gants et sortir en hâte.

Je tournai dans le boulevard, après la poste. Le vent qui soufflait chassait des feuilles à travers la rue. En dépit de mon impatience j'observais tout avec mon soin coutumier, remarquant les visages des passants, les trams qui, comparés à ceux de Berlin, semblaient des jouets, les boutiques, un haut-de-forme de géant peint sur un mur lépreux, les enseignes, le nom d'un boulanger : Carl Spiess, qui me rappela un certain Carl Spiess que je connaissais dans ce village de la Volga de mon passé, et qui lui aussi vendait des gâteaux.

Enfin, atteignant le bout de la rue, je vis le cheval de bronze se cabrant et prenant sa queue pour appui, comme un pivert, mais si le duc qui le montait avait tendu le bras avec plus d'énergie, tout le monument dans l'obscure clarté du soir aurait pu passer pour celui de Pierre le Grand dans la ville qu'il fonda. Sur un des bancs, un vieil homme mangeait du raisin qu'il tirait d'un sac de papier ; deux dames âgées étaient assises sur un autre banc ; une vieille infirme d'énormes proportions reposait dans une petite voiture et écoutait leur conversation, ses yeux ronds pleins d'impatience. Deux fois, trois fois je fis le tour de la statue, j'observai en passant ce serpent tordu sous le sabot arrière, cette légende latine, cette grosse botte avec la noire étoile d'un éperon. Pardon, en réalité il n'y avait pas de serpent ; c'est seulement mon imagination qui l'empruntait au tsar Pierre — dont la statue est chaussée de cothurnes.

Puis je m'assis sur un banc vide (il y en avait une demi-douzaine en tout) et je regardai ma montre. Cinq heures trois. Des moineaux sautillaient sur le gazon. Dans une plate-bande aux courbes ridicules, il y avait les fleurs les plus sales du monde : des reines-marguerites. Dix minutes s'écoulèrent. Non, mon agitation refusait de rester assise. Et puis je n'avais plus de cigarettes, et j'avais une frénétique envie de fumer.

Je tournai dans une rue transversale, passant devant un noir temple protestant qui affectait des airs antiques, et j'aperçus un bureau de tabac. La sonnerie automatique continua de retentir après mon entrée, car je n'avais pas fermé la porte : « S'il vous plaît... » dit la femme à lunettes derrière le comptoir, et je revins sur mes pas et fermai brutalement la porte. Juste au-dessus de celle-ci, il y avait une des natures mortes d'Ardalion : une pipe, sur une étoffe verte, et deux roses.

— Comment diable est-ce que... ? demandai-je en riant.

Elle ne comprit pas tout de suite, puis elle répondit :

— C'est ma nièce qui a peint cela... ma nièce qui est morte récemment.

Ça alors, c'est renversant ! (pensai-je). N'avais-je pas vu, en effet, quelque chose de très approchant, sinon d'identique, parmi les tableaux d'Ardalion ? Ça alors, c'est renversant !

— Oh, je vois, dis-je tout haut ; avez-vous...

Je nommai la marque que je fumais habituellement, je payai les cigarettes et je sortis.

Cinq heures vingt.

N'osant pas retourner à l'endroit convenu (afin de donner au Destin une chance de modifier son programme) et n'éprouvant toujours rien, ni ennui, ni soulagement, je marchai pendant un bon bout de temps le long de la rue transversale qui m'éloignait de la statue, m'arrêtant tous les deux pas pour essayer d'allumer ma cigarette, mais le vent éteignait constamment mes allumettes et je finis par m'abriter sous une porte cochère. Debout sous la porte, je regardai deux petites filles jouer aux billes ; elles faisaient rouler à tour de rôle l'orbe de verre iridescent, tantôt s'accroupissant pour lui donner un coup avec le dos du doigt, tantôt le comprimant entre leurs pieds pour le relâcher en sautant, et tout cela afin que la bille tombât dans un creux minuscule, au pied d'un bouleau au tronc fourchu ; tandis que je regardais ce jeu absorbant, silencieux et minutieux, je me pris à penser que Félix ne pouvait venir, pour la simple raison qu'il était un produit de mon imagination si avide de reflets, de résonances et de masques, et que ma présence dans une petite ville perdue était absurde et même monstrueuse.

Je me souviens à merveille de cette petite ville... et je me sens singulièrement perplexe : dois-je continuer à donner des exemples de ceux de ses aspects qui, d'une façon horriblement déplaisante, faisaient écho à des choses que j'avais vues quelque part, longtemps auparavant ? Il me semble même aujourd'hui qu'elle était, cette ville, construite de certaines particules de rebut de mon passé, car j'y découvris des choses qui m'étaient très remarquablement et très dangereusement familières ; une maison basse, bleu pâle, dont j'avais vu l'exacte réplique dans la banlieue de Saint-Pétersbourg ; une boutique de fripier où pendaient des vêtements qui avaient appartenu à des personnes de ma connaissance, mortes depuis ; un bec de gaz portant le même numéro (je prends toujours plaisir à remarquer les numéros des becs de gaz) que celui qui était devant la maison où j'habitais, à Moscou ; et près de là, le même bouleau dénudé avec ce même tronc fourchu dans un corset de fer (ah, voilà ce qui me faisait regarder le numéro du réverbère). Je pourrais, si je voulais, donner maints autres exemples de ce genre, dont quelques-uns sont si subtils, si... comment dirai-je ?... abstraitement personnels, qu'ils seraient inintelligibles pour le lecteur que je choie et dorlote comme une nourrice dévouée. Et je ne suis pas tout à fait certain du caractère exceptionnel des phénomènes ci-dessus. Tout homme pourvu de bons yeux est familier avec ces passages anonymement copiés sur sa vie passée : combinaisons faussement innocentes de détails, qui ont un révoltant goût de plagiat. Laissons-les sur la conscience du destin, et, le cœur serré, retournons avec une morne répugnance au monument du bout de la rue.

Le vieil homme avait fini son raisin, il était parti ; la femme qui mourait d'hydropisie avait été roulée plus loin ; nul ne se trouvait là, à l'exception d'un homme assis sur le banc même où je m'étais assis un moment auparavant. Légèrement penché en avant, les genoux écartés, il donnait du pain aux moineaux. Son bâton, négligemment appuyé contre le siège, se mit lentement en mouvement à l'instant où je remarquai sa présence ; il se mit à glisser et tomba sur le gravier. Les moineaux s'envolèrent, décrivirent une courbe, et se posèrent sur les arbustes environnants. Je vis que l'homme s'était tourné vers moi.

Vous avez raison, mon intelligent lecteur.

V

Gardant les yeux fixés sur le sol, je secouai sa main droite avec ma gauche, tout en ramassant le bâton tombé par terre, et je m'assis à côté de lui sur le banc.

— Tu es en retard, dis-je sans le regarder.

Il se mit à rire. Toujours sans regarder, je déboutonnai mon pardessus, ôtai mon chapeau, passai ma paume sur ma tête. Pour quelque bizarre raison, j'avais une bouffée de chaleur. La brise s'était éteinte dans la maison de fous.

— Je vous ai reconnu tout de suite, flagorna-t-il d'un air idiotement conspirateur.

Je regardais maintenant la canne que j'avais entre les mains. C'était un solide bâton brûlé par le soleil, dont le bois de tilleul portait une entaille où le nom de son propriétaire était joliment pyrogravé : « Félix un tel », et en dessous la date, puis le nom de son village. Je le remis sur le banc, avec la pensée fugace qu'il était venu à pied, le coquin.

Enfin, rassemblant mes forces, je me tournai vers lui. Pourtant, ce ne fut pas tout de suite que je regardai son visage ; je remontai en partant de ses pieds, comme on le voit sur l'écran quand l'opérateur essaie de vous intriguer. Ce furent d'abord de gros souliers poussiéreux, d'épaisses chaussettes, mal tirées autour des chevilles, puis un pantalon bleu, râpé (celui de velours à côtes était probablement fichu), et une main qui tenait un croûton de pain sec. Puis un veston bleu sur un chandail gris foncé. Plus haut encore, le col mou que je connaissais (mais, à présent, relativement propre). Là, je m'arrêtai. Fallait-il le laisser sans tête ou continuer à le construire ? M'abritant derrière ma main, je regardai entre mes doigts, vers son visage.

Un moment, j'eus l'impression que tout cela n'avait été qu'une illusion, une hallucination... qu'il n'avait jamais pu être mon double, cet ahuri aux sourcils levés qui louchait vers moi avec espoir, sans bien savoir encore sur quel pied danser... levant donc les sourcils dans sa crainte de me déplaire. Un moment, dis-je, je crus qu'il ne me ressemblait pas plus que n'importe qui. Mais alors, leur frayeur dissipée, les moineaux revinrent, l'un d'eux sautillant même tout près, et cela détourna son attention ; ses traits retombèrent dans leur position naturelle, et je vis encore une fois la merveille qui m'avait retenu cinq mois plus tôt.

Il lança une poignée de miettes aux moineaux. Le plus proche donna un coup de bec maladroit, la miette sauta en l'air et fut happée, par un autre qui s'envola immédiatement. De nouveau Félix se tourna vers moi avec la même servilité attentive et bassement flatteuse.

— Celui-là n'a rien eu, dis-je en désignant un petit pierrot qui restait à l'écart, claquant désespérément du bec.

— C'est un jeune, observa Félix. Regardez, il n'a encore qu'un tout petit bout de queue. J'aime les p'tits oiseaux, ajouta-t-il avec un fade sourire.

— Fait la guerre ? demandai-je ; et, plusieurs fois

de suite, je me raclai la gorge, car j'avais la voix enrouée.

— Oui, répondit-il. Pourquoi?

— Oh, pour rien. Tu as eu salement peur de te faire tuer, hein?

Il cligna de l'œil et parla avec une évasive obscurité.

— Chaque souris a sa maison, mais c'est pas chaque souris qui en sort.

En allemand, cela rimait; j'avais déjà remarqué son goût pour les dictons insipides; et il était tout à fait inutile de se torturer le cerveau pour découvrir l'idée qu'il voulait réellement exprimer.

— C'est tout. Y a plus rien pour vous, dit-il aux moineaux, en aparté. J'aime aussi les écureuils (encore ce clignement). C'est chic, quand un bois est plein d'écureuils. Je les aime parce qu'ils sont contre les propriétaires. Et les taupes.

— Et que penses-tu des moineaux? demandai-je avec beaucoup de gentillesse. Sont-ils « contre », eux aussi, comme tu le dis?

— Un moineau est un mendiant parmi les oiseaux... un vrai mendiant des rues. Un mendiant, répéta-t-il encore et encore.

Évidemment, il se tenait pour un discuteur extraordinairement habile. Non, ce n'était pas simplement un imbécile, c'était un imbécile du type mélancolique. Même son sourire était renfrogné... dégoûtant à regarder. Et pourtant je regardai avidement. Cela m'intéressait énormément, d'observer de quelle façon notre remarquable ressemblance était brisée par le jeu de son visage. S'il parvenait à la vieillesse, pensai-je, notre ressemblance disparaîtrait complètement, tandis qu'à présent elle est pleinement épanouie.

Hermann (enjoué) :

— Ah, je vois que tu es un philosophe.

Cela sembla l'offenser quelque peu.

— La philosophie est l'invention des riches, objecta-t-il avec une profonde conviction. Et tout le reste aussi a été inventé : la religion, la poésie... oh, bien-aimée, comme je souffre, oh, mon pauvre cœur ! Je ne crois pas à l'amour. Maintenant, l'amitié... c'est autre chose. L'amitié et la musique.

« Je vais vous dire quelque chose, poursuivit-il, me parlant soudain avec quelque chaleur. Je voudrais avoir un ami qui serait toujours prêt à partager son pain avec moi, et qui me léguerait, par testament, un bout de terre, une bicoque. Oui, je voudrais avoir un véritable ami. Je lui servirais de jardinier, et puis, plus tard, son jardin serait le mien et c'est avec des larmes reconnaissantes que je me souviendrais toujours de mon camarade défunt. Nous jouerions du violon ensemble, ou bien, par exemple, il jouerait de la flûte et moi de la mandoline. Mais les femmes... là, vraiment, pourriez-vous m'en citer une seule qui n'ait pas trompé son mari ?

— Tout cela est très juste ! Très juste, en vérité. C'est un plaisir de t'entendre parler. Es-tu jamais allé à l'école ?

— J'y suis pas resté longtemps. Qu'est-ce qu'on peut apprendre à l'école ? Rien du tout. Si un type est intelligent, à quoi lui servent les leçons ? Le principal, c'est la Nature. Par exemple, la politique ne m'attire pas... Et d'une façon générale... le monde, vous savez, c'est de l'ordure.

— Conclusion parfaitement logique, dis-je. Oui... ta logique est sans défaut. C'en est surprenant. Allons, grand sage, rends-moi donc mon stylo, et tâche de faire vite.

Cela le fit sursauter et le mit dans l'état d'esprit que je désirais.

— Vous l'avez oublié sur l'herbe, marmotta-t-il d'un air égaré. Je ne savais pas si je vous reverrais.

— Tu l'as volé et vendu ! criai-je... et je tapai même du pied.

Sa réponse fut remarquable : d'abord il secoua la tête pour nier le vol, et immédiatement après il l'inclina pour admettre la transaction. Je crois que le bouquet de la stupidité humaine était tout entier réuni en lui.

— Malédiction ! dis-je. Sois plus circonspect la prochaine fois. Enfin, passons l'éponge... Prends une cigarette.

Il se dérida et rayonna en voyant que mon courroux était passé ; se mit à manifester sa gratitude :

— Merci, oh merci. Hein, vraiment, comme nous nous ressemblons merveilleusement ! Dirait-on pas que mon père a péché avec votre mère ?

Et, très satisfait de sa plaisanterie, il eut un rire enjôleur.

— Passons aux choses sérieuses, dis-je en affectant une gravité revêche et soudaine. Je ne t'ai pas seulement invité ici pour les délices éthérées d'une conversation insignifiante. Dans ma lettre, je t'ai dit que j'allais t'aider, que je t'avais trouvé du travail. Mais, avant tout, laisse-moi te poser une question. Ta réponse doit être sincère et précise. Dis-moi, que crois-tu que je sois ?

Félix m'examina, puis se détourna et haussa les épaules.

— Ce n'est pas une devinette que je te pose, continuai-je patiemment. Je comprends parfaitement que tu ne peux connaître mon identité. En tout cas, écartons la possibilité que tu as si spirituellement évoquée. Notre sang, Félix, n'est pas le même. Non, mon brave, pas le même. Je suis né à deux mille kilomètres de ton berceau, et l'honneur de mes parents — comme celui des tiens, je l'espère — est sans tache. Tu es fils unique : moi aussi. Par conséquent, ni toi ni moi ne pouvons voir surgir cette créature mystérieuse : un frère depuis longtemps perdu, volé jadis par les romanichels. Nuls liens ne nous unissent ; je n'ai pas d'obligations envers toi, dis-toi bien ça, pas la moindre obligation ; si j'ai l'intention de t'aider, je le fais de mon plein gré. Mets-toi bien ça dans la tête, s'il te plaît. A présent, laisse-moi te demander encore une fois : que supposes-tu que je sois ? Quelle opinion t'es-tu formée de moi ? Car tu as dû te former une opinion quelconque, n'est-ce pas ?

— Vous êtes peut-être acteur, dit Félix d'un air de doute.

— Si je te comprends bien, mon ami, tu veux dire qu'à notre première rencontre tes pensées ont suivi le chemin que voici : « Ah, c'est probablement un de ces types de théâtre, de ceux qui en mettent plein la vue, avec de drôles de fantaisies et de beaux vêtements ; peut-être une célébrité. » C'est bien ça ?

Félix regarda fixement le bout de son soulier avec lequel il grattait et caressait le gravier, et son visage prit une expression assez tendue.

— J'ai rien pensé du tout, dit-il avec maussaderie. J'ai simplement vu... ben, que vous étiez comme qui dirait curieux à propos de moi, et tout ça. Et vous, les acteurs, êtes-vous bien payés ?

Une toute petite remarque ; l'idée qu'il me donna me parut subtile ; la courbe singulière qu'elle prit la mit en contact avec l'essentiel de mon plan.

— Tu as deviné, m'exclamai-je, tu as deviné. Oui, je suis acteur. Acteur de cinéma, pour être exact. Oui, c'est cela. Tu le dis joliment, splendidement ! Et que peux-tu dire d'autre me concernant ?

Je remarquai alors qu'il s'était rembruni, je ne sais pourquoi. Ma profession semblait l'avoir désappointé. Il était assis là, faisant une moue chagrine et tenant entre le pouce et l'index une cigarette à demi fumée. Soudain il leva la tête, cligna des yeux.

— Et quel genre de travail voulez-vous me proposer ? questionna-t-il, cette fois sans sa douceur insinuante.

— Pas si vite, pas si vite. Chaque chose en son temps. Je te demandais ce que tu penses encore de moi. Allons, réponds-moi, s'il te plaît.

— Oh, ma foi... Je sais que vous aimez voyager ; c'est à peu près tout.

Pendant ce temps, la nuit approchait ; depuis longtemps les moineaux avaient disparu ; plus sombre, le monument semblait avoir grandi. De derrière un arbre noir sortit silencieusement une lune terne et charnue. Un nuage passa et lui appliqua un loup qui ne laissa plus voir que son menton plein.

— Eh bien, Félix, ça devient noir et lugubre, ici. Je parie que tu as faim. Viens, nous allons manger quelque chose, et nous continuerons à causer devant un pot de bière. Ça te va ?

— Pour sûr, dit Félix d'une voix un peu plus animée, puis il ajouta sentencieusement : Ventre affamé n'a pas d'oreilles (je traduis ses adages n'importe comment ; en allemand, ils étaient tout cliquetants de rimes).

Nous nous levâmes, et nous nous dirigeâmes vers les lumières jaunes du boulevard. Comme la nuit tombait, c'est à peine si je me rendais compte de notre ressemblance. Félix marchait lourdement à mon côté, il paraissait plongé dans ses pensées, et sa façon de marcher était aussi morne que lui-même.

Je lui demandai :

— Étais-tu venu déjà à Tarnitz ?

— Non, répondit-il. Les villes ne me disent rien. Moi et mes pareils, nous trouvons les villes ennuyeuses.

L'enseigne d'un cabaret. Debout dans la vitrine, un tonneau, sous la garde de deux nains barbus, en terre cuite. Autant là qu'ailleurs. Nous entrâmes et prîmes une table dans un coin éloigné. Tout en ôtant ma main de mon gant, j'examinai l'endroit d'un œil scrutateur. Il n'y avait que trois clients, et ils ne nous prêtaient pas la moindre attention. Le garçon approcha, pâle petit homme à pince-nez (ce n'était pas la première fois que je voyais un garçon à pince-nez, mais je ne pus me rappeler où et quand j'en avais déjà vu un). En attendant notre commande, il me regarda, puis regarda Félix. Naturellement, à cause de ma moustache, notre ressemblance ne sautait pas aux yeux ; et, à vrai dire, j'avais laissé pousser ma moustache avec le seul dessein de ne pas trop attirer l'attention lorsque je me montrerais avec Félix. Il y a, je crois, une sage pensée quelque part dans Pascal : à savoir, que deux personnes qui se ressemblent ne présentent aucun intérêt quand on les voit séparément, mais font sensation quand toutes deux se montrent ensemble. Je n'ai jamais lu Pascal, et je ne me rappelle pas où j'ai chipé cette citation. Oh, dans ma jeunesse j'ai bien profité de cette monnaie de singe ! Malheureusement, je n'étais pas seul à faire étalage de telle ou telle maxime dérobée. Une fois, à Saint-Pétersbourg, lors

105

d'une réception, je déclarai : « Tourguéniev dit que certains sentiments ne peuvent être exprimés que par la musique. » Quelques minutes plus tard arriva un autre invité qui, au cours de la conversation, prononça exactement la même phrase. Assurément, ce fut lui et non moi qui passa pour un imbécile ; tout de même, cela produisit en moi une impression de gêne (même si je trouvai quelque consolation en lui demandant discrètement s'il avait aimé la grande Viabranova) aussi décidai-je de cesser de froncer les sourcils. Tout ceci est une digression et non un faux-fuyant... non, je le répète avec la dernière énergie, ce n'est pas un faux-fuyant ; car je ne crains rien et je veux tout dire. On admettra que j'exerce un contrôle exquis non seulement sur moi-même, mais encore sur mon style. Combien de romans ai-je écrits quand j'étais jeune... comme ça, tout simplement, fortuitement, et sans la moindre intention de les publier. Voici encore une opinion : un manuscrit publié, dit Swift, est comparable à une putain. Il m'arriva un jour (en Russie) de faire lire à Lydia un manuscrit de moi, en lui disant que c'était l'œuvre d'un ami ; elle le trouva assommant et ne parvint pas à le finir. Jusqu'à ce jour, elle ne s'est pour ainsi dire pas familiarisée avec mon écriture. J'ai exactement vingt-cinq genres d'écriture, dont le meilleur (c'est-à-dire celui que j'emploie le plus volontiers) se présente comme suit : une petite écriture ronde, aux courbes agréablement dodues, de sorte que chaque mot ressemble à un petit four frais ; puis une écriture penchée, aiguë et affectée, le griffonnage d'un nain pressé qui ne manque pas d'abréviations ; puis celle que j'estime tout particulièrement : grosse, lisible, ferme et absolument impersonnelle ; ainsi pourrait écrire, sur sa manchette surhumaine, cette main abstraite que l'on voit figurée sur les enseignes et dans les manuels de physique. C'est avec cette écriture que je commençai le livre que je vais présenter au lecteur ; bientôt, pourtant, ma plume courut dans tous les sens : ce livre est écrit dans le mélange de mes vingt-cinq écritures, de sorte que le compositeur de l'imprimerie, ou quelque dactylo, inconnus de moi, ou encore la personne définie que j'ai choisie, cet auteur russe auquel mon manuscrit sera adressé quand arrivera le moment, pourraient penser que plusieurs mains ont participé à l'écriture de mon livre ; de même, il est extrêmement probable que quelque sournois petit expert à face de rat découvrira dans son orgie cacographique un signe certain d'anomalie psychique. Tant mieux.

Là... Je vous ai évoqué, mon premier lecteur, vous, l'auteur bien connu de romans psychologiques. Je les ai lus, et je les trouve très artificiels, quoique pas mal construits. Qu'éprouverez-vous, *lecteur-auteur*, en empoignant mon récit ? Plaisir ? Envie ? Ou même... qui sait ?... vous pourrez profiter de mon éloignement illimité pour publier mon œuvre comme étant la vôtre... comme étant le fruit de votre imagination astucieuse... oui, je vous concède cela... astucieuse et éprouvée ; me laissant dehors, au froid. Il ne me serait pas difficile de prendre d'avance des mesures propres à empêcher une telle impudence. Les prendrai-je... ? ça, c'est une autre question. Et si je trouve plutôt flatteur que vous me voliez mon bien ? Le vol est le meilleur compliment que l'on puisse faire à une chose. Et savez-vous le plus amusant ? Je suppose que, ayant pris la décision d'effectuer cet agréable brigandage, vous supprimerez les lignes compromettantes, les lignes mêmes que je suis en train d'écrire, et, de plus, que vous façonnerez à votre goût certains passages (ce qui est une moins agréable pensée), tout comme un voleur d'autos repeint la voiture qu'il a dérobée. Et, à ce propos, je vais me permettre de raconter une petite histoire qui est certainement la petite histoire la plus amusante que je connaisse.

Il y a quelque dix jours, c'est-à-dire vers le dix mars 1931 (une demi-année s'est déjà écoulée — une chute dans un rêve, une échelle dans la chaussette du temps), un individu ou des individus passant le long de la grande route ou à travers le bois (ce point sera, je pense, éclairci en temps voulu) aperçurent à la lisière du bois une petite voiture bleue, de telle marque et de telle puissance (je passe sur les détails techniques), et en prit illégalement possession. Et, à vrai dire, c'est tout.

Je ne prétends pas que cette histoire paraisse nécessairement drôle pour tout le monde : sa pointe n'est pas trop apparente. Si elle m'a fait pleurer de rire, moi, c'est seulement parce que j'étais au courant. Je peux même ajouter que nul ne me l'a racontée et que je ne l'ai lue nulle part ; je n'ai fait, vraiment, que la déduire, grâce à un raisonnement serré, du simple fait que la voiture avait disparu, fait auquel les journaux ont donné une interprétation tout à fait erronée. Retourne en arrière, levier du temps !

« Sais-tu conduire une auto ? » telle fut, je m'en souviens, la question que je posai soudain à Félix, quand le garçon, sans remarquer en nous quoi que ce fût de particulier, plaça devant moi de la limonade, et devant Félix un grand pot de bière, dans la mousse abondante duquel celui-ci trempa vivement sa lèvre supérieure.

— Hein ? fit-il avec un grognement de béatitude.

— Je te demande si tu sais conduire.

— Et comment! J'ai eu comme copain un chauffeur qui travaillait dans une de nos grosses boîtes. Un beau jour, nous avons écrasé une truie. Dieu, comme elle gueulait!

Le garçon apporta une sorte de ragoût, avec beaucoup de purée de pommes de terre. Où diable avais-je déjà vu un pince-nez sur le nez d'un garçon? Ah, ça me revient (maintenant seulement, tandis que j'écris ceci!)... dans un infect petit restaurant russe, à Berlin; et cet autre garçon ressemblait beaucoup à celui-ci... le même genre de petit homme morose à cheveux paille mais de meilleure naissance.

— Eh bien, voilà, Félix. Nous avons mangé et bu; à présent, causons. Tu as fait certaines suppositions sur mon compte, et il se trouve qu'elles sont exactes. Maintenant, avant d'entrer dans le vif de l'affaire en cours, je désire esquisser pour toi un tableau d'ensemble de ma personnalité et de ma vie; tu comprendras vite pourquoi c'est important. Tout d'abord...

Je bus une gorgée, puis je repris:

— Tout d'abord, je suis né dans une famille riche. Nous avions une maison et un jardin... ah, quel jardin, Félix! Imagine non seulement des rosiers, mais des bosquets de roses, de roses de toutes sortes, avec une petite étiquette fixée sur chaque variété, et un nom sur cette petite étiquette: les roses, tu sais, reçoivent des noms aussi retentissants que ceux que l'on donne aux chevaux de course. En plus des roses, il y avait dans notre jardin une multitude d'autres fleurs et, le matin, quand tout était brillant de rosée, c'était, Félix, un spectacle de rêve. Encore enfant, j'aimais à m'occuper de notre jardin, et je connaissais mon affaire: j'avais un petit arrosoir, Félix, et une petite pioche, et mes parents s'asseyaient à l'ombre d'un vieux cerisier planté par mon grand-père, et me regardaient avec une tendre émotion, moi, la petite mouche du coche (imagine, imagine le tableau!) occupée à enlever de sur les roses et à écraser des chenilles qui ressemblaient à des brindilles. Nous avions des animaux de basse-cour en quantité, par exemple des lapins, le plus ovale de tous les animaux, si tu comprends ce que je veux dire; et d'irascibles dindons avec des crêtes en forme de furoncles (je me mis à glouglouter), et d'adorables petits chevreaux, et beaucoup, beaucoup d'autres bêtes.

« Puis mes parents perdirent tout leur argent et moururent, et le ravissant jardin disparut; et c'est seulement maintenant que le bonheur semble être revenu vers moi : récemment, j'ai pu acquérir un bout de terrain, au bord d'un lac, et il y aura un nouveau jardin plus beau encore que l'ancien. Ma jeunesse tout entière a été parfumée par les mille fleurs qui l'entouraient, tandis que le bois environnant, épais et vaste, jette sur mon âme une ombre de mélancolie romantique.

« J'étais toujours seul, Félix, et je suis encore seul. Les femmes... Pas la peine de parler de ces êtres volages et impudiques. J'ai beaucoup voyagé; tout comme toi, j'aime à cheminer, le sac attaché aux épaules, mais, pour sûr, il y eut toujours certaines raisons (que je condamne absolument) pour que mes randonnées fussent plus agréables que les tiennes. Il y a là quelque chose de vraiment remarquable : as-tu déjà médité sur ce qui suit?... deux hommes, également pauvres, ne vivent pas de la même façon : l'un, comme par exemple toi, mène franchement et désespérément une existence de mendiant, tandis que l'autre, bien que tout aussi pauvre, vit dans un style très différent... gaillard insouciant, bien nourri, qui évolue parmi les riches joyeux.

« Pourquoi en est-il ainsi ? Parce que, Félix, ces deux-là appartiennent à des classes différentes ; et, en parlant de classes, imaginons un homme qui voyage sans billet en quatrième classe, et un autre qui voyage en première, également sans billet : X est assis sur une dure banquette ; M. Y se prélasse sur un siège capitonné ; mais tous les deux ont la bourse vide... ou, pour être précis, M. Y a une bourse qu'il peut montrer, bien que vide, tandis que X n'a même pas cela et ne peut rien montrer que des trous dans la doublure de ses poches.

« En parlant ainsi, j'essaie de te faire saisir la différence entre nous : je suis acteur, je vis générale-ment de l'air du temps, mais j'ai toujours d'élastiques espérances pour l'avenir ; elles peuvent être indéfini-ment tendues, ces espérances, sans se déchirer. Toi, tu n'as même pas ça ; et tu serais toujours resté un pauvre hère, s'il n'était arrivé un miracle ; ce miracle, c'est que je t'aie rencontré.

« Il n'est pas une seule chose, Félix, que l'on ne puisse exploiter. Bien plus : il n'y a pas une seule chose que l'on ne puisse exploiter pendant très longtemps et avec beaucoup de succès. Peut-être, dans les plus enflammés de tes rêves, as-tu vu un nombre de deux chiffres, limite de tes aspirations. Et mainte-nant, voilà que non seulement le rêve se réalise, mais qu'il saute même tout de suite à trois chiffres. Pas trop facile à saisir pour ton imagination, n'est-ce pas, car ne sentais-tu pas que tu approchais d'un infini à peine concevable, quand tu calculais au-delà de dix ? Et maintenant, nous tournons le coin de cet infini, et une radieuse centaine te regarde, et, par-dessus son épaule... une autre ; et qui sait, Félix, peut-être que mûrit un quatrième chiffre ; oui, cela fait tourner la tête, et battre le cœur, et vibrer les nerfs, mais c'est pourtant vrai. Tu vois : tu t'es tellement habitué à ton sort misérable, que je me demande si tu comprends ce que je veux dire ; mes paroles te semblent obscures, étranges ; ce qui va suivre te semblera encore plus obscur et plus étrange. »

Je parlai longtemps dans cette veine. Il me regardait constamment avec méfiance ; très vraisemblablement il s'était imaginé, peu à peu, que je me moquais de lui. Les bougres de son espèce ne conservent leur bon naturel que jusqu'à un certain point. S'ils ont le moins du monde l'impression qu'ils sont sur le point d'être mis dedans, toute leur gentillesse s'en va, une mauvaise lueur vitreuse apparaît dans leurs yeux, ils se mettent lourdement dans un état d'énorme fureur.

Je parlais de façon peu intelligible, mais mon dessein n'était pas de le mettre hors de lui. Au contraire, je désirais capter sa faveur ; rendre perplexe, mais attirer en même temps ; en un mot, lui communiquer vaguement mais puissamment l'image d'un homme de sa nature et de ses inclinations. Mais mon imagination s'emballait, et cela de façon plutôt dégoûtante, avec le pesant enjouement d'une dame âgée, mais encore folâtre, qui a bu un coup de trop.

En m'apercevant de l'impression que je produisais, je m'arrêtai une minute, regrettant à demi de l'avoir effrayé, mais ensuite, tout d'un coup, je sentis comme c'était bon d'être capable d'éveiller un profond malaise chez son auditeur. Je souris alors, et poursuivis à peu près comme ceci :

— Il faut me pardonner tout ce bavardage, Félix,

mais, vois-tu, j'ai rarement l'occasion d'offrir une sortie à mon âme. Et puis, j'ai une grande hâte de me faire connaître sous toutes mes faces, car je veux te donner une description absolument complète de l'homme pour lequel tu auras à travailler, d'autant plus que le travail en question sera directement en rapport avec notre ressemblance. Dis-moi, sais-tu ce que c'est qu'une doublure ?

Il secoua la tête, laissa pendre sa lèvre inférieure ; depuis longtemps j'avais observé qu'il respirait de préférence par la bouche... son nez devait être bouché, ou je ne sais quoi.

— Si tu ne le sais pas, laisse-moi t'expliquer. Imagine que le directeur d'une société de cinéma... tu es déjà allé au cinéma, n'est-ce pas ?

— Ben, oui...

— Bon. Donc, imagine qu'un directeur... excuse-moi, ami, tu as l'air de vouloir dire quelque chose ?

— Ben, j'y suis pas allé souvent. Quand j'ai envie de dépenser de l'argent, je trouve quelque chose de mieux que le cinéma.

— D'accord, mais il y a des gens qui pensent autrement... s'il n'y en avait pas, il n'existerait pas de profession comme la mienne, n'est-ce pas ? Donc, ainsi que je te le disais, le directeur de ma société m'a offert, moyennant une petite rémunération — quelque chose comme dix mille marks... une bagatelle, assurément, à peine un souffle, mais les prix sont tombés à rien — de jouer dans un film dont le héros est un musicien. Cela me convient admirablement, puisque dans la vie réelle j'aime aussi la musique, et que je sais jouer de plusieurs instruments. Les soirs d'été, j'emporte parfois mon violon jusqu'au plus proche bosquet... mais revenons à notre affaire... une doublure,

Félix, est une personne qui peut, en cas de nécessité, remplacer un certain acteur.

« L'acteur joue son rôle, mitraillé par la caméra ; il ne reste plus à tourner qu'une insignifiante petite scène ; par exemple, le héros doit passer au volant de sa voiture ; quand soudain, comme le veut la déveine, il tombe malade. Il n'y a pas de temps à perdre, et son double prend sa place et passe tranquillement dans la voiture (heureusement que tu sais conduire), et quand enfin on projette le film, pas un seul spectateur ne se rend compte qu'à un certain moment quelque chose a été truqué. Plus la ressemblance est grande, plus le prix est élevé. Il existe même des sociétés spécialisées, dont l'activité consiste à fournir des sosies aux étoiles de cinéma. Un gaillard qui fait ça mène une vie agréable, vu qu'il touche un salaire fixe, mais qu'il ne travaille que par accident, et encore, ce n'est pas un bien grand travail… simplement, mettre exactement les mêmes vêtements que la vedette, et filer dans une chic voiture à la place de la vedette, c'est tout ! Naturellement, une doublure ne doit pas parler de son boulot à tort et à travers ; ça en ferait une histoire du diable, si un journaliste avait vent de la supercherie et apprenait au public qu'un bout de rôle de son acteur favori a été truqué. Tu comprends maintenant pourquoi j'ai été si délicieusement agité lorsque j'ai vu en toi une exacte réplique de moi-même. Ce fut toujours un de mes rêves les plus chers. Pense donc à tout ce que cela représente pour moi… surtout maintenant que le film est commencé et que moi, avec ma santé délicate, j'ai obtenu le premier rôle. S'il m'arrive quelque chose, ils t'appellent tout de suite, tu arrives…

— Personne ne m'appelle, et je n'arrive nulle part, interrompit Félix.

— Pourquoi dis-tu cela, mon ami ? fis-je sur un ton de léger reproche.

— Parce que, dit Félix, il est cruel de vous moquer ainsi d'un pauvre homme. D'abord, je vous ai cru. Je pensais que vous me proposeriez quelque travail honnête. Quelle longue et triste route, pour venir ici ! Regardez l'état de mes semelles... et maintenant, en fait de travail... non, ça ne me va pas.

— Je crains qu'il n'y ait un petit malentendu, dis-je doucement. Ce que je t'offre n'est ni dégradant, ni trop compliqué. Nous signerons un accord. Je te donnerai cent marks par mois. Je te le répète : ce travail est d'une facilité ridicule ; un jeu d'enfant... tu sais comment les enfants se déguisent pour représenter soldats, fantômes, aviateurs. Pense donc : tu auras un salaire mensuel de cent marks pour mettre — très rarement, une fois dans l'année, peut-être — exactement les mêmes vêtements que ceux que je porte en ce moment. Eh bien, sais-tu ce que nous devrions faire ? Convenons d'une date à laquelle nous nous rencontrerons pour répéter une petite scène, rien que pour voir comment ça se passe...

— Je ne connais rien à ces trucs-là, et je ne tiens pas à les connaître, objecta Félix, assez rudement. Mais je vais vous dire quelque chose ; ma tante avait un fils qui faisait le bouffon dans les foires, il se saoulait et il aimait trop les femmes, et cela brisait le cœur de ma tante, quand un jour, grâce à Dieu, il s'est cassé la tête en manquant un trapèze volant. Tous ces cinémas et ces cirques...

Est-ce que cela s'est vraiment passé ainsi ? Est-ce que je suis fidèlement le fil de ma mémoire, ou bien, d'aventure, ma plume se trompe-t-elle de pas et danse-t-elle à sa fantaisie ? Il y a dans notre conversation quelque chose d'un peu trop littéraire, qui a le goût de ces angoissantes conversations dans les tavernes factices où Dostoïevski se trouve chez lui ; pour un peu, nous entendrions ce chuchotement sifflant de l'humilité feinte, ce souffle haletant, ces répétitions d'adverbes magiques... et puis tout le reste viendrait aussi, tout l'attirail mystique cher à cet auteur fameux de romans policiers russes.

Même, cela me tourmente ; en fait, non seulement cela me tourmente, mais cela trouble complètement, complètement mon esprit, et je puis dire que cela m'est fatal... de penser qu'en somme j'ai été trop parfaitement sûr de la puissance de ma plume... reconnaissez-vous la modulation de cette phrase ? Oui. Et aussi, il me semble me rappeler admirablement notre entretien, avec toutes ses allusions, et le secret qu'il avait sous l'ongle *vsyv podnogotnuyv* (pour user du jargon des chambres de torture, où l'on retournait les ongles des doigts, et d'une expression favorite — rehaussée par l'italique — de notre expert national en fièvre de l'âme et aberrations du respect humain). Oui, je me rappelle cet entretien, mais je suis incapable de le reproduire exactement, quelque chose m'entrave, quelque chose de chaud et d'horrible et de tout à fait insupportable, dont je ne peux me débarrasser parce que c'est aussi gluant qu'une feuille de papier à mouches sur laquelle on a marché dans une chambre où il fait nuit noire. Et, de plus, on ne sait où se trouve le commutateur.

Non, notre conversation ne fut pas telle qu'on la trouve ici ; ou plutôt, les *mots* furent peut-être exactement ceux-là (encore ce petit soubresaut), mais je n'ai pu, ou je n'ai osé rendre les bruits particuliers qui les accompagnaient ; parfois, les sons s'affaiblissaient et se brouillaient étrangement ; puis de nouveau ce murmure, ce susurrement, et, soudain, une voix blanche prononçant clairement : « Allons, Félix, bois encore un coup. »

Les fleurs brunes du papier mural, une inscription déclarant avec arrogance que la maison n'était pas responsable des objets perdus ; les ronds de carton servant de soucoupe pour la bière (avec une addition hâtivement crayonnée sur l'un d'eux) ; et le comptoir lointain, où un homme buvait, enveloppé de fumée, ses jambes croisées formant un rouleau noir ; tout cela, qui servait de commentaire à notre discours, n'avait pourtant pas plus de sens que les gloses marginales sur les misérables bouquins de Lydia.

Les trois hommes assis à côté du poussiéreux rideau rouge sang, loin de nous, s'ils s'étaient retournés pour nous regarder, ces trois buveurs taciturnes et moroses, ils auraient vu le frère fortuné et le frère malchanceux : l'un avec une petite moustache et des cheveux lisses, l'autre qui était rasé de frais, mais qui avait besoin de se faire couper les cheveux (cette sinistre petite crinière, à la base de sa nuque maigre) ; face à face, tous deux assis de la même façon ; coudes sur la table et poings aux joues. Ainsi étions-nous reflétés par le miroir brumeux et, selon toute apparence, morbide, qui avait une inclinaison bizarre, un brin de folie, un miroir qui, sûrement, aurait éclaté aussitôt qu'il lui serait advenu de refléter un seul visage authentiquement humain.

Ainsi étions-nous assis, et je continuai mon bourdonnement persuasif ; je ne parle pas bien, et la harangue que j'ai l'air de rapporter mot à mot ne coulait pas avec la souplesse glissante qu'elle a sur le papier. En fait, il n'est pas vraiment possible de noter mon discours incohérent, cette dégringolade, cette bousculade de mots, la désespérance de propositions subordonnées qui ont perdu leurs digues et se sont égarées, et tout ce baragouin superflu qui fournit aux mots un appui ou une échappatoire ; mais mon esprit travaillait avec tant de rythme et poursuivait sa proie à une allure si régulière, que l'impression laissée en moi par la course de mes propres mots n'est rien moins que brouillée ou tronquée. Mon but, cependant, était toujours hors d'atteinte. La résistance de ce garçon, naturelle chez un homme d'intelligence limitée et de caractère timoré, il fallait trouver moyen de la briser. J'étais tellement séduit par le naturel élégant de mon thème que je ne tins pas compte d'une probabilité : que ce thème lui répugnât et même l'effrayât tout aussi naturellement qu'il avait charmé mon imagination.

Je ne veux pas dire par là que j'aie jamais eu les moindres relations avec la scène ou l'écran ; en fait, j'ai joué une seule fois, il y a une vingtaine d'années, dans un petit spectacle d'amateurs, au château de notre gentilhomme campagnard (que mon père administrait). Je n'avais que peu de mots à dire : « Le Prince m'a donné ordre d'annoncer qu'il serait ici tout à l'heure. Ah ! le voici qui vient », au lieu de quoi, plein d'un plaisir exquis et tout frémissant de joie, je parlai ainsi : « Le Prince ne peut pas venir : il vient de se trancher la gorge avec un rasoir » ; et, tandis que je parlais, l'amateur qui faisait le Prince arrivait déjà, vêtu de flanelle blanche et arborant un sourire radieux sur son visage magnifiquement peint, et il y eut un instant d'incertitude générale, le monde tout entier resta en suspens... et je me rappelle aujourd'hui encore combien profondément j'inhalai à ce moment l'ozone divin des tempêtes et des catastrophes monstrueuses. Mais, quoique je n'aie jamais été un acteur au sens propre du mot, j'ai pourtant, dans la vie réelle, toujours emporté partout un petit théâtre pliant, je me suis montré dans plus d'un rôle, et mon jeu a toujours été excellent; et si vous pensez que le nom de mon souffleur était Gain — G majuscule, et non C — vous vous trompez lourdement. Tout cela n'est pas si simple, mes bons messieurs.

Dans le cas particulier de ma conversation avec Félix, mon interprétation se trouva être une simple perte de temps, car je compris soudain que si je continuais mon monologue sur le film, il se lèverait et s'en irait, me rendant les dix marks que je lui avais envoyés (non, en y réfléchissant, je ne crois pas qu'il les aurait rendus... non, jamais!). Le pesant mot allemand qui signifie « argent » (l'argent, en allemand c'est l'or, en français l'argent, en russe le cuivre) était prononcé par lui avec une vénération extraordinaire, qui, c'est curieux, se changeait en convoitise. Mais il serait certainement parti avec, par-dessus le marché, un air « je-ne-me-laisserai-pas-insulter ».

Pour être parfaitement franc, je ne vois pas tout à fait pourquoi tout ce qui touche au théâtre ou au cinéma lui semblait si totalement atroce; singulier, étranger... passe encore, mais... atroce? Essayons d'expliquer cela par l'esprit rétrograde de la plèbe allemande. Le paysan allemand est plein de pruderie, ennemi du progrès; essayez donc, un jour, de traverser un village sans autre vêtement qu'un caleçon de bain. J'ai essayé, moi, et je sais donc ce qui arrive; les hommes s'immobilisent, les femmes rient sous cape, cachant leur visage comme les soubrettes des vieilles comédies.

Je me tus. Félix était silencieux, lui aussi, et traçait des lignes sur la table, avec le bout de son doigt. Il s'était probablement attendu à ce que je lui offre une place de jardinier ou de chauffeur, et il était maintenant désappointé et boudeur. J'appelai le garçon et je payai. De nouveau, nous marchions à travers les rues. C'était une nuit subtilement triste. Une lune plate et luisante glissait parmi de petits nuages frisés comme de l'astrakan.

— Écoute, Félix. Nous avons encore à parler. Nous ne pouvons nous quitter ainsi. J'ai pris une chambre dans un hôtel; viens, tu passeras la nuit chez moi.

Il accepta cela comme son dû. Si lent que fût son esprit il comprenait que j'avais besoin de lui et qu'il n'était pas sage de rompre nos relations sans être arrivé à quelque chose de défini. Nous passâmes à nouveau devant la réplique du Cavalier de Bronze. Sur le boulevard, nous ne rencontrâmes pas une âme. Nulle lumière dans les maisons; si j'avais remarqué une seule fenêtre éclairée, j'aurais supposé que quelqu'un s'était pendu et avait laissé la lampe allumée... tant une lumière aurait paru insolite et injustifiée. En silence, nous arrivâmes à l'hôtel. Un somnambule débraillé nous fit entrer. En pénétrant dans la chambre, j'eus à nouveau cette sensation de quelque chose de très familier; mais d'autres sujets occupèrent mon esprit.

— Assieds-toi.

Il obéit, posant les poings sur ses genoux; la bouche mi-ouverte. J'ôtai mon veston et, les deux mains enfoncées dans les poches de mon pantalon et faisant tinter de la menue monnaie, je me mis à aller et venir. Je portais, soit dit en passant, une cravate lilas à pois noirs, qui se soulevait chaque fois que je pivotais sur mon talon. Un moment, cela continua ainsi ; le silence, mes pas, le vent de mon mouvement.

Tout à coup Félix, comme s'il eût été frappé à mort, laissa tomber sa tête et commença de délacer ses souliers. Je regardai son cou que rien ne protégeait, l'expression figée de sa première vertèbre, et je me sentis tout drôle à la pensée que j'étais sur le point de dormir dans la même chambre que mon double, presque sous la même couverture, car les lits jumeaux étaient côte à côte, très rapprochés. Puis vint aussi, lancinante, l'idée terrible que sa peau pouvait être teintée par les plaques rouges d'une maladie de peau, ou par quelque brutal tatouage ; je demandais à son corps un minimum de ressemblance avec le mien ; quant à son visage, rien à craindre de ce côté-là.

— Oui, continue, déshabille-toi, dis-je, allant et voltant.

Il leva la tête, tenant dans sa main un soulier indescriptible.

— Il y a longtemps que je n'ai pas couché dans un lit, dit-il en souriant (ne montre pas tes gencives, imbécile). Dans un vrai lit.

— Enlève tout, dis-je avec impatience. Tu es certainement sale, plein de poussière. Je vais te donner une chemise pour dormir. Et lave-toi.

Ricanant et grognant, peut-être un peu gêné devant moi, il se mit tout nu et commença à doucher ses aisselles au-dessus de la cuvette du lavabo qui ressemblait à un dressoir. Je le regardai, examinant avidement cet homme entièrement nu. Il avait un dos presque aussi musclé que le mien, avec un coccyx légèrement plus rose et des fesses plus laides. Lorsqu'il se tourna, je ne pus retenir une grimace à la vue de son gros nombril noueux — mais le mien n'est guère plus élégant. Je ne crois pas qu'il ait lavé une seule fois dans sa vie ses parties génitales. Tout cela avait l'air vraisemblable mais n'encourageait pas un examen plus rapproché. Ses orteils étaient bien plus monstrueux que ce que j'avais imaginé. Il était maigre et blanc, le corps était beaucoup plus blanc que le visage, et l'on eût dit que c'était mon visage, gardant encore son hâle de l'été, qui était fixé sur son tronc pâle. On pouvait même distinguer, tout autour de son cou, la ligne marquant le collage de la tête. Cet examen me causa un vif plaisir ; il me rassura ; non, il n'y avait aucune des marques indélébiles que j'avais craintes.

Quand, ayant passé la chemise propre que j'avais sortie de ma valise, il se mit au lit, je m'assis à ses pieds et le fixai avec une franche raillerie. J'ignore ce qu'il pensait, mais cette propreté inaccoutumée l'avait adouci et, dans une timide effusion de quelque chose qui, malgré toute sa sentimentalité larmoyante, était un geste très tendre, il caressa ma main et dit... je traduis littéralement :

— Vous êtes un bon type.

Sans desserrer les dents, je fus secoué par le rire ; alors, je suppose, l'expression de mon visage dut le frapper par son étrangeté, car ses sourcils se haussèrent et il tourna la tête comme un oiseau. Sans retenir plus longtemps ma gaieté, je lui fourrai une cigarette dans la bouche. Cela le fit presque s'étrangler.

— Pauvre imbécile ! m'exclamai-je en tapant sur son genou. N'as-tu vraiment pas deviné que si je te faisais venir ici c'était pour quelque chose d'important, de terriblement important! et, tirant de mon portefeuille un billet de mille marks, je le tins devant le visage de l'imbécile, tandis que le rire me secouait encore.

— C'est pour moi? questionna-t-il en laissant tomber la cigarette allumée; on eût dit que ses doigts s'étaient écartés involontairement, prêts à saisir le billet.

— Tu vas brûler le drap, dis-je (en riant, en riant). Là, près de ton coude. Tu as l'air ému, je vois. Oui, tu auras cet argent, tu le toucheras même d'avance si tu acceptes ce que je vais te proposer. Comment n'as-tu pas compris que ce verbiage à propos du cinéma servait seulement à te mettre à l'épreuve... Je ne suis pas du tout un acteur, mais un homme d'affaires, habile et dur. Bref, voilà la chose; j'ai l'intention d'exécuter une certaine opération, et il existe une petite chance pour que l'on puisse plus tard remonter jusqu'à moi. Mais tous les soupçons seront immédiatement dissipés, car il sera clairement prouvé qu'à l'heure exacte où était exécutée ladite opération, je me trouvais être fort loin de là.

— Un vol? questionna Félix, et une étrange satisfaction passa comme un éclair sur son visage.

— Je vois que tu n'es pas aussi stupide que je pensais, continuai-je en baissant la voix jusqu'à un léger murmure. Évidemment, tu sentais depuis longtemps déjà qu'il y avait quelque chose de louche. Et maintenant tu es content de ne pas t'être trompé, comme tout homme est content lorsque l'exactitude de ses suppositions est confirmée... nous avons tous les deux un faible pour l'argenterie, c'est ce que tu as pensé, hein? Ou, peut-être, ce qui t'a réellement plu c'est que je ne sois pas un farceur, un rêveur légèrement piqué, mais un homme d'affaires ?

— Un vol ? répéta Félix, avec une vie nouvelle dans les yeux.

— En tout cas, une action illégale. Tu apprendras les détails en temps utile. D'abord laisse-moi t'expliquer ce que je veux que tu fasses. J'ai une voiture. Vêtu de mon costume, tu y monteras et tu la conduiras le long d'une certaine route. C'est tout. Tu recevras mille marks pour cette promenade d'agrément.

— Mille ? dit-il après moi. Et quand me les donnerez-vous ?

— Cela se passera d'une manière parfaitement naturelle, mon ami. En mettant mon veston, tu y trouveras mon portefeuille, et dans le portefeuille, l'argent.

— Que faudra-t-il que je fasse ensuite ?

— Je te l'ai dit. Un tour en voiture. A peu près ça ; je t'habillerai ; et, le lendemain matin, quand je serai déjà loin, tu iras faire ta promenade ; on te verra, on te prendra pour moi ; tu reviendras et… eh bien, je serai de retour, moi aussi, mon affaire terminée. Tu veux que je sois plus précis ? Bon. Tu traverseras un village où mon visage est connu ; tu n'auras besoin de parler à personne, car le tout ne durera que quelques minutes. Mais je te paie généreusement pour ces quelques minutes, simplement parce qu'elles me donneront la merveilleuse possibilité d'être en même temps en deux endroits.

— Vous vous ferez pincer avec la marchandise, dit Félix, et alors la police me recherchera ; tout se découvrira au procès ; vous vous mettrez à table.

Je me mis à rire :

— Tu sais, l'ami, j'aime la façon dont tu as tout de suite accepté l'idée que j'étais un bandit.

Il répondit en disant qu'il n'aimait pas les prisons ; que les prisons abîmaient votre jeunesse ; et qu'il n'y avait rien de tel que la liberté et le chant des oiseaux. Il parlait plutôt pesamment, et sans la moindre inimitié. Au bout d'un moment il devint pensif, le coude appuyé sur l'oreiller. La chambre était calme et intime. Je bâillai, et, sans me déshabiller, m'étendis à la russe sur (et non sous) la couette. Une bizarre petite pensée me visita : que pendant la nuit Félix pourrait me tuer et me voler. En tendant la jambe en avant et légèrement de travers, la plante du pied frottant contre le mur, je parvins à atteindre l'interrupteur ; glissai ; je tendis encore plus fort, et éteignis la lumière d'un coup de talon.

— Et si tout ça est un mensonge ? fit sa voix morne, rompant le silence. Et si je ne vous crois pas ?

Je ne bougeai pas.

— Un mensonge, répéta-t-il une minute plus tard.

Je ne bougeais pas, et bientôt je me mis à respirer sur le rythme impassible du sommeil.

Il écoutait, c'était certain. Je l'écoutais m'écouter. Il m'écoutait l'écouter m'écouter. Quelque chose se rompit. Je remarquai que je ne pensais pas du tout à ce que je pensais que je pensais ; j'essayai de saisir l'instant où ma conscience levait l'ancre, mais m'embrouillai moi-même.

Je fis un rêve répugnant, un triple Éphialte. Dans mon rêve, je voyais un petit chien, mais pas simplement un petit chien ; un simulacre de petit chien, très petit, avec les minuscules yeux noirs d'une larve de scarabée ; il était blanc, de part en part, et tout froid. De la chair ? Non, pas de la chair, mais plutôt du suif ou de la gelée, ou encore, peut-être, le gras d'un ver blanc, avec, de plus, une sorte de surface rugueuse et ciselée qui rappelait celle d'un agneau pascal de beurre, en Russie... dégoûtante imitation. Une créature à sang froid, que la Nature avait pétrie à l'image d'un petit chien avec une queue et des pattes, tout comme un vrai. Il se mettait constamment sur mon passage, je ne pouvais l'éviter; et quand il me touchait, je ressentais une espèce de choc électrique. Je m'éveillai. Sur le drap du lit voisin du mien était couché en rond, comme un petit gâteau blanc, ce même horrible petit simulacre de chien. Je grognai de dégoût, et j'ouvris les yeux. De tous côtés flottaient des ombres; le lit voisin du mien était vide, et, dans le silence, je vis luire d'un éclat argenté ces larges feuilles de bardane qui, en raison de l'humidité, croissent sur des bois de lit. Il y avait, sur ces feuilles, des taches louches, de nature gluante; je regardai de plus près; il était assis là, collé à la tige grasse, petit, d'un blanc de suif, avec ses petits yeux pareils à des boutons noirs... mais cette fois, enfin, je m'éveillai vraiment.

Il faisait assez clair dans la chambre. Ma montre-bracelet était arrêtée. Il pouvait être cinq heures ou cinq heures et demie. Félix dormait, emmitouflé dans son édredon, me tournant le dos; le sommet de sa tête était seul visible. Réveil fatal, aube fatale. Je me souvins de notre entretien, je me rappelai que je n'avais pu le convaincre; et une idée nouvelle, très envahissante, s'empara de moi.

Oh, lecteur, après ce petit somme je me sentais aussi frais qu'un enfant; mon âme était rincée à neuf; en somme, je n'étais que dans ma trente-sixième année, et le très long restant de ma vie pouvait être consacré à quelque chose de mieux qu'un vil feu follet.

Vraiment, quelle pensée fascinante, neuve et belle ; consulter le Destin et partir, maintenant, tout de suite, quitter cette chambre, partir à jamais et oublier mon double... Et, qui sait, peut-être après tout qu'il ne me ressemblait pas le moins du monde, je ne pouvais voir que le sommet de sa tête, il dormait profondément, me tournant le dos. Semblable à l'adolescent qui, après avoir cédé une fois de plus à un vice solitaire et honteux, se dit avec une force et une netteté excessives : « C'est fini ; à partir de maintenant, ma vie sera pure ; l'extase de la pureté... », après avoir tout prononcé hier, ayant ainsi vécu tout cela à l'avance, ayant eu mon saoul de douleur et de plaisir, j'avais maintenant un désir superstitieux de me détourner pour toujours de la tentation.

Tout semblait si simple ; sur le lit voisin dormait un vagabond auquel j'avais par hasard donné un abri ; ses pauvres souliers poussiéreux étaient par terre, les bouts en dedans, tandis que ses vêtements étaient pliés sur une chaise, avec un soin prolétarien. Que diantre faisais-je dans cette chambre d'hôtel provinciale ? Pourquoi donc m'attarder ? Et cette froide et lourde odeur de sueur étrangère, ce ciel figé dans la fenêtre, cette grosse mouche noire posée sur la carafe... tout cela me disait : lève-toi et va-t'en. Une tache noire de gravier boueux située près de l'interrupteur me rappela une journée de printemps à Prague. Oh, j'aurais pu l'effacer, en grattant, et il n'y aurait plus eu la moindre trace ! Je désirais le bain chaud que je prendrais dans ma superbe demeure — même si je corrigeais malicieusement cette perspective à la seule pensée qu'Ardalion avait probablement utilisé la baignoire comme son aimable cousine le lui avait permis, une fois ou deux en mon absence, j'en avais bien peur.

Je posai les pieds sur la carpette retournée; me coiffai en ramenant mes cheveux en arrière; sans un bruit, glissai à travers la chambre pour mettre mon veston, mon pardessus et mon chapeau; soulevai ma valise et sortis, fermant silencieusement la porte derrière moi. Je présume que, même s'il m'était arrivé de jeter un regard sur le visage de mon double endormi, je serais pourtant parti; mais je n'éprouvai nul désir de le faire, tout comme le susdit adolescent ne daigne pas, au matin, accorder un regard à la photographie suggestive qu'il dévora des yeux pendant la nuit.

Dans la brume d'un léger vertige, je descendis l'escalier, payai la chambre, et, suivi par le regard engourdi du valet, je gagnai la rue. Une demi-heure plus tard, j'étais assis dans un compartiment de chemin de fer, un rot parfumé d'eau-de-vie chatouilla délicieusement mon âme, et aux coins de ma bouche restaient les traces salées d'une omelette que j'avais mangée en hâte au buffet de la gare. Ainsi, sur une note basse, œsophagienne, se termine ce chapitre vague.

VI

Il est facile de prouver la non-existence de Dieu. Impossible d'admettre, par exemple, qu'un certain être sérieux, tout-puissant et infiniment sage, pourrait employer son temps de manière si futile qu'il jouât avec de petits hommes, et — ce qui est plus incongru encore — qu'il limitât son jeu par les lois terriblement banales de la mécanique, de la chimie et des mathématiques, sans jamais — pensez donc, jamais! — montrer son visage, se permettant seulement des apparitions et des circonlocutions subreptices, et des chuchotements furtifs (révélations, vraiment!) de vérités contestables, derrière le dos de quelque doux hystérique.

Toute cette affaire divine est, je le présume, une immense mystification pour laquelle les prêtres ne sont certainement pas à blâmer; les prêtres en sont eux-mêmes les victimes. L'idée de Dieu a été inventée aux premières heures de l'histoire, par un chenapan de génie; elle a je ne sais quel relent trop humain, cette idée, pour que son origine éthérée soit plausible; mais je ne prétends pas qu'elle soit le fruit d'une ignorance crasse; mon chenapan était versé dans la science céleste... et je me demande vraiment quelle est la plus sage version du Ciel : cet éblouissement d'anges aux yeux d'Argus, agitant leurs ailes, ou ce miroir incurvé dans lequel un professeur de physique satisfait de soi s'évanouit, devenant infiniment petit. Il est encore une autre raison pour laquelle je ne peux ni ne désire croire en Dieu : le mythe qui le concerne n'est pas réellement mien, il appartient à des étrangers, à tous les hommes ; il est saturé des malodorants effluves de millions d'autres âmes qui ont fait quelques petits tours sous le soleil, puis ont éclaté ; il fourmille de terreurs primordiales ; il est l'écho d'un chœur confus dans lequel des voix innombrables s'efforcent de se couvrir les unes les autres ; j'y entends le grondement et le halètement de l'orgue, le rugissement du diacre orthodoxe, les roulades du chantre, le gémissement des nègres, l'abondante éloquence du pasteur protestant, des gongs, des coups de tonnerre, des spasmes de femmes épileptiques ; je vois transparaître en lui les pages livides de toutes les philosophies, comme l'écume de vagues depuis longtemps brisées ; il m'est étranger, et odieux, et absolument inutile.

Si je ne suis pas le maître de ma vie, ni le sultan de mon être, alors aucune logique d'homme, aucune extase d'homme ne pourra me faire trouver moins sotte ma situation impossiblement sotte : celle de l'esclave de Dieu ; non, pas même son esclave, mais une simple allumette frottée sans raison puis soufflée par un enfant curieux, terreur de ses jouets. Mais il n'y a nul sujet d'être anxieux : Dieu n'existe pas plus que notre vie future, cette seconde hypothèse est aussi facile à détruire que la première. Essayez donc de vous imaginer mort... et soudain bien éveillé au Paradis où, couronnés de sourires, vos chers défunts vous accueillent.

A présent dites-moi, s'il vous plaît, quelle garantie vous avez que ces chers fantômes soient authentiques ; que c'est réellement votre chère mère défunte, et non quelque chétif démon qui vous mystifie, masqué à la ressemblance de votre mère, et la personnifiant avec un art et un naturel consommés ? Voilà le hic, voilà l'horreur ; d'autant plus que le jeu continuera toujours et toujours, à l'infini ; jamais, jamais, jamais, jamais, jamais dans cet autre monde, votre âme ne sera tout à fait sûre que les âmes douces et paisibles qui l'entourent en foule ne sont pas des démons travestis, et toujours, et toujours, et toujours votre âme demeurera dans le doute, s'attendant à chaque instant à quelque affreux changement, à quelque diabolique rictus qui défigurera le cher visage penché sur vous.

C'est pour cette raison que je suis prêt à tout accepter, quoi qu'il advienne : le corpulent bourreau en haut-de-forme, et puis le bourdonnement creux de l'éternité vide, mais je refuse de subir les tortures de la vie éternelle, je ne veux pas de ces froids petits chiens blancs. Lâchez-moi, je ne supporterai pas la moindre marque de tendresse, je vous en avertis, car tout cela n'est qu'une illusion, un vil tour d'escamotage. Je ne me fie à rien ni à personne... et si l'être qui m'est le plus cher en ce monde vient à moi dans l'autre monde, si les bras que je connais s'étendent pour m'embrasser, je hurlerai d'horreur, je m'écroulerai, je me tordrai sur l'herbe paradisiaque... oh, je ne sais pas ce que je ferai ! Non, que les étrangers ne soient pas admis au pays des bienheureux !

Pourtant, en dépit de mon manque de foi, je ne suis pas d'une nature sombre ou méchante. En rentrant de Tarnitz à Berlin, je fis l'inventaire des biens de mon âme, je me réjouis comme un enfant des richesses, petites mais certaines, que j'y trouvai, et j'eus la sensation que, renouvelé, rafraîchi, délivré, je tournais, comme on dit, une nouvelle page de ma vie. J'avais une femme à cervelle d'oiseau, mais séduisante, qui m'adorait ; un gentil petit appartement ; un estomac obligeant ; et une voiture bleue. Il y avait en moi, je le sentais, un poète, un écrivain ; également, de vastes capacités commerciales, quoique les affaires fussent joliment embêtantes. Félix, mon double, ne semblait rien être de plus qu'une inoffensive curiosité, et il est fort possible que j'aurais parlé de lui à un ami, si un ami s'était trouvé là. Je jouai avec l'idée de laisser tomber mon chocolat et d'entreprendre autre chose ; la publication, par exemple, de coûteux volumes de luxe traitant exclusivement des rapports sexuels tels que les révèlent la littérature, l'art, la science... bref, je débordais d'une énergie farouche, et je ne savais comment l'utiliser.

Un soir de novembre se détache particulièrement dans ma mémoire : en rentrant du bureau, je ne trouvai pas ma femme à la maison... elle m'avait laissé un mot disant qu'elle était allée au cinéma. Ne sachant que faire de moi-même, je marchai à travers les pièces en faisant claquer mes doigts ; puis je m'assis à mon bureau, avec l'intention d'écrire un morceau de belle prose, mais je ne réussis qu'à faire baver ma plume et à dessiner une rangée de nez qui se poursuivaient ; alors je me levai et sortis, car j'éprouvais douloureusement le besoin d'un contact... de n'importe quel contact avec le monde, ma propre compagnie m'était intolérable, parce qu'elle m'excitait trop et sans nul propos. Je me rendis chez Ardalion ; un saltimbanque, vulgaire et méprisable. Lorsque enfin il me fit entrer (il s'enfermait dans sa chambre par crainte des créanciers) je me demandais pourquoi diable j'étais venu.

— Lydia est ici, dit-il en faisant tourner dans sa bouche quelque chose que je sus plus tard être du chewing-gum. Elle a mal au cœur. Mettez-vous à votre aise.

Sur le lit d'Ardalion, mi-vêtue — c'est-à-dire déchaussée, portant une gaine verte toute froissée — Lydia était couchée, fumant une cigarette.

— Oh, Hermann, dit-elle, comme c'est gentil d'avoir eu l'idée de venir. Mon estomac ne va pas. Assieds-toi là. Ça va mieux, maintenant, mais je me suis sentie affreusement mal au cinéma.

— Au beau milieu d'un film épatant, encore! déplora Ardalion, tout en vidant sa pipe dont il répandit le noir contenu sur le plancher. Depuis une demi-heure, elle est étalée comme ça. Une idée de femme, c'est tout. Elle se porte comme un charme.

— Dis-lui de tenir sa langue, dit Lydia.

— Écoutez, dis-je à Ardalion, je ne me trompe sûrement pas ; vous avez bien, n'est-ce pas, un tableau comme ça... une pipe et deux roses ?

Il produisit un son que les romanciers sans discernement décrivent ainsi : « H'm ».

— Pas à ma connaissance, répondit-il. Vous devez confondre, mon vieux.

— Mon premier, dit Lydia, allongée les yeux fermés, mon premier ce sont de vieilles nippes. Mon second est une bête féroce. Mon tout est également une bête, si l'on veut... ou encore, un barbouilleur.

— Ne faites pas attention à elle, dit Ardalion. Quant à cette pipe et à ces roses, non, je ne vois pas ça. Mais regardez donc vous-même.

Ses tableaux pendaient aux murs, jonchaient la

table en désordre, s'entassaient dans un coin. Tout dans la chambre était couvert de flocons de poussière. J'examinai les informes taches pourpres de ses aquarelles ; touchai délicatement plusieurs feuilles graisseuses, sur une chaise branlante...

— D'abord, dit Hardes-lion, tu devrais apprendre à épeler mon nom.

Je quittai la chambre et gagnai la salle à manger de la propriétaire. Cette vénérable dame, très semblable à une chouette, était assise dans un fauteuil gothique qui se dressait près de la fenêtre, sur un petit rehaussement du plancher, et elle ravaudait un bas tendu sur un champignon de bois.

— ... Pour voir les tableaux, dis-je.

— Je vous en prie, répondit-elle gracieusement.

Immédiatement à droite du buffet, j'aperçus ce que je cherchais ; il se trouva, cependant, que ce n'étaient ni vraiment deux roses, ni vraiment une pipe, mais deux grosses pêches et un cendrier de verre.

Je revins dans un état d'extrême irritation.

— Alors, s'enquit Ardalion, vous avez trouvé ?

Je secouai la tête. Lydia avait déjà passé sa robe, et elle était en train de lisser ses cheveux devant la glace, avec la brosse incroyablement sale d'Ardalion.

— C'est drôle... j'ai dû manger quelque chose d'indigeste, dit-elle avec cette petite façon à elle de pincer le nez.

— Des gaz, remarqua Ardalion. Attendez un instant, bonnes gens, je viens avec vous. Je m'habille en un clin d'œil. Tourne-toi, Liddy.

Il portait une blouse de peintre toute rapiécée, barbouillée de couleurs, qui lui arrivait presque aux talons. Il l'enleva. Il n'avait rien en dessous, sauf une croix d'argent et de symétriques touffes de poils. J'ai horreur de la négligence et de la crasse. Ma parole, Félix était plus propre que lui. Lydia regardait par la fenêtre en fredonnant une petite chanson depuis longtemps passée de mode (et comme elle prononçait mal les mots allemands). Ardalion marchait à travers la chambre, s'habillant par degrés selon les vêtements qu'il découvrait dans les endroits les plus inattendus.

— Pauvre de moi ! s'exclama-t-il tout à coup. Que peut-il y avoir de plus banal qu'un artiste impécunieux ? Si une bonne âme m'aidait à organiser une exposition, le lendemain, je serais riche et célèbre.

Il vint dîner avec nous, puis il joua aux cartes avec Lydia, et il s'en alla après minuit. Je donne tout cela comme exemple d'une soirée passée de joyeuse et profitable façon. Oui, tout était bien, tout était excellent, je me sentais un autre homme, rafraîchi, renouvelé, délivré (un appartement, une femme, d'agréables compagnons, le bon froid envahissant d'un glacial hiver berlinois) et ainsi de suite. Je ne peux m'empêcher de citer également un exemple des exercices littéraires auxquels je m'adonnais... sorte d'entraînement inconscient, je suppose, en vue de ma lutte actuelle avec ce récit harassant. Les modestes petites choses composées cet hiver-là ont été détruites, mais l'une d'elles traîne encore dans ma mémoire... Elle me rappelle les poèmes en prose de Tourguéniev... « Que les roses étaient belles et fraîches » avec accompagnement de piano. Musique, s'il vous plaît !

Il était une fois un certain M. X. Y., homme faible et mal en point, mais fort riche. Il était amoureux d'une ensorcelante jeune dame, qui, hélas, ne faisait nullement attention à lui. Un jour, au cours d'un voyage, cet homme pâle et morne rencontra par hasard, au bord de la mer, un jeune pêcheur nommé

Dick, gaillard joyeux, fort et bronzé, qui, malgré tout cela, lui ressemblait merveilleusement, prodigieusement. Une idée subtile vint à notre héros : il invita la jeune dame à le rejoindre à la mer. Ils logeaient dans des hôtels différents. Dès le premier matin elle alla se promener, et elle vit, du haut de la falaise... qui donc ? Était-ce réellement M. X. Y. ? Ma foi, je n'aurais jamais cru... ! En bas, debout sur le sable, joyeux, bronzé, avec un jersey rayé et des bras nus et forts (mais c'était Dick !). La demoiselle rentra à son hôtel, toute frémissante, et elle attendit, elle attendit ! Les minutes d'or se changeant en plomb...

Pendant ce temps le véritable M. X. Y. qui, derrière un buisson, l'avait vue regarder Dick, son sosie (et qui donnait maintenant au cœur de sa dame le temps de mûrir tout à fait), errait anxieusement dans le village, vêtu d'un veston de ville avec une cravate lilas et un pantalon blanc. Soudain une jeune fille, teint basané, yeux bruns, jupe écarlate, l'appela du seuil d'une chaumière et, avec un geste de surprise, s'exclama :

— Que tu es magnifiquement habillé, Dick ! J'ai toujours pensé que tu étais un simple et rude pêcheur, comme tous nos jeunes hommes, et je ne t'aimais pas ; mais maintenant, maintenant...

Elle l'attira dans la cabane. Lèvres murmurantes, odeur de poisson, brûlantes caresses. Ainsi s'enfuirent les heures.

M. X. Y. ouvrit enfin les yeux et se rendit à l'hôtel où sa bien-aimée, son seul amour, l'attendait fiévreusement.

— J'étais aveugle, s'écria-t-elle lorsqu'il entra. Et maintenant, j'ai recouvré la vue, quand vous avez paru dans votre nudité de bronze, sur cette plage qui reçoit le baiser du soleil. Oui, je vous aime. Faites de moi ce que vous voudrez.

Lèvres murmurantes, brûlantes caresses ? Fuite des heures ? Non, hélas, non... absolument pas. Seulement une languissante odeur de poisson. Le pauvre garçon était complètement épuisé par son récent exploit, et il restait assis là, tout triste et abattu, songeant qu'il avait été idiot de trahir et de faire échouer le plan glorieux qu'il avait lui-même conçu.

C'est très médiocre, je le sais moi-même. Tandis que j'écrivais cela, j'avais l'impression de découvrir quelque chose de très spirituel et de très ingénieux ; la même chose se produit parfois dans les rêves : vous rêvez que vous prononcez un discours extrêmement brillant, mais en vous le rappelant, une fois éveillé, vous reconnaissez que cela n'a aucun sens : « A part un silence avant l'heure du thé, je reste silencieux devant des yeux de fange et de son image. »

Il est vrai que cette petite histoire dans le style d'Oscar Wilde conviendrait parfaitement à la page littéraire des journaux dont les éditeurs, surtout les éditeurs allemands, aiment offrir à leurs lecteurs de tels petits récits du genre joli-joli et légèrement licencieux, quarante lignes en tout, avec une pointe élégante et une pincée de ce que les ignorants appellent paradoxe (« sa conversation scintillait de paradoxes »). Oui, une bagatelle, une fantaisie de ma plume, mais comme vous serez étonnés si je vous dis que, ce barbotage baveux, je l'ai écrit dans une agonie de souffrance et d'horreur, en grinçant des dents, me délivrant avec fureur tout en comprenant parfaitement que ce n'était pas un vrai soulagement, mais une torture raffinée que je m'infligeais moi-même, tout en sachant que je ne libérerais jamais mon âme poussiéreuse et sombre par cette méthode, mais que je ne ferais qu'aggraver les choses.

C'est à peu près dans cet état d'esprit que j'atteignis la Saint-Sylvestre ; je me rappelle la carcasse noire de cette nuit, de cette nuit qui était une sorcière pauvre d'esprit, retenant son souffle en attendant que sonnât l'heure sacramentelle. Assis autour de la table : Lydia, Ardalion, Orlovius et moi, tout à fait immobiles, d'une raideur de blason, comme des animaux héraldiques. Lydia, coude sur la table, index vigilant et levé, épaules nues, robe aussi bigarrée que le dos d'une carte à jouer ; Ardalion emmitouflé dans une couverture (parce que la fenêtre du balcon était ouverte), avec une lueur rouge sur son gros visage léonin ; Orlovius en redingote noire, les coins de son col cassé avalant les bouts de sa minuscule cravate noire ; et moi, l'Éclair Humain, illuminant cette scène.

Bon, maintenant vous pouvez bouger, débouchez vite cette bouteille, l'horloge va sonner. Ardalion versa le champagne, et de nouveau nous fûmes tous pétrifiés. De côté et par-dessus ses lunettes, Orlovius regarda son vieil oignon d'argent qu'il avait posé sur la nappe ; encore deux minutes. Dans la rue, quelqu'un fut incapable de se contenir plus longtemps et fit partir un pétard qui fit une forte détonation ; et puis, de nouveau, ce silence tendu. Regardant fixement sa montre, Orlovius tendit lentement vers sa coupe une main sénile aux ongles de griffon.

Soudain la nuit céda et commença à se déchirer ; des cris de joie vinrent de la rue ; avec nos coupes de champagne nous allâmes sur le balcon, comme des rois. Des fusées sifflaient en s'élevant au-dessus de la rue, puis, avec un coup sec, explosaient en larmes multicolores ; et à chaque fenêtre, sur chaque balcon, encadrés dans des coins et des carrés de lumière de fête, des gens étaient debout et criaient encore et encore le même compliment idiot.

Tous quatre, nous choquâmes nos coupes ; je bus une gorgée de la mienne.

— A quoi Hermann boit-il ? questionna Lydia, s'adressant à Ardalion.

— Je n'en sais rien, et je m'en fiche, répondit celui-ci. Qu'il boive à ce qu'il veut, il sera tout de même décapité cette année. Pour dissimulation de bénéfices.

— Fi, quelles vilaines paroles ! dit Orlovius. Je bois à la santé universelle.

— Évidemment, remarquai-je.

Quelques jours plus tard, un dimanche matin, pendant que je prenais mon bain, la bonne frappa à la porte ; elle répétait quelque chose que je ne pouvais distinguer à cause de l'eau qui coulait : « Qu'est-ce que c'est ? » beuglai-je, « que voulez-vous ? »... mais ma propre voix et le bruit de l'eau couvraient ce que disait Marthe, et chaque fois qu'elle commençait à parler, je me remettais à beugler... tout comme il arrive que deux personnes, faisant en même temps un pas de côté, ne peuvent se dépêtrer l'une de l'autre sur un trottoir large et parfaitement libre. Mais à la longue j'eus l'idée de fermer le robinet ; puis je sautai jusqu'à la porte, et au milieu du silence soudain la voix de Marthe dit :

— Il y a un homme qui veut vous voir, monsieur.

— Un homme ? questionnai-je en entrebâillant un peu plus la porte.

— Un homme, répéta Marthe.

— Que veut-il ? questionnai-je, et je me sentis transpirer de la tête aux pieds.

— Il dit que c'est pour affaires, monsieur, et que vous savez de quoi il s'agit.

— Comment est-il ? demandai-je avec effort.

— Il attend dans l'antichambre, dit Marthe.

— Je vous demande à quoi il ressemble !

— Il est plutôt pauvre, monsieur ; il a un havresac.

— Alors dites-lui d'aller au diable ! hurlai-je. Qu'il s'en aille tout de suite, je ne suis pas à la maison, je ne suis pas en ville, je ne suis pas en ce monde !

Je claquai la porte, poussai le verrou. Il me sembla que mon cœur battait juste en haut de ma gorge. Il s'écoula environ une demi-minute. Je ne sais ce qui me prit, mais, criant déjà, j'ouvris soudain la porte et, à moitié nu, bondis hors de la salle de bains. Dans le couloir, je bousculai Marthe qui retournait à la cuisine.

— Arrêtez-le, criai-je. Où est-il ? Arrêtez-le !

— Il est parti, dit-elle.

— Pourquoi diable avez-vous... commençai-je, mais je ne terminai pas ma phrase, je me dépêchai de sortir, revêtis un pantalon et un manteau, mis mes chaussures et descendis l'escalier en courant et sortis dans la rue. Personne. J'allai jusqu'au coin, y demeurai un moment, regardant autour de moi, et finalement rentrai à la maison. J'étais seul, car Lydia était sortie très tôt en disant qu'elle allait voir une femme de sa connaissance. Quand elle rentra, je lui dis que je ne me sentais pas dans mon assiette et que je ne l'accompagnerai pas au café comme ç'avait été entendu.

— Pauvre chou, dit-elle. Tu devrais te coucher et prendre quelque chose ; il y a de l'aspirine quelque part... Tant pis, j'irai seule au café.

Elle y alla. La bonne était sortie, elle aussi. J'écoutai désespérément, guettant la sonnette de la porte.

— Quel imbécile, répétais-je sans cesse, quel incroyable imbécile !

J'étais dans un horrible état d'exaspération vraiment morbide, et cela passait mon endurance. Je ne savais que faire, j'étais prêt à prier, pour un coup de sonnette, un Dieu inexistant. Quand l'obscurité vint, je n'allumai pas, je restai sur le divan... écoutant, écoutant. Il viendrait certainement avant que la porte de la maison fût fermée pour la nuit, et s'il ne venait pas, eh bien alors il viendrait certainement, certainement demain ou après-demain. Je mourrais s'il ne venait pas... oh, il fallait qu'il vînt... Enfin, vers huit heures, la sonnette retentit. Je courus à la porte.

— Bououh, que je suis fatiguée ! dit tranquillement Lydia qui ôta son chapeau et se frotta les cheveux en entrant.

Ardalion l'accompagnait. Lui et moi allâmes au salon, tandis que ma femme s'affairait dans la cuisine.

— Le pèlerin a froid et faim ! dit Ardalion, se chauffant les paumes sur le radiateur et citant de travers le poète Nekrassov.

Un silence.

— Dites ce que vous voudrez, continua-t-il en regardant mon portrait, mais il y a une ressemblance, et même une ressemblance tout à fait remarquable. Je sais que j'ai l'air prétentieux, mais je ne peux vraiment pas m'empêcher de l'admirer chaque fois que je vois ça. Et vous avez bien fait, mon bon vieux, de vous raser la moustache.

— Le dîner est servi, chanta gentiment Lydia, à travers la porte entrouverte.

Je ne pus toucher à mon repas. Je restai constamment sur mes gardes, quoiqu'il fût maintenant beaucoup trop tard.

— Deux de mes rêves favoris, dit Ardalion en roulant des couches de jambon comme on roule des crêpes, et en mâchant richement. Deux rêves délicieux : une exposition et un tour en Italie.

— Voilà plus d'un mois que cet homme ne boit pas, dit Lydia d'un air explicatif.

— A propos de boisson, dit Ardalion, est-ce que Perebrodov est venu vous voir ?

Lydia mit la main devant sa bouche.

— Ça b'est sorti de la béboire, dit-elle à travers ses doigts. Absolument !

— Jamais vu une oie pareille ! Je lui avais demandé de vous dire... Il s'agit d'un artiste pauvre — il s'appelle Perebrodov —, un vieux copain à moi, et tout. Il est venu à pied de Dantzig, vous savez, ou du moins il le dit. Il vend des étuis à cigarettes peints à la main, alors je lui ai donné votre adresse... Lydia pensait que vous l'aideriez.

— Oh oui, il est venu, répondis-je, oui, en effet, il est venu. Et je lui ai joliment bien dit d'aller au diable. Je vous serais extrêmement obligé si vous cessiez de m'envoyer toute cette racaille de tapeurs. Vous pouvez dire à votre ami de ne pas prendre la peine de revenir. Réellement... c'est un peu fort ! On dirait que je suis un bienfaiteur professionnel. Foutez-moi la paix avec votre je ne sais qui... Je ne tolérerai pas...

— Allons, allons, Hermann, intervint doucement Lydia.

Ardalion fit un bruit d'explosion avec ses lèvres.

— C'est fort triste, observa-t-il.

Je continuai à pester pendant quelque temps... ne me rappelle pas les mots exacts... pas d'importance.

— Il me semble vraiment, dit Ardalion avec un regard en biais vers Lydia, que j'ai mis les pieds dans le plat. Je regrette.

Soudain je me tus et me plongeai dans mes pensées, remuant mon thé qui avait depuis longtemps fait tout ce qu'il pouvait faire avec le sucre ; puis, au bout d'un moment, je dis :

— Quel parfait crétin je suis !

— Oh, voyons, n'exagérez pas, dit Ardalion avec bienveillance.

Ma propre bêtise m'égaya. Comment diable ne m'était-il pas venu à l'esprit que si Félix était réellement venu (ce qui, en soi-même, eût été une sorte de prodige, puisqu'il ne savait même pas mon nom), la bonne aurait dû être abasourdie, car elle se serait trouvée en face de mon double parfait !

Maintenant que j'y pensais, mon imagination évoquait vivement l'exclamation qu'aurait poussée la jeune fille, et la façon dont elle serait accourue vers moi, haletante, criant la merveille de notre ressemblance. Je lui aurais alors expliqué que c'était mon frère, arrivant de Russie à l'improviste. En somme, j'avais passé une longue journée solitaire à souffrir absurdement, car au lieu d'être surpris par le fait même de sa venue, j'avais constamment essayé de décider ce qui se passerait ensuite... soit qu'il fût parti pour de bon, soit qu'il revînt, et quel jeu il jouait, et si sa venue n'allait pas entraver l'accomplissement de mon rêve farouche, magnifique et toujours invaincu ; ou encore, si une quantité de gens qui connaissaient mon visage ne l'avaient pas vu dans la rue, ce qui aurait alors signifié la fin de mes projets.

Ayant ainsi considéré l'insuffisance de ma raison, et ayant si aisément dissipé ce danger, j'éprouvai, comme je l'ai déjà dit, une vague de gaieté et de bon vouloir.

— Je suis nerveux aujourd'hui. Excusez-moi, je vous prie. A vrai dire, je n'ai même pas vu votre charmant ami. Il est venu à un mauvais moment. J'étais en train de prendre mon bain, et Marthe lui a dit que je n'étais pas là. Tenez : donnez-lui ces trois marks quand vous le verrez — ce que je peux faire, je le fais volontiers — et dites-lui que je ne peux pas faire plus, qu'il ferait mieux de s'adresser à quelqu'un d'autre... à Vladimir Isacovitch Davidov, peut-être.

— C'est une idée, dit Ardalion, j'irai moi-même y faire un tour. A propos, il boit comme un trou, ce bon Perebrodov. Demandez à ma tante, celle qui a épousé un fermier français — je vous ai parlé d'elle — une dame très enjouée, mais bougrement pingre. Elle avait un peu de terre en Crimée, et pendant qu'on se battait là-bas en 1920 Perebrodov et moi avons bu sa cave.

— Quant à ce tour en Italie... eh bien, nous verrons, dis-je en souriant, oui, nous verrons.

— Hermann a un cœur d'or, remarqua Lydia.

— Passe-moi la saucisse, ma chérie, dis-je en souriant toujours.

Je ne pus, à ce moment, comprendre tout à fait ce qui se passait en moi... mais aujourd'hui je sais ce que c'était : ma passion pour mon double s'élevait de nouveau, avec une violence voilée mais formidable qu'il serait bientôt impossible de maîtriser. Cela commença par l'apparition, dans la ville de Berlin, d'un obscur point central autour duquel une force confuse me contraignait à décrire des cercles de plus en plus étroits. Le bleu de cobalt des boîtes aux lettres, ou cette automobile jaune à grosses roues avec l'emblématique aigle à plumes noires sous sa fenêtre à barreaux ; un facteur, son sac sur le ventre, descendant la rue (avec cette riche lenteur spéciale qui marque les façons du travailleur expérimenté), ou le distributeur automatique de timbres à la station de métro ; ou même quelque petite boutique de philatélie, avec des timbres de toutes les parties du monde, aux nuances appétissantes, entassées dans des enveloppes à fenêtre ; bref, tout ce qui touchait à la poste s'était mis à exercer sur moi une étrange pression, une impitoyable influence.

Je me rappelle qu'un jour quelque chose de très semblable à du somnambulisme m'amena dans une certaine petite rue que je connaissais bien, et j'étais là, approchant de plus en plus du point magnétique qui était devenu l'axe de mon être ; mais, avec un sursaut, je repris mes esprits et m'en allai ; et bientôt — en l'espace de quelques minutes ou, peut-être bien, de quelques jours — je m'aperçus que j'étais entré dans cette même rue, mais cette fois par son autre bout. Au-devant de moi vinrent sans hâte plusieurs facteurs bleus, et, sans hâte, ils se dispersèrent au coin de la rue. Je fis demi-tour, me mordant le pouce, je secouai la tête : je résistais encore ; et pendant tout ce temps, avec le fol élancement de l'intuition infaillible, je savais que la lettre était là, attendant ma visite, et que tôt ou tard je céderais à la tentation.

VII

Pour commencer, adoptons la devise suivante (pas spécialement pour ce chapitre, mais d'une façon générale) : la Littérature, c'est l'Amour du prochain. Maintenant, nous pouvons continuer.

Il faisait plutôt sombre dans le bureau de poste ; deux ou trois personnes attendaient à chaque guichet, surtout des femmes ; et à chaque guichet, encadré dans sa petite fenêtre, comme un portrait terni, on voyait le visage d'un employé. Je cherchai le numéro 9... j'hésitai avant de m'en approcher... Au milieu du bureau, il y avait une rangée de pupitres, et je m'y attardai, faisant semblant d'avoir quelque chose à écrire : au dos d'une vieille facture que je trouvai dans ma poche, je me mis à griffonner les premiers mots venus. La plume fournie par l'État criait et grinçait, je la trempais constamment dans l'encrier, dans le crachat noir qui s'y trouvait ; le buvard pâle sur lequel j'appuyais mon coude était couvert des empreintes entrecroisées de lignes illisibles. Ces caractères irrationnels, précédés pour ainsi dire par un signe moins, me rappellent toujours les miroirs : moins $\times$ moins = plus. Je fus frappé de ce que peut-être Félix, lui aussi, était un moi négatif, et c'était là une veine de pensées d'une importance prodigieuse, que j'eus tort, oh, grand tort, de ne pas examiner soigneusement.

Pendant ce temps la plume phtisique que j'avais à la main continuait à cracher des mots : vas-y, vas-y, sa vie, vas-y, faire en enfer. Je froissai le bout de papier dans mon poing. Une grosse femme impatiente se fraya un passage, s'empara de la plume maintenant libre, me repoussant en même temps d'une secousse de sa croupe couverte de loutre.

Tout soudain, je me trouvai devant le guichet numéro 9. Un grand visage à moustache rousse me jeta un regard inquisiteur. Je soufflai le mot de passe. Une main avec un doigtier noir à l'index me donna non pas une mais trois lettres. Il me semble maintenant que tout cela se passa en un clin d'œil ; et l'instant suivant, je marchai déjà dans la rue, la main pressée sur la poitrine. Dès que j'atteignis un banc, je m'assis et j'ouvris les lettres.

Dressez un monument en cet endroit ; un poteau jaune, par exemple. Que cette particule de temps laisse également une marque dans l'espace. J'étais là, assis et lisant... et soudain m'étranglant d'un rire inattendu et inextinguible. Oh, lecteur courtois, ces lettres de chantage ! Une lettre de chantage que peut-être nul de décachettera jamais, une lettre de chantage adressée poste restante, sous un chiffre convenu, par-dessus le marché, c'est-à-dire avec l'aveu naïf que son expéditeur ne sait ni le nom ni l'adresse de la personne à laquelle il écrit... c'est vraiment un paradoxe diantrement amusant !

Dans la première de ces trois lettres (datée du milieu de novembre) le thème du chantage était à peine préfiguré. Je l'avais gravement offensée, cette lettre, elle exigeait des explications, elle paraissait réellement lever les sourcils, comme le faisait son auteur, prêt d'un instant à l'autre à sourire de son sourire insipide ; car il ne comprenait pas, disait-il, il était extrêmement désireux de comprendre pourquoi je m'étais conduit si mystérieusement, pourquoi, sans régler nos affaires, j'étais parti furtivement au milieu de la nuit. Il avait certains soupçons, oui, il en avait, mais il n'était pas encore décidé à abattre ses cartes ; il était prêt à cacher au monde ces soupçons, si seulement j'agissais comme je le devais ; et il exprimait avec dignité ses hésitations, et avec dignité il attendait une réponse. Tout cela était très peu grammatical et très guindé à la fois, et cette mixture représentait son style.

Dans la lettre suivante (fin décembre). Quelle patience ! Le thème spécifique était déjà plus apparent. Il était déjà facile de comprendre pour quelle raison il m'écrivait. Le souvenir de ce billet de mille marks, de cette vision gris-bleu qui était passée sous son nez pour s'évanouir aussitôt, ce souvenir lui rongeait les entrailles ; sa cupidité était piquée au vif, il léchait ses lèvres desséchées, il ne pouvait se pardonner de m'avoir laissé partir, se privant ainsi de cet adorable froissement qui lui démangeait le bout des doigts. Alors, il m'écrivait qu'il était prêt à une nouvelle entrevue avec moi ; que, depuis peu, il avait réfléchi ; mais que si je refusais de le rencontrer, ou si tout simplement je ne lui répondais pas, il se trouverait contraint... ici se trouvait juste à point un énorme pâté que le gredin avait fait à dessein, avec l'intention de m'intriguer, car il n'avait pas la moindre idée du genre de menace qu'il fallait exprimer.

Enfin la troisième lettre, du mois de janvier, était de sa part un véritable chef-d'œuvre. Je me la rappelle plus en détail que le reste, parce que je l'ai gardée un peu plus longtemps :

Ne recevant pas de réponses à mes premières lettres il commence à me sembler qu'il est grand temps de recourir à certaines mesures mais ce nonobstant je vous donne un mois de plus pour réfléchir après quoi j'irai tout droit en tel lieu où vos actes seront pleinement jugés à leur pleine valeur quoique si là non plus je ne trouve pas de sympathie car qui est aujourd'hui incorruptible alors j'aurai recours à une action dont je vous laisse entièrement le soin d'imaginer la nature exacte car je considère que quand le gouvernement ne veut pas et quand il n'y a plus moyen de punir les escrocs c'est le devoir de tout citoyen honnête de produire un vacarme si retentissant en rapport avec la personne indésirable que l'État soit forcé de réagir bon gré mal gré mais eu égard à votre situation personnelle et par des considérations d'amabilité et d'empressement à obliger je suis disposé à renoncer à mon intention et à m'abstenir de faire du tapage à la condition qu'avant la fin du mois courant vous m'envoyiez je vous prie une somme plutôt considérable à titre d'indemnité pour tous les ennuis que j'ai eus dont je laisse avec respect le montant exact à votre propre estimation.

Signé : « Moineau », et au-dessous l'adresse d'un bureau de poste de province.

Je savourai longuement cette lettre dont ma traduction assez incolore est à peine capable de rendre le charme gothique. Tous ses caractères me plaisaient : ce majestueux flot de mots que n'entravait pas un seul signe de ponctuation ; ce sot étalage d'agressivité mesquine venant d'un individu à l'aspect si inoffensif ; ce consentement implicite à accepter de moi n'importe quelle proposition, même révoltante, pourvu qu'il reçût de l'argent. Mais ce qui, par-dessus tout, causait ma joie, une joie d'une telle force et d'une telle plénitude qu'elle était difficile à supporter, c'était le fait que Félix, de son propre chef, sans aucune coercition de ma part, avait reparu et m'offrait ses services; bien plus, il m'ordonnait d'user de ses services et, tout en faisant exactement ce que je désirais, il me soulageait d'une responsabilité comme celle que pouvait faire encourir la succession fatale des événements.

Le rire me secouait tandis que j'étais assis sur ce banc. Oh, ne manquez pas d'ériger en ce lieu un monument (un poteau jaune)! Comment concevait-il cela — le nigaud — que ses lettres, par une sorte de télépathie, m'informeraient de leur arrivée, et qu'après une lecture magique de leur contenu je croirais magiquement à la puissance de ses menaces illusoires? Eh bien, n'est-il pas amusant de penser que je sentis en quelque sorte que les lettres étaient là, au guichet numéro neuf, et que je décidai de lui répondre... autrement dit, que tout se réalisait comme Félix — dans son arrogante stupidité — l'avait conjecturé?

Assis sur ce banc, serrant ces lettres d'une brûlante étreinte, je compris soudain que l'esquisse de mon plan était maintenant complète et que tout, ou presque tout, était déjà arrêté; un ou deux détails manquaient encore, et ils ne causeraient aucune difficulté. Au reste, que signifient les difficultés en une telle occurrence? Tout alla de soi, tout coula et se fondit ensemble, prenant mollement des formes inévitables, dès l'instant même où je vis Félix pour la première fois.

Eh bien, pourquoi donc parler de difficultés alors

que c'est l'harmonie des symboles mathématiques, le mouvement des planètes, le jeu sans accroc des lois naturelles qui est en rapport réel avec le sujet ? Mon merveilleux édifice s'éleva sans mon assistance ; oui, dès le commencement, tout s'était conformé à mes désirs ; et maintenant que je me demandais ce que j'écrirais à Félix, j'étais à peine surpris de trouver cette lettre dans mon cerveau où elle était toute faite et prête à être envoyée, comme ces télégrammes de félicitations, ornés de vignettes, que l'on peut adresser aux couples de nouveaux mariés moyennant un certain paiement additionnel. Il ne restait qu'à inscrire la date dans l'espace réservé à cet effet sur la formule imprimée.

Parlons du crime, du crime considéré, comme un art ; et des tours de cartes. Je suis extrêmement excité, juste en ce moment. Oh, Conan Doyle ! Comme vous auriez pu merveilleusement couronner votre création quand vos deux héros commencèrent à vous embêter ! Quelle occasion, quel sujet vous avez manqués ! Car vous auriez pu écrire un dernier récit en conclusion de tout le poème épique de Sherlock Holmes ; un dernier épisode faisant joliment ressortir le reste : dans ce récit le meurtrier se serait trouvé être non pas le comptable à la jambe de bois, ni le Chinois Ching, ni la femme en rouge, mais le chroniqueur même des histoires criminelles, le docteur Watson lui-même... Une foudroyante surprise pour le lecteur.

Mais que sont-ils — Doyle, Dostoïevski, Leblanc, Wallace — que sont tous les grands romanciers qui ont fait vivre d'agiles criminels, que sont tous les grands criminels qui ne lurent jamais les écrivains agiles... que sont-ils en comparaison avec moi ? Des imbéciles gaffeurs ! Comme dans le cas des inventeurs de génie, je fus certainement aidé par le hasard (ma rencontre avec Félix), mais ce coup de chance s'adapta exactement dans l'emplacement que je lui avais préparé ; je fondis sur lui et je m'en servis, ce que n'aurait pas fait un autre homme dans ma situation.

Ma réalisation ressemble à un jeu de patience arrangé d'avance ; tout d'abord, je plaçai les cartes découvertes dans un ordre tel que la réussite fût une certitude absolue ; puis je les ramassai dans l'ordre opposé et je remis à d'autres le paquet préparé, avec la parfaite assurance du succès.

Mes innombrables prédécesseurs commirent l'erreur de se préoccuper surtout de l'acte même et d'attacher à la suppression ultérieure de tous les indices beaucoup plus d'importance qu'au moyen naturel d'aboutir à l'acte en question, acte qui n'est en réalité qu'un maillon de la chaîne, un détail, une ligne du livre, et qui doit être logiquement déduit de tout ce qui le précède ; telle est la nature de tous les arts. Si l'action est correctement conçue et exécutée, alors la force de l'art créateur est telle que, même si le criminel se dénonçait dès le lendemain matin, nul ne le croirait, car l'invention artistique contient infiniment plus de vérité intrinsèque que la vie réelle.

Tout ceci, je m'en souviens, traversa très vite mon esprit juste au moment où j'étais assis avec ces lettres sur mes genoux, mais c'était alors une chose, et c'en est maintenant une autre ; aujourd'hui, je modifierais légèrement cette déclaration, j'y ajouterais que (comme il advient aux merveilleuses œuvres d'art que, pendant longtemps, la masse refuse de comprendre, de reconnaître, et au charme desquelles elle résiste durant de longues années) le génie d'un crime parfait n'est pas admis par les hommes et ne les fait ni rêver, ni s'étonner ; au contraire, ils font de leur mieux pour y trouver quelque chose qui puisse être lacéré et mis en pièces, quelque chose avec quoi l'on puisse harceler l'auteur de façon à lui causer une souffrance aussi vive que possible. Et quand ils croient avoir découvert le point faible qu'ils recherchent : écoutez leurs gros rires et leurs brocards ! Mais c'est eux qui se sont trompés, et non l'auteur ; ils n'ont pas sa vision pénétrante et, là où l'auteur a aperçu une merveille, ils ne voient rien qui sorte de l'ordinaire.

Ayant ri tout mon saoul, ayant ensuite tranquillement et clairement calculé la suite de mon jeu, je plaçai dans mon portefeuille la troisième lettre, la plus virulente, et je déchirai les deux autres, jetant leurs fragments dans les bosquets environnants (où ils attirèrent aussitôt plusieurs moineaux qui les prirent pour des miettes). Puis je m'élançai vers mon bureau où je tapai une lettre à Félix, lui disant de venir et lui donnant des indications détaillées concernant la date, l'heure et le lieu ; je mis vingt marks dans l'enveloppe, puis je ressortis.

J'ai toujours trouvé difficile de lâcher d'entre mes doigts serrés la lettre suspendue au-dessus de la fente abyssale. C'est comme si l'on plongeait dans l'eau glacée, comme si l'on se lançait dans le vide avec un parachute, et maintenant il m'était particulièrement pénible de laisser aller la lettre. Ma gorge se contracta, j'éprouvai un singulier vertige au creux de l'estomac ; et, tenant toujours la lettre, je descendis la rue et m'arrêtai devant la boîte aux lettres suivante, où la même chose se produisit encore une fois. J'allai plus loin, alourdi par la lettre, vraiment courbé sous cet énorme fardeau blanc, et de nouveau, au bout d'un pâté de maisons, j'arrivai à une boîte aux lettres. Mon indécision devenait un vrai tourment, car elle était dépourvue de cause et de sens, étant donné la fermeté de mes intentions ; peut-être pourrait-elle être écartée comme une indécision physique, mécanique, une répugnance des muscles à se détendre ; ou mieux encore, ce pourrait être, comme l'exprimerait un observateur marxiste (le Marxisme étant ce qu'il y a de plus proche de la Vérité Absolue, oui môssieu !), l'indécision d'un propriétaire qui a toujours horreur (c'est là une qualité inhérente à son sang même) de se séparer de sa propriété ; et il est intéressant de noter que, dans mon cas, l'idée de propriété ne se restreignait pas seulement à l'argent que j'envoyais, mais correspondait à cette partie de mon âme que j'avais placée dans les lignes de ma lettre. Quoi qu'il en soit, j'avais déjà vaincu mon hésitation lorsque je parvins à la quatrième ou cinquième boîte aux lettres. Je savais, aussi nettement que je sais que je vais écrire cette phrase... je savais que plus rien ne pourrait m'empêcher de laisser glisser la lettre dans la fente, et je prévoyais même l'espèce de petit geste que je ferais immédiatement après... brossant mes paumes l'une contre l'autre, comme si s'étaient collés à mes gants des grains de poussière laissés par la lettre, laquelle, étant mise à la poste, ne m'appartenait plus... et sa poussière ne m'appartenait donc pas davantage. Voilà qui est fait, voilà qui est fini (tel était le sens de mon geste imaginé).

Pourtant je ne lâchai pas la lettre, mais je restai là, toujours courbé sous mon fardeau, je regardai en dessous deux petites filles qui jouaient près de moi, sur le trottoir : elles faisaient rouler à tour de rôle une bille iridescente, la dirigeant vers un creux du sol, près de la bordure du trottoir.

Je choisis la plus jeune des deux... c'était une délicate enfant aux cheveux noirs, vêtue d'une robe à carreaux (étonnant qu'elle n'eût pas froid en cet âpre jour de février), et, lui caressant la tête, je dis :

— Écoute, mon petit, mes yeux sont si faibles que je crains de ne pas trouver la fente ; veux-tu, je te prie, mettre cette lettre dans la boîte qui est là.

Elle leva les yeux vers moi, quitta sa position accroupie (elle avait un petit visage d'une pâleur translucide et d'une rare beauté), prit la lettre, m'adressa un sourire divin accompagné d'un battement de ses longs cils, et courut vers la boîte aux lettres. Je n'attendis pas pour voir la suite, et je traversai la rue, clignotant (cela vaut d'être noté) comme si ma vue avait vraiment été mauvaise. Et c'était réellement de l'art pour l'amour de l'art, car la rue était déserte.

Au plus proche coin de rue, je me glissai dans la cabine vitrée qui se trouvait là, et je téléphonai à Ardalion ; il était nécessaire de faire quelque chose à son sujet, car j'avais décidé depuis longtemps que ce portraitiste importun était la seule personne de qui j'eusse à me garder. Que les psychologues tranchent la question de savoir si la simulation de la myopie m'inspira, par association, d'agir vis-à-vis d'Ardalion comme j'avais depuis longtemps l'intention d'agir, ou si, au contraire, le fait que je me rappelais constamment ses yeux dangereux me donna l'idée de feindre la myopie.

Oh, à propos, pendant que j'y pense, elle grandira, cette enfant, elle sera très belle et vraisemblablement heureuse, et elle ne saura jamais dans quelle étrange affaire elle a servi d'intermédiaire.

Et il existe aussi une autre probabilité : le Destin,

ne souffrant pas une entremise aussi aveugle et naïve, le Destin envieux, avec sa vaste expérience et ses abus de confiance, avec sa haine de la concurrence, peut cruellement punir cette petite fille de son intrusion, et elle se demandera... : « Qu'ai-je donc fait pour être si malheureuse dans la vie ? » et jamais, jamais, jamais elle ne comprendra. Mais ma conscience est tranquille. Ce n'est pas moi qui ai écrit à Félix, mais lui qui m'a écrit ; ce n'est pas moi qui lui ai envoyé la réponse, mais une enfant inconnue.

Lorsque j'entrai dans le café simple et agréable devant lequel, au milieu d'un petit jardin public, jouait durant les soirs d'été une fontaine aux couleurs changeantes, savamment éclairée d'en dessous par des lampes polychromes (mais à présent le jardin était nu et lugubre, nulle fontaine ne scintillait, et les épais rideaux du café remportaient la victoire dans leur lutte de classe contre les courants d'air flâneurs... avec quelle vigueur j'écris, et, mieux encore, comme je suis froid, comme je suis parfaitement maître de moi !) ; lorsque, dis-je, j'arrivai, Ardalion était déjà installé et, en me voyant, il leva le bras à la romaine. J'ôtai mes gants, mon cache-col de soie blanche, je m'assis à côté de lui et jetai sur la table un paquet de coûteuses cigarettes.

— Que racontez-vous de beau ? questionna Ardalion qui me parlait toujours d'une façon particulière, assez impertinente.

Je commandai du café, puis commençai à peu près ainsi :

— Eh bien, oui... j'ai des nouvelles pour nous. Depuis quelque temps j'ai été grandement ennuyé, mon ami, par la pensée que vous étiez en train de vous enfoncer. Un artiste ne peut vivre sans maîtresses et sans cyprès, comme Pouchkine l'a dit ou bien comme il aurait dû le dire. Il semble qu'en raison des privations que vous endurez et de la sordidité générale de votre façon de vivre, votre talent dépérit, meurt de langueur, pour ainsi dire ; en fait, il ne jaillit pas, de même que cette fontaine colorée, dans ce jardin, là-bas, ne jaillit pas en hiver.

— Merci pour la comparaison, dit Ardalion qui parut très offensé. Cette horreur... cette illumination sucrée dans le style caramel ! J'aimerais mieux, vous savez, que nous ne discutions pas de mon talent, parce que votre conception de l'*ars pictoris* se borne à... » (ici un jeu de mots qu'il n'est pas possible d'imprimer).

— Lydia et moi nous avons souvent parlé, poursuivis-je en ignorant sa vulgarité... parlé de votre situation. Je suis d'avis que vous devriez changer de milieu, rafraîchir votre esprit, vous imprégner d'impressions neuves.

Ardalion tressaillit.

— Le milieu n'a aucun rapport avec ça, grommela-t-il.

— En tout cas, votre milieu actuel est désastreux pour vous, il a donc son importance, je suppose. Ces roses et ces pêches dont vous ornez la salle à manger de votre propriétaire, ces portraits des citoyens respectables chez qui vous trouvez moyen de vous faire invi...

— Dites donc... vraiment... trouver moyen !

— ... Tout cela peut être admirable, plein de génie, même, mais... excusez ma franchise... cela ne vous paraît-il pas plutôt monotone et forcé ? Vous devriez résider sous un autre climat, avec beaucoup de soleil : le soleil est l'ami des peintres. Je vois bien, cependant, que ce sujet ne vous intéresse pas. Parlons d'autre chose. Dites-moi, par exemple, ce qu'il en est de votre terrain ?

— Je veux être pendu si j'en sais quelque chose. Ils m'envoient sans cesse des lettres en allemand ; je vous demanderais bien de les traduire, mais c'est tellement embêtant... Et... ma foi, quand je ne les perds pas, je les déchire dès qu'elles arrivent. Je crois comprendre qu'elles exigent des paiements complémentaires. L'été prochain, j'y construirai une maison, voilà ce que je ferai. Ils ne viendront pas retirer le terrain d'en dessous la maison, j'imagine ! Mais, mon bon vieux, vous parliez d'un changement de climat. Continuez, je vous écoute.

— Oh, ce n'est pas la peine, ça ne vous intéresse pas. Je vous parle raison, c'est ce qui vous blesse.

— Grand Dieu, pourquoi donc serais-je blessé ? Au contraire...

— Non, ce n'est pas la peine.

— Vous avez parlé de l'Italie, mon bon vieux, — Allons, parlez. C'est un sujet que j'aime.

— Je n'en avais pas encore parlé, dis-je en riant. Mais puisque vous avez prononcé ce mot... Dites, n'est-ce pas gentil et intime, ici ? Le bruit court que pour le moment vous avez cessé de... ... et par une succession de chiquenaudes sous ma mâchoire, je produisis un bruit d'ingurgitation.

— Oui. J'ai complètement renoncé à boire. Tout de même, je ne refuserais pas un verre, juste mainte-nant. J'aimerais à rompre-le-col-d'une-bouteille-avec-un-ami, si vous comprenez ce que je veux dire. Oh, c'est bon, je plaisantais seulement...

— Tant mieux, car cela ne vous mènerait à rien : tout à fait impossible de m'émécher. Et voilà. Oh là là, comme j'ai mal dormi cette nuit ! Oh là là... ah !

Affreuse chose, l'insomnie, continuai-je en le regardant à travers mes larmes. Ahah... Excusez-moi de bâiller comme ça.

Ardalion, souriant pensivement, jouait avec sa cuiller. Son visage gras, au nez léonin, était incliné ; ses paupières — verrues rougeâtres en guise de cils — masquaient à demi ses yeux qui brillaient de façon révoltante. Soudain il me lança un regard rapide en disant :

— Si j'allais faire un tour en Italie, je peindrais réellement des toiles magnifiques. Ce que je tirerais de leur vente suffirait tout de suite à régler mes dettes.

— Vos dettes ? Vous avez des dettes ? questionnai-je ironiquement.

— Oh, ça va, Hermann Karlovitch, dit-il, se servant pour la première fois, je crois, de mon prénom et de mon nom patronymique. Vous comprenez parfaitement où je veux en venir. Prêtez-moi cent ou deux cents marks, et je prierai pour votre âme dans toutes les églises de Florence.

— Pour l'instant, prenez ceci pour payer votre visa, dis-je en ouvrant mon portefeuille. Vous avez, je suppose, l'un de ces passeports ridicules, pas un vrai passeport allemand, comme tous les gens convenables en possèdent un. Allez-y immédiatement, sans cela vous boirez l'argent.

— Tope là, mon vieux, dit Ardalion.

Nous restâmes tous deux un moment sans parler, lui parce qu'il débordait d'une émotion qui m'importait peu, et moi parce que la chose était terminée et qu'il n'y avait rien à dire.

— Brillante idée, s'écria soudain Ardalion. Mon bon vieux, pourquoi ne laisseriez-vous pas Lidette venir avec moi ? C'est bougrement moche, ici. La petite femme a besoin de quelque chose qui l'amuse. Et puis, si j'y vais tout seul... Vous savez, elle est plutôt jalouse... elle s'imaginera tout le temps que je suis en train de prendre une cuite. Réellement, laissez-la venir avec moi pour un mois, hein ?

— Peut-être qu'elle ira plus tard. Peut-être que nous irons tous les deux. Moi aussi, je rêve depuis longtemps d'un petit voyage. Bon. Je crois qu'il faut que je parte. Deux cafés, c'est tout, n'est-ce pas ?

VIII

Très tôt le lendemain matin — il n'était pas encore neuf heures — je gagnai une des stations de métro du centre, et là, en haut des escaliers, je pris une position stratégique. A intervalles réguliers, une fournée de gens se précipitaient hors de la profondeur caverneuse ; ils portaient des serviettes... ils montaient, ils montaient les marches, tapant et traînant des pieds et, de temps en temps, quelqu'un heurtait du bout de son soulier, avec un bruit sec, la plaque publicitaire métallique qu'une certaine firme trouve opportun de fixer à la partie antérieure des degrés. Sur le deuxième en partant du haut, dos au mur et chapeau à la main (quel fut le premier mendiant de génie qui adapta un chapeau aux besoins de sa profession ?), se tenait, courbant les épaules aussi humblement que possible, un pauvre hère déjà âgé. Plus haut encore, il y avait une assemblée de marchands de journaux, coiffés de casquettes insolentes et tout couverts d'affiches. C'était un jour sombre, misérable ; en dépit des guêtres que je portais, mes pieds étaient engourdis par le froid. Je me demandais s'ils gèleraient moins par hasard si je ne frottais pas autant mes chaussures. Enfin, à neuf heures moins cinq ponctuellement, juste comme je l'avais calculé, la silhouette d'Orlovius émergea de la profondeur. Aussitôt je fis demi-tour et m'éloignai en marchant lentement ; Orlovius me dépassa, regarda en arrière, et découvrit ses dents belles mais fausses. Notre rencontre avait l'exacte couleur de hasard que je désirais.

— Oui, je vais de votre côté, dis-je en réponse à sa question. Il faut que je passe à ma banque.

— Temps de chien, dit Orlovius, marchant lourdement près de moi. Comment va votre femme ? Bien ?

— Merci, elle va très bien.

— Et vous ? Vous allez bien ? continua-t-il à s'enquérir courtoisement.

— Non, pas très bien. Les nerfs, l'insomnie. Des bagatelles qui m'auraient amusé autrefois m'ennuient à présent.

— Consommez des citrons, coupa Orlovius.

— ... Qui m'auraient amusé autrefois m'ennuient à présent. Tenez, par exemple...

Avec un léger ronflement de rire, je tirai mon portefeuille.

— J'ai reçu cette stupide lettre de chantage, et, je ne sais pourquoi, elle pèse sur mon esprit. Lisez-la si vous voulez, c'est une drôle d'affaire.

Orlovius s'arrêta et examina soigneusement la lettre. Tandis qu'il lisait, je regardai la vitrine du magasin près duquel nous étions : là, pompeuses et vaines, deux baignoires luisaient d'un éclat blanc, ainsi que divers autres accessoires de toilette ; et la vitrine voisine exposait des cercueils, et, là aussi, tout paraissait pompeux et bête.

— Ta ta ta, dit Orlovius. Savez-vous qui a écrit cela ?

Je remis vivement la lettre dans mon portefeuille et répondis en riant du bout des lèvres :

— Bien entendu, je le sais. Un coquin. Il a été au service de gens que je connais. Un être anormal, sinon franchement fou. S'est mis dans la tête que je l'avais dépouillé d'un héritage ; vous savez ce que c'est : une idée fixe que rien ne peut ébranler.

Orlovius m'expliqua, avec force détails, le danger que les aliénés représentent pour la collectivité, puis il me demanda si j'allais informer la police.

Je haussai les épaules :

— Absurdité... Réellement pas la peine d'en parler... Dites-moi, que pensez-vous du discours du Chancelier ? Vous l'avez lu ?

Nous continuâmes à marcher côte à côte, discutant paisiblement de politique étrangère ou intérieure. A la porte de son bureau, je commençai à ôter — comme l'exigent les règles de la politesse russe — le gant de la main que j'allais lui tendre.

— Il est mauvais que vous soyez si nerveux, dit Orlovius. S'il vous plaît, saluez, je vous prie, votre femme.

— Je n'y manquerai pas. Seulement, vous savez, je vous envie joliment votre célibat.

— Pourquoi donc ?

— Eh bien, voici... Cela me fait mal d'en parler, mais, voyez-vous, je ne suis pas heureux en ménage. Ma femme a le cœur volage, et... enfin, elle s'intéresse à quelqu'un d'autre. Oui, froide et frivole, voilà ce que je pense d'elle, et je ne crois pas qu'elle pleurerait longtemps si je venais à... euh... vous savez ce que je veux dire. Et pardonnez-moi d'évoquer des ennuis aussi intimes.

— Il y a longtemps que j'ai observé certaines

choses, dit Orlovius en inclinant sagement et tristement la tête.

Je serrai sa patte laineuse, et nous nous séparâmes. Tout avait merveilleusement marché. Des gens comme Orlovius sont étonnamment faciles à mener par le bout du nez, parce qu'un mélange d'honnêteté et de sentimentalité équivaut exactement à de la bêtise. Dans son zèle à sympathiser avec tout cela, non seulement il prenait parti pour le mari aimant et noble, lorsque je calomniais mon épouse irréprochable, mais il décidait même en son for intérieur qu'il avait « depuis longtemps observé » (comme il disait) une chose ou deux. Je donnerais beaucoup pour savoir ce que cet âne aveugle pouvait découvrir dans le bleu sans nuage de notre union. Oui, tout avait merveilleusement marché. J'étais satisfait. J'aurais été plus satisfait encore si l'obtention de ce visa italien n'avait soulevé quelques difficultés.

Ardalion, avec l'aide de Lydia, remplit la feuille de demande, après quoi on lui dit qu'il s'écoulerait au moins une quinzaine avant que le visa ne lui fût accordé (il me restait encore environ un mois jusqu'au neuf mars ; au pis aller, je pouvais toujours écrire à Félix pour changer la date). Enfin, dans les derniers jours de février, Ardalion reçut son visa et prit son billet. De plus, je lui donnai une somme de deux cents marks. Il avait pris ses dispositions pour partir le premier mars, mais on apprit soudain qu'il avait trouvé le moyen de prêter l'argent à quelqu'un et qu'il était maintenant obligé d'en attendre le remboursement. A l'en croire, un de ses amis était venu, et faisant montre d'une terrible émotion, s'était lamenté : « Si d'ici vingt-quatre heures je ne parviens pas à rassembler deux cents marks, je suis un homme mort. » Une histoire plutôt mystérieuse, pour ne pas dire plus. Ardalion soutenait que c'était une « affaire d'honneur ». Pour moi, je suis toujours extrêmement sceptique en ce qui concerne ces vagues affaires où se trouve impliqué l'honneur... et, prenez-y garde, non pas l'honneur du loqueteux emprunteur lui-même, mais toujours l'honneur d'une troisième ou même d'une quatrième personne, dont le nom n'est pas divulgué. Ardalion (toujours à l'en croire) prêta l'argent, l'autre lui jurant qu'il le rendrait avant trois jours ; le délai usuel avec ces descendants de barons féodaux. Quand ce délai eut expiré, Ardalion se mit à la recherche de son débiteur et, naturellement, ne put le trouver nulle part. Avec une fureur glacée, je demandai son nom. Ardalion tenta d'éluder la question, puis dit :

— Oh, vous vous rappelez... ce type qui est venu vous voir une fois.

Cela me mit tout à fait hors de moi.

Lorsque j'eus reconquis mon calme, je lui serais probablement venu en aide, si les choses n'avaient été compliquées du fait que j'étais plutôt à court d'argent, alors qu'il était absolument nécessaire que j'eusse une certaine somme sur moi. Je lui dis de partir dans la situation où il se trouvait, avec son billet et quelques marks dans sa poche. Je lui dis que je lui enverrais le reste. Il répondit qu'il partirait, mais qu'il attendrait deux ou trois jours pour le cas où l'argent pourrait être récupéré. Et de fait, le trois mars, il me téléphona pour m'annoncer qu'il avait été remboursé et qu'il partait le lendemain soir. Le quatre, il se trouva que Lydia, à qui, pour je ne sais quelle raison, Ardalion avait demandé de garder son billet, était maintenant incapable de se rappeler où elle l'avait mis. Un

Ardalion lugubre était tapi dans le vestibule : « Rien à faire », marmottait-il sans répit, « le Destin est contraire ». Des chambres attenantes arrivait le bruit de tiroirs enfoncés et de papiers frénétiquement froissés : c'était Lydia qui cherchait le billet. Au bout d'une heure, Ardalion y renonça et sortit. Assise sur le lit, Lydia pleurait toutes les larmes de son corps. Le cinq, elle découvrit le billet au milieu du linge sale préparé pour la blanchisseuse ; et le six, nous allâmes assister au départ d'Ardalion.

Le train devait partir à 10 heures 10. La grande aiguille de l'horloge semblait gelée tandis qu'elle visait la minute convoitée, puis soudain elle bondissait sur elle et visait déjà la suivante. Pas d'Ardalion. Nous attendions près du wagon sur la pancarte duquel on lisait « Milan ».

— Qu'y a-t-il donc ? s'inquiétait sans cesse Lydia. Pourquoi ne vient-il pas ? Je suis anxieuse.

Toutes ces histoires ridicules à propos du départ d'Ardalion m'avaient mis dans une telle rage que maintenant je n'osais desserrer les dents, de crainte d'avoir une crise de nerfs sur ce quai de gare. Deux individus sordides, se pavanant l'un dans un mackin-tosh bleu, l'autre dans un long manteau d'aspect russe au col d'astrakan mangé aux vers, approchèrent et, m'évitant, saluèrent Lydia avec effusion.

— Pourquoi ne vient-il pas ? Que pensez-vous qu'il soit arrivé ? questionna Lydia, les regardant de ses yeux effrayés et tenant bien loin le petit bouquet de violettes qu'elle avait pris la peine d'acheter pour cette brute. Le mackintosh bleu étendit les mains, et le col de fourrure prononça d'une voix profonde :

— *Nescimus*. Nous ne savons pas.

Sentant que je ne pourrais me contenir plus longtemps, je me détournai vivement et me dirigeai vers la sortie. Lydia me courut après :

— Où vas-tu, attends un peu, je suis sûre qu'il...

C'est à cette minute qu'Ardalion apparut au loin. Un homme au visage sombre le soutenait par le coude et portait sa valise. Ardalion était si saoul qu'il tenait à peine sur ses jambes ; l'homme sombre, lui aussi, sentait l'alcool.

— Oh, mon Dieu, il ne peut pas partir dans cet état, cria Lydia.

Très rouge, égaré et titubant, sans pardessus (dans une brumeuse anticipation de la chaleur méridionale), Ardalion se lança dans une ronde chancelante d'embrassades baveuses. Je réussis tout juste à l'éviter.

— Kern, artiste professionnel, lâcha son sombre compagnon, en donnant une main moite. Eu le plaisir de vous rencontrer dans les tripots du Caire.

— Hermann, fais quelque chose ! Impossible de le laisser partir comme ça, gémit Lydia en me tirant par la manche.

Pendant ce temps, on claquait déjà les portières. Ardalion, oscillant et émettant des cris suppliants, trébuchait en suivant le chariot d'un marchand de biscuits, mais il fut saisi par des mains amicales. Alors, tout d'un coup, il étreignit Lydia et la couvrit de baisers juteux.

— Oh toi, gosse de gosse, roucoula-t-il, au revoir, gosse, merci, gosse...

— Allons, Messieurs, dis-je avec un calme parfait, voudriez-vous m'aider à le porter dans le wagon.

Le train s'ébranla. Rayonnant et braillant, Ardalion faillit tomber par la fenêtre. Lydia, un agneau vêtu en peau de léopard, trotta le long du wagon presque jusqu'en Suisse. Quand le dernier wagon lui montra ses tampons, elle se pencha très bas, regardant sous les roues qui s'éloignaient (c'est une superstition nationale), puis se signa. Elle tenait toujours dans son poing ce petit bouquet de violettes.

Ah, quel soulagement... Je poussai un soupir qui m'emplissait la poitrine, et je l'exhalai bruyamment. Toute la journée, Lydia se tourmenta et s'inquiéta doucement, puis une dépêche arriva — deux mots : « Voyage joyeusement » — et cela la calma. J'allais maintenant m'attaquer à la partie la plus ennuyeuse de l'affaire : lui parler, lui faire la leçon.

Je ne sais pourquoi, je ne me rappelle pas de quelle façon je commençai : le courant de ma mémoire est concentré sur le moment où l'entretien est déjà dans son plein. Je vois Lydia assise en face de moi sur le divan et me regardant fixement, muette de stupéfaction. Je me vois assis sur le bord d'une chaise et, de temps à autre, touchant son poignet comme un médecin. J'entends ma voix égale parlant encore et encore. D'abord je lui racontai quelque chose que, lui dis-je, je n'avais encore jamais raconté à personne. Je lui parlai de mon frère cadet. Il était étudiant en Allemagne lorsque la guerre éclata ; il y fut recruté, et il se battit contre les Russes. Je m'étais toujours souvenu de lui comme d'un petit garçon tranquille, abattu. Mes parents me fouettaient et le gâtaient ; il ne leur montrait pourtant aucune affection, mais il se prit pour moi d'une adoration incroyable, plus que fraternelle ; il me suivait partout, me regardait dans les yeux, aimait tout ce qui entrait en contact avec moi, aimait tripoter et sentir mon mouchoir de poche, mettre ma chemise encore chaude de mon corps, se brosser les dents avec ma brosse. Ce n'était pas par dépravation — oh non — il faisait seulement de son mieux pour exprimer notre indescriptible unité, car nous nous ressemblions au point que nos plus proches parents nous confondaient et, avec les années, cette ressemblance devenait de plus en plus parfaite. Je me rappelle que quand je l'accompagnai à la gare, lors de son départ pour l'Allemagne (c'était peu de temps avant le coup de pistolet de Princip), le pauvre garçon sanglota avec tant d'amertume que je sentis à l'avance quelle longue et cruelle séparation ce serait. Les gens sur le quai nous regardaient, regardaient ces deux adolescents identiques aux mains entrelacées, qui se regardaient dans les yeux avec une sorte d'extase inquiète...

Puis vint la guerre. Languissant dans une lointaine captivité, je n'avais jamais eu de nouvelles de mon frère, mais je ne sais pourquoi j'étais sûr qu'il avait été tué. Années accablantes, années de deuil. J'appris à ne pas penser à lui ; et même plus tard, quand je me mariai, je n'en soufflai mot à Lydia... tout cela était trop triste.

Puis, peu après le moment où j'emmenai ma femme en Allemagne, un de mes parents éloignés (dont le rôle se borna à passer, juste pour un instant, et à prononcer cette seule phrase) m'apprit que Félix, quoique vivant, avait moralement péri. J'ignore à ce jour de quelle façon exacte son âme se perdit... Je présume que sa délicate structure psychique ne put supporter la tension de la guerre, tandis que la pensée que je n'existais plus (car, c'est étrange à dire, lui aussi était sûr de la mort de son frère), que jamais il ne verrait son double adoré ou, plutôt, l'édition complète de sa propre personnalité, cette pensée paralysait son être, il sentait qu'il avait perdu à la fois son soutien et son ambition, de sorte que, désormais, la vie pouvait être vécue n'importe comment. Et il s'enfonça. Cet homme aussi suave qu'un instrument de musique devint un voleur et un faussaire, se drogua, et finalement commit un meurtre : il empoisonna la femme qui l'entretenait. C'est de sa propre bouche que j'appris ce dernier forfait ; il n'avait même pas été jugé... tant le crime avait été habilement dissimulé. Quant à ma rencontre avec lui... eh bien, elle avait été l'effet du hasard, une rencontre tout à fait inattendue et extrêmement pénible, d'ailleurs... (une de ses conséquences était cette dépression que Lydia avait observée chez moi) rencontre qui eut lieu dans un café de Prague : il se leva en me voyant, je me rappelle, ouvrit les bras et s'écroula en arrière, dans une profonde syncope qui dura dix-huit minutes.

Oui, horriblement pénible. Au lieu de l'indolent petit gringalet qui se cramponnait à moi, je trouvai un fou bavard, tout en tics et en sursauts. Le bonheur qu'il éprouva en me rencontrant, moi, son cher vieux Hermann, qui tout à coup, vêtu d'un élégant costume gris, se levait d'entre les morts, non seulement n'améliora pas ses relations d'affaires avec sa propre conscience, mais bien au contraire lui fit apparaître qu'il était absolument inadmissible de vivre après avoir commis un meurtre. Notre conversation fut affreuse ; il ne cessait de couvrir mes mains de baisers, et de me dire adieu...

Je réalisai bientôt que nulle force humaine en ce monde ne pourrait maintenant ébranler la décision qu'il avait prise de se supprimer ; moi-même, je ne pouvais rien faire, moi qui avais toujours eu sur lui une influence si salutaire. Les minutes que je vécus ne furent rien moins qu'agréables. Me mettant à sa place, je pouvais fort bien imaginer la torture raffinée que sa mémoire lui faisait endurer ; et j'apercevais, hélas, que pour lui la seule issue était la mort. Dieu fasse que nul ne passe par une telle épreuve... voir son frère périr et n'avoir pas le droit moral de détourner sa condamnation.

Mais maintenant la situation se complique : son âme, qui avait un côté mystique, avait soif d'expiation, de sacrifice : se loger simplement une balle dans la tête ne lui semblait pas suffisant.

« Je veux faire don de ma mort à quelqu'un », dit-il soudain, et ses yeux débordèrent de l'éclat de diamant de la démence. « Faire don de ma mort. Nous deux, nous nous ressemblons plus encore qu'autrefois. Dans notre ressemblance, je vois une intention divine. Poser la main sur un piano, ce n'est pas encore faire de la musique, et c'est de la musique que je veux. Dis-moi, n'aurais-tu rien à gagner si tu disparaissais de la terre ? »

D'abord, je ne fis pas attention à sa question : je supposai que Félix délirait ; et un orchestre de Bohême noyait une partie de ses mots dans le café. Pourtant les mots qu'il prononça ensuite prouvaient qu'il avait un plan défini. Eh oui ! D'une part l'abîme d'une âme tourmentée, de l'autre, des considérations d'affaires. A la lueur blafarde de son sort tragique et de son héroïsme tardif, la partie de son plan qui me concernait, moi, mon profit, mon bien-être, cela semblait aussi positif que par exemple, l'inauguration d'un train pendant un tremblement de terre.

Parvenu à ce point de mon histoire, je cessai de parler, et, m'appuyant au dossier de ma chaise, les bras croisés, je regardai fixement Lydia. Elle parut couler du divan sur le tapis, se traîna jusqu'à moi sur ses genoux, pressa sa tête contre ma cuisse, et se mit à me consoler à voix basse :

— Oh, mon pauvre, mon pauvre petit, ronronna-t-elle. J'ai tant de peine pour toi, pour ton frère... Grand Dieu, qu'il y a de malheureux en ce monde ! Il ne faut pas qu'il meure, il n'est jamais impossible de sauver quelqu'un.

— On ne peut le sauver, dis-je avec ce qu'on appelle, je crois, un sourire amer. Il est résolu à mourir le jour de son anniversaire ; le neuf mars... c'est-à-dire après-demain : et le Président de l'État ne pourrait empêcher cela. Le suicide est la pire forme d'indulgence pour soi-même. Tout ce qu'on peut faire, c'est se prêter au caprice du martyr et lui adoucir les choses en lui laissant croire que, par sa mort, il accomplit une action bonne et utile... d'une nature brutalement matérielle, peut-être, mais tout de même utile.

Lydia étreignit ma jambe et me fixa de ses yeux brun chocolat.

— Son plan est le suivant, poursuivis-je d'une voix débonnaire : Supposons que je sois assuré sur la vie pour un demi-million de marks. Quelque part, dans un bois, on trouve mon cadavre. Ma veuve, c'est-à-dire toi...

— Oh, cesse de dire de telles horreurs, cria Lydia en se dressant d'un bond sur le tapis. Je viens de lire une histoire comme ça. Oh, je t'en prie, arrête...

— ... Ma veuve, c'est-à-dire toi, touche cet argent. Puis elle se retire en un lieu solitaire, à l'étranger. Après un certain temps, sous un nom d'emprunt, je la rejoins et peut-être même que je l'épouse, si elle est sage. Mon vrai nom, vois-tu, sera mort avec mon frère. Nous nous ressemblons, ne m'interromps pas, comme deux gouttes de sang, et il me ressemblera tout particulièrement quand il sera mort.

— Assez, assez ! Je ne veux pas croire qu'il n'y a aucun moyen de le sauver... Oh, Hermann, comme tout cela semble méchant !... Où est-il en ce moment ?... ici, à Berlin ?

— Non, dans une autre partie du pays. Tu ne cesses de répéter comme une idiote : sauve-le... Tu oublies que c'est un assassin et un mystique. Quant à moi, je n'ai pas le droit de lui refuser une petite chose qui peut égayer et orner sa mort. Il faut que tu comprennes qu'ici, nous pénétrons dans un plan spirituel supérieur. Ce serait autre chose si je te disais : « Écoute, ma vieille, mes affaires vont mal, je suis acculé à la faillite, et aussi j'ai soupé de tout ça et je désire gagner un pays tranquille, où je me consacrerai à la contemplation et à l'élevage des volailles, alors profitons de cette chance unique ! » Mais je ne te dis rien de tel, quoique je sois à deux doigts de la ruine et que je rêve depuis une éternité, comme tu le sais, de vivre au sein de la Nature. Ce que je dis, c'est quelque chose de très différent, savoir : aussi dur, aussi terrible que ce puisse être, on n'a pas le droit de refuser à un frère l'accomplissement de ce qu'il demande en mourant, on n'a pas le droit de l'empêcher de faire une bonne action... même si c'est une bonne action de ce genre.

Les paupières de Lydia battirent rapidement — je lui avais lancé des postillons — mais bravant la violence de mon discours, elle se blottit contre moi, me serrant très fort, et je continuai :

— Un refus de cette sorte serait un péché. Je n'en veux pas. Je ne veux pas charger ma conscience d'un péché si pesant. Penses-tu que je n'aie pas fait d'objections, que je n'aie pas essayé de le raisonner ? Penses-tu qu'il m'ait été facile d'accepter son offre ? Penses-tu que j'aie dormi, toutes ces nuits ? Je peux bien te dire, ma chérie, que durant ces six derniers mois j'ai horriblement souffert... je ne souhaite pas à mon pire ennemi de souffrir ainsi. Je m'en soucie vraiment, de l'argent de l'assurance ! Mais comment puis-je refuser, dis-le-moi, comment puis-je priver d'une dernière joie... au diable, ce n'est pas la peine de parler !

Je la repoussai, lui faisant presque perdre l'équilibre et je me mis à aller et venir. Je haletais, je sanglotais. Des spectres de rouges mélodrames tournoyaient.

— Tu es un million de fois plus intelligent que moi, chuchota presque Lydia, se tordant les mains (oui, lecteur, *dixi*, se tordant les mains), mais tout cela est si épouvantable, si inattendu, je pensais que ça n'arrivait que dans les livres... Enfin, cela signifie... oh, tout va changer... complètement. Notre vie tout entière ! Tiens... Par exemple, et Ardalion ?

— Au diable, qu'il aille au diable ! Nous sommes en train de parler de la plus grande des tragédies humaines, et voilà que tu...

— Non, j'ai demandé ça comme ça. Tu m'as abasourdie, je sens que ma tête est toute drôle. Je suppose que — pas juste maintenant, mais plus tard — il sera possible de le voir et de lui expliquer les choses... Hermann, qu'en penses-tu ?

— Cesse de t'inquiéter pour des riens, dis-je en me secouant. L'avenir arrangera tout cela. Vraiment, vraiment, vraiment (ma voix se changea soudain en un cri aigu), quelle bûche tu es !

Elle fondit en larmes, et elle fut tout de suite une créature soumise et tendre, frémissant sur ma poitrine :

— Je t'en prie, balbutia-t-elle, je t'en prie, pardonne-moi. Oh, je suis une imbécile, tu as raison, pardonne-moi! Cette chose affreuse qui arrive! Ce matin encore tout paraissait si agréable, si clair, si quotidien... Tu es épuisé, chéri, tu me fais une peine terrible. Je ferai tout ce que tu voudras.

— C'est du café que je veux... je meurs d'envie de boire du café.

— Viens à la cuisine, dit-elle en essuyant ses larmes. Je ferai n'importe quoi. Mais, je t'en prie, reste avec moi, j'ai peur.

Dans la cuisine. Déjà apaisée, mais reniflant encore un peu, elle versa les gros grains de café bruns dans l'ouverture du moulin qu'elle maintint entre ses genoux, et elle se mit à tourner la manivelle. Cela résista d'abord, avec maints craquements et crépitements, puis il y eut un soudain relâchement.

— Imagine, Lydia, dis-je en m'asseyant sur la table et balançant les jambes, imagine que tout ce que je te raconte est une fiction. Très sérieusement tu sais, j'ai essayé de me faire croire à moi-même que c'était simplement une histoire que j'avais inventée ou lue quelque part; c'est là le seul moyen de ne pas devenir fou d'horreur. Alors, écoute; les deux personnages sont : un entreprenant candidat au suicide, et son double qui est assuré sur la vie. Maintenant, comme la compagnie d'assurances n'est pas obligée de payer en cas de suicide...

— Je l'ai fait très fort, dit Lydia. Tu l'aimeras. Oui, chéri, je t'écoute.

— ... Le héros de ce drame à deux sous exige les mesures suivantes : la chose doit être mise en scène de façon à avoir l'apparence d'un meurtre ordinaire. Je ne veux pas entrer dans les détails techniques, mais en deux mots, voici : le pistolet est attaché à un tronc d'arbre, une ficelle est nouée à la détente, le suicidé se tourne en tirant sur cette ficelle, et il reçoit la balle dans le dos. C'est une explication sommaire de la chose.

— Oh, attends un peu, cria Lydia, je me souviens de quelque chose : il fixa, je ne sais comment, le revolver au pont. Non, ce n'est pas ça : il attacha d'abord une pierre avec une ficelle... voyons, comment était-ce ? Oh, j'y suis : il attacha une grosse pierre à un bout et le revolver à l'autre, puis il se suicida. Et la pierre tomba dans l'eau, et la ficelle suivit par-dessus le parapet, et le revolver vint ensuite... tout ça, plouf dans l'eau. Seulement, je n'arrive pas à me rappeler pourquoi c'était nécessaire.

— Bref, une eau calme et un homme mort laissé sur le pont. Quelle bonne chose que le café ! J'avais une affreuse migraine ; maintenant, ça va beaucoup mieux. Alors tu comprends bien, plus ou moins... je veux dire, la façon dont tout cela doit se passer.

Tout en méditant, je bus à petits coups le café brûlant. Curieux, elle n'a pas la moindre imagination. Dans quelques jours, la vie change... sens dessus dessous... un vrai tremblement de terre... et la voilà buvant tranquillement du café avec moi et se rappelant quelque aventure de Sherlock Holmes.

Je me trompais pourtant : Lydia tressaillit et dit, en abaissant lentement sa tasse :

— J'y pense, Hermann, si tout cela doit se passer si prochainement, alors nous devrions commencer à faire les paquets. Eh, oh ! mon Dieu, tout ce linge qui est au blanchissage ! Et ta veste de smoking chez le teinturier.

— Tout d'abord, ma chérie, je ne tiens pas du tout

à être incinéré en vêtements de soirée : ensuite, ôte-toi de la cervelle, vite et pour de bon, l'idée que tu dois faire quelque chose, des préparatifs et ainsi de suite. Tu n'as rien à faire, pour la simple raison que tu ne sais rien, absolument rien... note ça dans ton esprit, s'il te plaît. Alors, pas d'allusions mystérieuses devant tes amies, pas d'agitation, pas d'emplettes — mets-toi bien ça dans la tête, ma bonne femme — autrement nous aurons tous des ennuis. Je le répète : tu ne sais encore rien. Après-demain, ton mari part dans sa voiture, et il ne revient pas. C'est alors, et seulement alors, que ton travail commence. Un travail plein de responsabilités, quoique très simple. A présent, je veux que tu m'écoutes avec une extrême attention. Le matin du dix, tu téléphoneras à Orlovius pour lui dire que je suis parti, que je n'ai pas couché à la maison et que je ne suis pas rentré. Tu lui demanderas ce qu'il faut faire. Et agis conformément à ses conseils. Laisse-le, d'une façon générale, se charger entièrement de l'affaire, faire toutes les démarches, prévenir la police, etc. On retrouvera vite le cadavre. Il est essentiel que tu arrives à croire que je suis réellement mort. Au fond, ce ne sera pas très loin de la vérité, car mon frère est une partie de mon âme.

— Je ferais n'importe quoi, dit-elle, n'importe quoi pour lui et pour toi. Seulement j'ai déjà une peur terrible, et tout s'embrouille dans ma tête.

— Il ne faut pas que ça s'embrouille. Le principal, c'est de paraître naturel dans le chagrin. Il se peut qu'il ne te fasse pas exactement blanchir les cheveux, mais il faut qu'il soit naturel. Afin de te rendre la tâche plus facile, j'ai laissé entendre à Orlovius que tu avais cessé de m'aimer depuis des années. Alors, fais en sorte d'avoir un chagrin du genre calme et réservé.

Soupire et tais-toi. Et puis, quand tu verras mon cadavre, c'est-à-dire, le cadavre d'un homme qu'on ne peut distinguer de moi, tu auras sûrement un très joli choc.

— Ouhh ! Je ne peux pas, Hermann ! Je mourrai de peur.

— Ce serait encore pire si dans la morgue tu te mettais à te poudrer le nez. En tout cas, contiens-toi. Ne crie pas, autrement il sera nécessaire, après les cris, d'élever le niveau général de ton chagrin, et tu sais quelle mauvaise actrice tu es. Maintenant, continuons. Après avoir fait incinérer mon cadavre, conformément à mon testament, après avoir rempli toutes les formalités, après avoir reçu ton dû, par l'intermédiaire d'Orlovius, et avoir disposé de l'argent selon ce qu'il te dira, tu iras à Paris. Où descendras-tu à Paris ?

— Je ne sais pas, Hermann.

— Essaie de te rappeler où nous avons habité quand nous sommes allés ensemble à Paris. Eh bien ?

— Oui, maintenant ça me revient. A l'hôtel.

— Mais quel hôtel ?

— Je ne peux me souvenir de quoi que ce soit, Hermann, quand tu me regardes comme ça. Je te dis que ça me revient. Hôtel je ne sais quoi.

— Je vais te mettre sur la voie : il est question d'herbe.

— Attends une seconde... herbe. Oh, j'y suis ; Malherbe.

— Pour plus de sûreté, au cas où tu oublierais encore, tu peux toujours regarder ta malle noire. L'étiquette de l'hôtel est encore dessus.

— Écoute, Hermann, je ne suis tout de même pas si bête que ça. Pourtant, je pense que je ferais mieux de prendre cette malle. La noire.

— Ainsi, c'est là que tu iras. Ce qui vient ensuite est extrêmement important. Mais d'abord, je vais te demander de répéter tout ça.

— Je serai triste. J'essaierai de ne pas trop pleurer. Orlovius. Deux robes noires ; et un voile.

— Pas si vite. Que feras-tu en voyant le corps ?

— Tomberai à genoux. Ne crierai pas.

— C'est ça. Tu vois comme tout cela prend bien tournure ! Eh bien, qu'est-ce qui vient ensuite ?

— Ensuite, je le ferai enterrer.

— D'abord, ce n'est pas lui, mais moi. S'il te plaît, ne te trompe pas sur ce point. En second lieu : pas d'enterrement, mais la crémation. Orlovius informera le prêtre de mes mérites ; moraux, civiques, matrimoniaux. Dans la chapelle du crematorium, le prêtre fera un discours bien senti. Au son de la musique de l'orgue, mon cercueil s'enfoncera lentement dans les Enfers. C'est tout. Et après ?

— Après... Paris. Non, attends ! d'abord, toutes sortes de formalités concernant l'argent. Je crains, tu sais, qu'Orlovius ne m'embête. Puis, à Paris, j'irai à l'hôtel... tu vois, je savais que ça arriverait, j'ai pensé que j'oublierais, alors j'ai oublié. Il me semble que tu m'oppresses. Hôtel... Hôtel... Oh... Malherbe ! Pour plus de sûreté... la malle.

— La noire. Maintenant, nous arrivons au point important : dès que tu arrives à Paris, tu m'avertis. Quelle méthode pourrai-je employer pour que tu te souviennes de l'adresse ?

— Il vaut mieux que tu l'écrives, Hermann. En ce moment, mon cerveau refuse tout simplement de fonctionner. J'ai si horriblement peur de tout embrouiller.

— Non, ma chérie, je n'écrirai rien du tout. Quand

ce ne serait que parce que tu ne peux t'empêcher de perdre tout ce qu'on te donne par écrit. Que ça te plaise ou non, il faudra que tu te souviennes de l'adresse. Il n'y a absolument pas moyen de faire autrement. Je t'interdis une fois pour toutes de l'écrire. C'est clair ?

— Oui, Hermann, mais si je ne peux pas m'en souvenir ?

— Sottise ! L'adresse est très simple. Poste restante à Pignan, France.

— C'est là que vivait tante Élisa ? Oh, oui, je m'en souviendrai facilement. Je t'ai parlé d'elle. Elle vit maintenant près de Nice. Va plutôt à Nice.

— Bonne idée. Ainsi, tu as ces deux mots fixés dans ton esprit. Pour que ce soit plus simple, je te propose de m'écrire ainsi : Monsieur Malherbe.

— Elle est probablement aussi grosse et aussi vive qu'elle l'a toujours été. Tu sais, Ardalion a écrit pour demander de l'argent mais naturellement...

— Très intéressant, j'en suis sûr, mais nous parlions sérieusement. Quel nom écriras-tu sur l'adresse ?

— Tu ne me l'as pas encore dit, Hermann !

— Si, je te l'ai dit. Je t'ai proposé Monsieur Malherbe.

— Mais... c'est l'hôtel, Hermann, n'est-ce pas ?

— Précisément. C'est pour ça. Par association, tu t'en souviendras plus facilement.

— Oh, Seigneur, je suis sûre que j'oublierai l'association, Hermann. Il n'y a rien à faire. S'il te plaît, pas d'associations. Et puis... il se fait terriblement tard, je suis harassée.

— Alors, pense toi-même à un nom. A un nom que tu sois absolument certaine de te rappeler. Ardalion irait peut-être ?

— Très bien, Hermann.

— Alors ça aussi, c'est arrangé. Monsieur Ardalion. Poste restante à Pignan, France. Maintenant, le
contenu de la lettre. Tu commenceras : Cher ami,
vous avez certainement appris mon malheur... et ainsi
de suite, dans le même goût. Quelques lignes en tout.
Tu mettras toi-même la lettre à la poste. Tu as saisi ?

— Très bien, Hermann.

— Maintenant, veux-tu répéter, s'il te plaît.

— Tu sais, c'est un trop gros effort pour moi, je
vais m'effondrer. Juste ciel, une heure et demie. Ne
pourrions-nous laisser cela jusqu'à demain ?

— Demain, tu le répéteras tout de même. Allons,
recommençons. Je t'écoute...

— Hôtel Malherbe. J'arrive. Je mets cette lettre à
la poste. Moi-même. Ardalion. Poste restante à
Pignan, France. Et quand j'aurai écrit, que se passera-
t-il ?

— Ce n'est pas ton affaire. Nous verrons. Alors,
puis-je être certain que tu sauras t'en tirer ?

— Oui, Hermann. Mais ne me le fais pas répéter
encore une fois. Je suis morte de fatigue.

Debout au milieu de la cuisine, elle étira ses
épaules, rejeta la tête en arrière et la secoua violemment, et dit plusieurs fois, ses mains tourmentant sa
chevelure :

— Oh, que je suis fatiguée, oh, que...

Ce « que » devint un haut-le-cœur, puis un bâille-
ment. Nous passâmes enfin dans notre chambre. Elle
se déshabilla, éparpillant à travers la pièce sa robe, ses
bas, divers accessoires féminins ; dégringola dans le
lit, adoptant immédiatement un confortable ronflement nasal. Je me couchai aussi et j'éteignis, mais je

ne pus dormir. Je me rappelle qu'elle se réveilla soudain et qu'elle toucha mon épaule.

— Que veux-tu ? questionnai-je en feignant l'assoupissement.

— Hermann, murmura-t-elle, Hermann, dis-moi, je me demande si... ne penses-tu pas que c'est... une escroquerie ?

— Dors ! répliquai-je. Ta cervelle n'est pas à la hauteur de la tâche. Profonde tragédie... et toi avec tes bêtises... dors !

Elle poussa un soupir béat, se tourna sur le côté et recommença immédiatement à ronfler.

C'est curieux, je ne m'abusais pas le moins du monde au sujet des capacités de ma femme, sachant bien à quel point elle était stupide, oublieuse et maladroite, et pourtant je n'avais aucune appréhension tant je croyais absolument que son dévouement lui ferait prendre, instinctivement, la bonne direction, la préservant de toute erreur, et, ce qui était plus important, la forçant à garder mon secret. Il me semble que je vis clairement la façon dont Orlovius observerait son chagrin naïvement imité et hocherait tristement sa tête solennelle, et (qui sait) méditerait peut-être l'hypothèse de l'infortuné mari supprimé par l'amant de la dame ; mais la lettre menaçante du dément anonyme lui reviendrait alors comme un rappel opportun.

Nous passâmes à la maison toute la journée du lendemain, et encore une fois, méticuleusement et énergiquement, je me mis à donner mes instructions à ma femme, la bourrant de ma volonté, tout comme, par force, on gave les oies de maïs pour leur faire engraisser le foie. A la tombée de la nuit, elle pouvait à peine marcher ; je me trouvai satisfait de sa condition.

Il était temps de me préparer, moi aussi. Je me rappelle comment je me pressurai le cerveau pendant des heures, calculant la somme que je devais emporter, ainsi que ce que je devais laisser à Lydia ; il n'y avait pas beaucoup d'argent, vraiment pas beaucoup... il me vint à l'esprit que, pour plus de sûreté, il serait bon d'emporter quelque objet précieux, et je dis à Lydia :

— Écoute, il faut que tu me donnes ta broche de Moscou.

— Ah, oui, ma broche, dit-elle d'un air hébété ; elle se glissa hors de la pièce, mais revint immédiatement, s'allongea sur le divan et se mit à pleurer comme elle n'avait jamais pleuré auparavant.

— Qu'y a-t-il, misérable femme ?

Elle resta longtemps sans répondre, puis, avec maints sanglots niais et en détournant les yeux, elle m'expliqua que la broche avait été engagée pour qu'Ardalion pût partir, car son ami ne l'avait pas remboursé.

— Très bien, très bien, ne hurle pas, dis-je. Il sait diablement se débrouiller. Dieu merci, il est parti, il a pris le large... c'est le principal.

Elle retrouva instantanément son calme et arbora même un sourire humide en voyant que je n'étais pas fâché. Puis elle s'élança vers la chambre à coucher où elle farfouilla longuement, et elle m'apporta enfin une petite bague sans valeur, une paire de pendants d'oreilles, un porte-cigarettes démodé qui avait appartenu à sa grand-mère... Je ne pris aucun de ces objets.

— Écoute, dis-je, marchant à travers la pièce et me mordant le pouce. Écoute, Lydia. Quand on te demandera si j'avais des ennemis, quand on t'interrogera pour savoir qui a pu me tuer, réponds : « Je ne

183

sais pas. » Autre chose encore : j'emporte une valise, mais il ne faut absolument pas en parler. On ne doit pas avoir l'impression que je me préparais à voyager… ça éveillerait les soupçons. En fait…

Arrivé là, je me rappelle que je cessai soudain de parler. Comme il était bizarre que, tout ayant été si joliment combiné et prévu, un détail minime dût surgir… de même que, lorsqu'on fait sa malle, on remarque soudain qu'on a oublié d'emballer un rien minuscule et gênant… oui, il existe de ces objets sans scrupule. Il faut dire, pour ma justification, que la question de la valise fut réellement le seul point que je décidai de modifier : tout le reste demeurait précisément comme je l'avais voulu il y avait longtemps, longtemps… il y avait peut-être de nombreux mois, peut-être à la seconde même où je vis, endormi sur l'herbe, un vagabond qui ressemblait exactement à mon cadavre. Non, pensai-je, mieux vaut ne pas prendre la valise ; il y a toujours le risque d'être surpris en train de quitter la maison par quelqu'un.

— Je ne la prends pas, dis-je tout haut, et je continuai à marcher à travers la pièce.

Comment oublierais-je le matin du neuf mars ? Pour un matin, celui-ci était pâle et froid ; il avait neigé pendant la nuit, et maintenant chaque concierge balayait sa portion du trottoir le long duquel courait une petite crête de neige, tandis que l'asphalte était déjà propre et noir… Il paraissait seulement un peu glissant. Lydia dormait encore paisiblement. Tout était tranquille. Je me mis en devoir de m'habiller. Voici comment cela se passa : deux chemises, l'une par-dessus l'autre : celle d'hier au-dessus, car elle lui était destinée. Caleçons… deux également ; et, de nouveau, celui du dessus était pour lui. Puis je fis un petit paquet contenant une trousse de manucure et tout ce qu'il fallait pour se raser. Pour ne pas l'oublier, je glissai tout de suite ce paquet dans la poche de mon pardessus accroché dans le vestibule. Puis j'enfilai deux paires de chaussettes (celle du dessus était trouée), des souliers noirs, des guêtres gris souris ; et, ainsi équipé, c'est-à-dire élégamment chaussé mais toujours en vêtements de dessous, je restai debout au milieu de la chambre et vérifiai mentalement mes actions pour voir si elles se conformaient à mon plan. Me rappelant qu'une paire supplémentaire de fixe-chaussettes serait nécessaire, j'en dénichai de vieux et je les joignis au paquet, ce qui me fit retourner dans le vestibule. Pour terminer, je choisis la cravate lilas que je préférais, ainsi qu'un épais costume gris foncé que je mettais souvent depuis quelque temps. Les objets suivants furent répartis entre mes poches : mon portefeuille (avec quelque chose comme quinze cents marks dedans), mon passeport, divers bouts de papier portant des adresses et des comptes.

Arrête, ce n'est pas ça, me dis-je à moi-même, car n'avais-je pas décidé de ne pas prendre mon passeport ? Un calcul très subtil, cela : des bouts de papier à l'aspect banal établissaient avec plus de grâce l'identité de quelqu'un. Je pris aussi porte-cigarettes, briquet, clés. Mis mon bracelet-montre. A présent, j'étais habillé. Je tâtai mes poches, je soufflai légèrement. J'avais plutôt chaud dans mon double cocon de linge. Restait maintenant l'objet le plus important. Une vraie cérémonie ; le lent glissement du tiroir dans lequel IL reposait, un examen attentif, et pas le premier, pour sûr. Oui, IL était admirablement graissé ; IL était bourré de bonnes choses... IL m'avait été donné en 1920, à Reval, par un officier inconnu ;

ou, pour être précis, celui-ci me l'avait simplement laissé, puis avait disparu. Je n'ai aucune idée de ce que devint par la suite cet aimable lieutenant.

Tandis que j'étais ainsi occupé, Lydia s'éveilla. Elle s'emmitoufla dans une robe de chambre d'un rose écœurant, et nous nous assîmes devant notre café matinal. Quand la bonne eut quitté la chambre :

— Eh bien, dis-je, le jour est arrivé ! Je m'en vais dans une minute.

Une très légère digression de nature littéraire ; ce rythme est étranger au discours moderne, mais il rend spécialement bien mon calme épique et la tension dramatique de la situation.

— Hermann, je t'en prie, reste, ne va nulle part... dit Lydia à voix basse (et je crois même qu'elle joignit les mains).

— Tu te rappelles bien tout, n'est-ce pas ? continuai-je imperturbablement.

— Hermann, répéta-t-elle, n'y va pas. Laisse-le faire ce qu'il voudra, c'est son destin, tu ne dois pas t'en mêler.

— Je suis content que tu te souviennes bien de tout, dis-je avec un sourire. Bonne fille ! Maintenant, laisse-moi manger encore un petit pain, et je m'en vais.

Elle fondit en larmes. Puis se moucha, avec un dernier sanglot, fut sur le point de dire quelque chose, mais se remit à pleurer. C'était une scène plutôt gentille. Moi, beurrant froidement un petit pain en forme de corne, elle, assise en face de moi, toute secouée de sanglots. Je dis, parlant la bouche pleine :

— En tout cas tu seras capable, à la face du monde (ici je mâchai et j'avalai), de te rappeler que tu as eu de sinistres pressentiments, bien que j'eusse l'habitude

186

de partir assez souvent sans jamais dire où j'allais. « Et savez-vous, madame, s'il avait des ennemis ? — Je ne sais pas, monsieur le commissaire. »

— Mais que se passera-t-il ensuite ? gémit doucement Lydia, écartant lentement les mains d'un air désolé.

— Cela suffit, ma chérie, dis-je d'une voix différente. Tu as eu ta petite crise de larmes, et maintenant c'est assez. Et, à propos, ne va pas pleurer aujourd'hui en présence de Marthe.

Elle se tamponna les yeux avec un mouchoir chiffonné, émit un triste petit grognement et fit de nouveau ce geste de perplexité désolée, mais cette fois en silence et sans larmes.

— Tu te souviens de tout ? questionnai-je pour la dernière fois, en l'observant attentivement.

— Oui, Hermann, de tout. Mais j'ai tellement, tellement peur...

Je me levai, elle se leva aussi. Je dis :

— Au revoir. Te verrai un de ces jours. Il est temps d'aller voir mon malade.

— Hermann, dis-moi... tu n'as pas l'intention d'y assister, n'est-ce pas ?

Je ne compris pas du tout ce qu'elle voulait dire.

— D'assister à quoi ?

— Oh, tu sais bien à quoi je pense. Quand il... oh, tu sais... la chose avec la ficelle.

— Imbécile, dis-je, que croyais-tu donc ? Il faut que quelqu'un soit là pour tout arranger ensuite. A présent, je te demande de ne plus ruminer toute cette histoire. Va au cinéma ce soir. Au revoir, imbécile.

Nous ne nous embrassions jamais : j'ai horreur du gâchis des baisers. On dit que les Japonais, eux non plus, même dans des moments d'excitation sexuelle, n'embrassent jamais leurs femmes, simplement parce qu'ils trouvent bizarre, peut-être même un peu dégoûtant, que l'on mette ainsi ses propres lèvres nues en contact avec l'épithélium d'une autre personne. A ce moment, pourtant, j'éprouvai pour une fois le désir de donner un baiser à ma femme ; mais elle n'y était pas préparée, alors, je ne sais comment, cela n'aboutit à rien, si ce n'est que mes lèvres broutèrent ses cheveux ; je me retins de faire une autre tentative, au lieu de quoi, pour quelque étrange raison, je fis claquer mes talons et secouai la main nonchalante de Lydia. Puis, dans le vestibule, je mis rapidement mon pardessus, saisis mon chapeau et mes gants, vérifiai si j'avais le paquet, et, comme je me dirigeais déjà vers la porte, je l'entendis m'appeler de la salle à manger, à voix basse et pleurnichante, mais je n'y fis pas grande attention dans ma hâte désespérée de m'en aller.

Je traversai la cour de derrière, vers un grand garage encombré de voitures. D'agréables sourires m'y accueillirent. Je m'installai et mis le moteur en marche. La surface goudronnée de la cour était un peu plus élevée que celle de la rue, de sorte qu'en entrant dans l'étroit tunnel incliné qui reliait la cour à la rue, ma voiture, retenue par les freins, plongea légèrement et silencieusement.

IX

A vrai dire, je me sens plutôt fatigué. J'écris sans arrêt, presque d'une aurore à l'autre, produisant un chapitre par jour... ou plus. Quelle chose grande et puissante que l'art! Étant donné ma position, je devrais tenter quelque chose... oui, m'agiter, me démener, brouiller ma piste... Bien sûr, il n'y a pas de danger immédiat, et j'ose dire qu'il n'y en aura jamais, mais tout de même, c'est vraiment une singulière réaction, de rester assis à écrire, écrire, écrire, ou de ruminer à longueur de journées, ce qui revient sensiblement au même. Et plus j'écris, plus il devient clair que je n'en resterai pas là, mais que je m'entêterai jusqu'à ce que j'aie atteint mon but principal, et que je courrai alors le risque de faire publier mon œuvre... ce n'est d'ailleurs pas un grand risque, car je disparaîtrai aussitôt que j'aurai envoyé mon manuscrit, et le monde est assez grand pour offrir un refuge à un modeste homme barbu.

Ce ne fut pas spontanément que je décidai de faire parvenir mon œuvre au romancier profond et pénétrant, auquel, je crois, j'ai déjà fait allusion, m'adressant même personnellement à lui par le canal de mon récit.

Je puis me tromper, car j'ai renoncé depuis long-temps à relire ce que j'écris... pas le temps de le faire sans parler des nausées, que cela me cause.

J'avais d'abord caressé l'idée d'envoyer la chose tout droit à un éditeur — allemand, français ou américain — mais c'est écrit en russe et tout n'est pas traduisi-ble, et... eh bien, pour être franc, je suis plutôt pointilleux quant à ma *coloratura* littéraire, et je crois fermement que la perte d'une seule nuance ou d'une seule inflexion gâterait irrémédiablement le tout. J'avais pensé aussi à l'envoyer en U.R.S.S., mais les adresses nécessaires me manquent, et je ne sais comment m'y prendre, je me demande si l'introduc-tion de mon manuscrit ne serait pas absolument interdite, car j'emploie, par la force de l'habitude, l'orthographe de l'Ancien Régime, et il serait au-dessus de mes forces de récrire mon récit. Ai-je dit « récrire » ? Eh bien, je ne sais même pas si je supporterai seulement l'effort de l'écrire... ou si je mourrai d'une embolie.

Ayant enfin pris la décision de donner mon manus-crit à quelqu'un qui l'aimera sûrement et qui fera de son mieux pour qu'il soit publié, je me rends parfaite-ment compte du fait que mon élu (vous, mon premier lecteur) est un romancier émigré, dont les livres ne peuvent absolument pas paraître en U.R.S.S. Peut-être, toutefois, qu'une exception sera faite en faveur de ce livre, étant donné que ce n'est pas réellement vous qui l'avez écrit. Oh, comme je chéris l'espoir qu'en dépit de votre signature d'émigré (dont la fausseté diaphane ne trompera personne), mon livre puisse trouver un public en U.R.S.S. Comme je suis loin d'être un ennemi de la règle soviétique, j'ai dû exprimer dans mon livre, sans le savoir, certaines notions qui correspondent parfaitement aux exigences dialectiques du moment actuel. Il me semble même parfois que mon thème principal, la ressemblance entre deux personnes, a une profonde signification allégorique. Cette remarquable similitude physique me séduisit sans doute (subconsciemment !) comme la promesse de cette similitude idéale qui doit unir les gens dans la société sans classes de l'avenir ; et en m'efforçant de tirer parti d'un cas isolé j'accomplissais néanmoins — tout en demeurant encore aveugle aux vérités sociales — une certaine fonction sociale. Et il y a encore autre chose ; le fait que je n'aie pas entièrement réussi dans mon utilisation pratique de notre ressemblance peut être expliqué et écarté par des causes purement économiques et sociales, c'est-à-dire par le fait que Félix et moi appartenons à des classes différentes, rigoureusement définies, dont nul ne pouvait espérer réussir la fusion par ses propres moyens, surtout aujourd'hui, alors que le conflit des classes a atteint un stade où il ne peut être question de compromis. C'est vrai, ma mère était de basse extraction et le père de mon père garda des oies durant sa jeunesse, de sorte que je ne suis pas du tout embarrassé pour savoir où exactement un homme de mon genre et de mes habitudes a pu acquérir cette tendance, très forte quoique incomplètement exprimée, vers la Conscience Réelle. En imagination, je vois un monde neuf où tous les hommes se ressembleront comme se ressemblaient Hermann et Félix ; un monde de Hélix et de Fermann, un monde où l'ouvrier tombé mort devant son établi sera aussitôt remplacé par son double parfait, souriant le sourire serein du parfait socialisme. C'est pourquoi je pense que la jeunesse soviétique d'aujourd'hui tirerait un profit considérable d'une étude de mon livre, sous la surveillance d'un marxiste expérimenté qui aiderait les jeunes gens à suivre à travers ses pages les méandres rudimentaires du message social qu'il contient. Mais oui, et que d'autres nations, elles aussi, le traduisent dans leurs langages respectifs, de sorte que les Américains puissent satisfaire leur besoin de magie sanglante ; les Français discerner des mirages de sodomie dans ma prédilection pour un vagabond ; et les Allemands savourer le côté ombrageux d'une âme à demi slave. Lisez, lisez-le, aussi nombreux que possible, mesdames et messieurs ! Je vous accueille tous mes lecteurs.

Pas facile à écrire, d'ailleurs, ce livre. C'est surtout maintenant, juste au moment où j'arrive au passage qui traite, pour ainsi dire, d'une action décisive, c'est maintenant que m'apparaît pleinement la difficulté de ma tâche ; je suis là, comme vous voyez, tournant, tordant et exposant avec loquacité des sujets qui sont à leur vraie place dans la préface d'un livre, et qui n'ont que faire dans ce que le lecteur peut tenir pour son chapitre le plus essentiel. Mais j'ai déjà tenté d'expliquer que, pour sagaces et circonspectes que pussent sembler les approches, ce n'est pas mon être raisonnable qui écrit, mais seulement ma mémoire, cette mémoire erratique qui est la mienne. Car, voyez-vous, alors, c'est-à-dire à l'instant précis où les aiguilles de mon récit se sont arrêtées, je m'étais arrêté, moi aussi ; je m'attardais, comme je m'attarde à présent ; je m'adonnais à un même genre de ratiocination enchevêtrée, sans aucun rapport avec mon affaire dont l'heure approchait constamment. J'étais parti le matin, alors que ma rencontre avec Félix devait avoir lieu à cinq heures de l'après-midi, mais j'avais été incapable de rester à la maison, de sorte que je me demandais comment disposer de cette masse de temps d'un blanc terne qui me séparait de mon rendez-vous. J'étais assis bien à l'aise, et je somnolais presque tandis que je dirigeais avec un doigt la voiture qui roulait lentement à travers les rues calmes, froides, chuchotantes de Berlin ; et cela continua ainsi, encore et encore, jusqu'au moment où je m'aperçus que j'avais déjà quitté Berlin. Les couleurs de cette journée étaient réduites à deux seulement : noir (le dessin des arbres nus, l'asphalte) et blanchâtre (le ciel, les plaques de neige). Il continua, mon trajet somnolent. Pendant quelque temps oscilla devant mes yeux un de ces chiffons grands et laids que les camions trimbalant quelque chose de long et de remuant sont tenus d'accrocher à l'extrémité qui dépasse à l'arrière ; puis il disparut, ayant probablement pris un virage. Je n'avançai pas plus vite pour cela. A un autre croisement, un taxi surgit devant moi, freina dans un grincement, et, la route étant plutôt glissante, tournoya sur lui-même comme une toupie. Je passai calmement comme si j'avais flotté en descendant le courant. Plus loin, une femme en grand deuil traversa sans voir que j'approchais ; je ne donnai pas de coups de klaxon, je ne modifiai pas mon allure tranquille et unie, mais je glissai à quelques centimètres du bord de son crêpe ; elle ne s'aperçut pas même de mon passage... moi, fantôme silencieux. Des véhicules de toute sorte me dépassèrent ; pendant un bon moment, un tram rampant se tint à ma hauteur ; et, du coin de l'œil, je pus voir les voyageurs stupidement assis face à face. Une ou deux fois, je passai sur des bouts de route mal pavés ; et des poules apparaissaient déjà ; étalant ses courtes ailes, tendant son long cou, telle ou telle volaille traversait la route en courant. Un peu plus tard, je roulai sur une grande route sans fin, longeant des champs moissonnés, sur lesquels, çà et là, il y avait de la neige ; et dans une localité parfaitement déserte ma voiture sembla sombrer dans le sommeil, comme si elle passait du bleu au gris tourterelle... ralentissant progressivement et s'arrêtant enfin, et j'appuyai la tête sur le volant, dans un accès d'illusoire rêverie. A quoi pouvais-je bien penser ? A rien, ou à des riens ; tout cela était très embrouillé et j'étais presque endormi, et dans un demi-évanouissement je ne cessais de délibérer avec moi-même à propos de je ne sais quelle absurdité, je ne cessai de me rappeler une discussion que j'avais eue une fois avec quelqu'un sur le quai d'une gare pour savoir si l'on voit jamais le soleil dans les rêves, et bientôt j'eus l'impression qu'il y avait autour de moi un grand nombre de personnes, parlant toutes en même temps, puis se taisant et se confiant l'une l'autre de vagues commissions et se dispersant sans un bruit. Au bout de quelque temps, je me remis en marche, et à midi, me traînant à travers un village, je décidai de m'arrêter, car même à ce train languissant j'arriverais sûrement à Kœnigsdorf dans une heure environ, et c'était encore trop tôt puisque j'avais une masse de temps en réserve. Je flânai alors dans une sombre et lugubre brasserie où je restai assis tout seul dans une sorte d'arrière-salle, devant une grande table, et il y avait au mur une vieille photographie... un groupe d'hommes en redingote, moustaches en crocs, et, au premier rang, quelques-uns avaient plié un genou d'un air insouciant, et sur le côté deux d'entre eux s'étaient étalés à la façon de phoques, et cela me fit penser à de semblables groupes d'étudiants russes. Je bus une quantité de limonade, puis je repris mon voyage dans la même humeur assoupie, indécemment assoupie, à vrai dire. Ensuite, je me revois m'arrêtant près d'un pont : une vieille femme en pantalon de laine bleue, un sac derrière les épaules, était en train de réparer sa bicyclette. Sans descendre de ma voiture, je lui donnai plusieurs conseils, tous vraiment importuns et inutiles ; et après cela je restai silencieux, et, soutenant ma joue avec mon poing, je la regardai pendant longtemps, bouche bée : elle s'affairait tant qu'elle pouvait, mais à la fin mes paupières se contractèrent, et voilà qu'il n'y avait plus de femme : il y avait beau temps qu'elle avait filé. Je poursuivis ma route, tout en essayant de multiplier mentalement un nombre bizarre par un autre tout aussi étrange. Je ne savais ni ce qu'ils signifiaient, ni d'où ils avaient jailli, mais puisqu'ils étaient venus, je trouvais bon de leur offrir un appât, et ils s'accrochèrent et disparurent. Tout à coup, je m'aperçus que je conduisais à une vitesse folle ; que la voiture lapait la route comme un prestidigitateur avale des mètres de ruban ; mais je regardai l'aiguille du compteur : elle tremblait aux environs de trente ; et je vis passer, en une lente succession, des pins, des pins, des pins. Alors, également, je me rappelle avoir rencontré deux petits écoliers au visage pâle, avec leurs livres attachés ensemble par une courroie ; et je leur parlai. Tous deux avaient des traits déplaisants, comme des oiseaux, et ils me firent penser à de jeunes corbeaux. Ils semblèrent avoir un peu peur de moi, et quand je m'éloignai ils me suivirent des yeux, bouches noires grandes ouvertes, l'un plus grand, l'autre plus petit. Et puis, avec un sursaut, je remarquai que j'avais atteint Kœnigsdorf, et, regardant ma montre, je vis qu'il était déjà cinq heures. En dépassant la gare rouge, je réfléchis que peut-être Félix était en retard et n'avait pas encore descendu ces marches que je voyais au-delà de ce fastueux étalage de chocolats, et qu'il n'y avait absolument aucun moyen, d'après l'aspect extérieur de ce court édifice de briques, de déduire si, oui ou non, il était déjà passé là. Quoi qu'il en fût, le train par lequel il avait reçu l'ordre de se rendre à Kœnigsdorf arrivait à 2 heures 55, de sorte que si Félix ne l'avait pas manqué…

Oh, mon lecteur ! Il lui avait été dit de descendre à Kœnigsdorf et de marcher vers le nord, en suivant la grande route jusqu'au dixième kilomètre marqué par un poteau jaune ; et maintenant, je filais le long de cette route : minutes inoubliables ! Pas une âme en vue. Pendant l'hiver, le car ne faisait que deux voyages par jour… le matin et à midi ; dans tout ce trajet de dix kilomètres, je ne rencontrai qu'un dog-cart tiré par un cheval bai. Enfin, dans le lointain, comme un petit doigt jaune, le poteau familier se dressa, grandit, atteignit sa taille réelle ; il était coiffé d'une calotte de neige. Je stoppai et regardai autour de moi. Personne. Le poteau jaune était vraiment très jaune. A ma droite, au-delà du champ, le bois était peint d'un gris sans relief sur une toile de fond. Personne. Je descendis de voiture, et, avec un choc qui retentit plus fort que n'importe quel coup de feu, je claquai la portière derrière moi. Et tout à coup je remarquai que, derrière les branches d'un arbuste qui croissait dans le fossé, me regardant, il y avait, rose comme une figure de cire, avec une pimpante petite moustache, et, vraiment, tout à fait gai…

Plaçant un pied sur le marchepied de la voiture et me frappant la main, comme un ténor enragé, avec le gant que j'avais enlevé, je regardai fixement Félix. Ricanant d'un air indécis, il sortit du fossé.

— Gredin ! dis-je entre mes dents avec une extraordinaire puissance lyrique, gredin et traître, répétai-je en donnant maintenant libre cours à ma voix et en me frappant plus furieusement encore avec mon gant (il n'y avait que grondements et coups de tonnerre dans l'orchestre, entre mes explosions vocales). Comment as-tu osé bavarder, ignoble chien ? Comment as-tu osé, comment as-tu osé demander conseil à d'autres, te vanter d'avoir eu ce que tu voulais, raconter qu'à telle date et à tel endroit — Oh, tu mérites d'être abattu ! — (vacarme grandissant, fracas, puis de nouveau ma voix). Tu y as beaucoup gagné, idiot ! Tout est fichu, tu as salement gaffé, et tu ne verras pas un liard, babouin ! (coup de cymbales dans l'orchestre).

C'est ainsi que j'invectivai contre lui, tout en observant son expression avec une froide avidité. Il était complètement abasourdi ; et sincèrement offensé. Appuyant une main sur sa poitrine, il ne cessait de secouer la tête. Ce fragment d'opéra s'acheva, et, de sa voix habituelle, le speaker de T.S.F. reprit :

— C'est fini... si je t'ai grondé comme ça, c'est une simple formalité, uniquement pour plus de sûreté... Mon brave garçon, tu as une drôle d'allure ! C'est un vrai déguisement !

Sur mon ordre, il avait laissé pousser sa moustache ; il l'avait même cirée, je crois. En outre, de son propre chef, il avait paré son visage d'une paire de côtelettes frisées. Cette prétentieuse végétation m'amusait extrêmement.

— Bien entendu, tu es venu par le chemin que je t'ai indiqué ? questionnai-je en souriant.

— Oui, répondit-il, j'ai obéi à vos ordres. Pour ce qui est d'aller me vanter... eh bien, vous le savez vous-même, je suis tout seul et je ne m'accorde pas avec les gens.

— Je sais, et je prends part à tes soupirs. Dis-moi, as-tu rencontré du monde sur cette route?

— Quand je voyais une charrette ou quelque chose, je me cachais dans le fossé, comme vous m'avez dit de le faire.

— Splendide! De toute façon, tes traits sont suffisamment dissimulés. Bon, pas la peine de traîner ici. Monte dans la voiture. Oh, laisse ça... tu ôteras ton sac tout à l'heure. Monte vite, il faut que nous partions.

— Où allons-nous? demanda-t-il.

— Dans ce bois.

— Là? questionna-t-il en pointant son bâton.

— Oui, juste là. Veux-tu monter, oui ou non, sacrebleu?

Il examina la voiture avec satisfaction. Sans se presser, il y grimpa, et il s'assit à côté de moi.

Je tournai le volant, tandis que la voiture avançait lentement. Hop. Et encore une fois: hop. (Nous quittions la route pour le champ). La neige mince et l'herbe morte craquaient sous les pneus. La voiture sauta sur les bosses du terrain, nous sautâmes aussi. Pendant ce temps, il parlait:

— Je n'aurai aucune peine à conduire cette voiture (cahot). Seigneur, quelle balade je vais faire (cahot). Ne craignez rien (cahot-cahot) je ne l'abîmerai pas!

— Oui, la voiture sera à toi. A toi (cahot) pour un temps assez court. A présent, ouvre les yeux, mon garçon, regarde autour de toi. Il n'y a personne sur la route, n'est-ce pas?

Il regarda en arrière, puis secoua la tête. Nous roulâmes, ou plutôt nous rampâmes, jusque dans le bois. La caisse de la voiture oscilla et grinça ; des branches frappèrent les garde-boue.

Quand nous fûmes bien au milieu des pins, nous stoppâmes et descendîmes. Non plus avec les œillades envieuses de l'indigence, mais avec la tranquille satisfaction d'un propriétaire, Félix continuait à admirer la brillante voiture bleue. Un regard rêveur passa dans ses yeux. Très vraisemblablement — (notez, je vous prie, que je n'affirme rien et que je me borne à dire : « très vraisemblablement ») — très vraisemblablement, donc, ses pensées prenaient alors le cours suivant : « Et si je filais dans cette coquette deux-places ? Je touche le fric d'avance, donc tout va bien. Je vais lui faire croire que je ferai ce qu'il veut, et au lieu de ça je m'en irai, très loin. Il ne peut justement pas s'adresser à la police, alors il faudra qu'il se tienne tranquille. Et moi, dans ma voiture... »

J'interrompis le flux de ces agréables pensées.

— Eh bien, Félix, le grand moment est arrivé. Tu vas changer de vêtements et rester dans la voiture, tout seul dans ce bois. D'ici une demi-heure, il commencera à faire sombre ; aucune chance que quiconque vienne te déranger. Tu passeras la nuit ici... tu auras mon pardessus sur le dos — tâte un peu comme il est agréable et épais — ah, c'est ce que je pensais ; d'ailleurs, il fait chaud à l'intérieur de la voiture, tu dormiras parfaitement ; puis, dès que le jour poindra... Mais nous parlerons de ça tout à l'heure ; il faut d'abord que je te donne l'aspect nécessaire, ou nous n'aurons jamais fini avant la nuit. Pour commencer, il faut que tu sois rasé.

— Rasé ? Félix répéta ce mot après moi, avec une

surprise idiote. Comment ça ? Je n'ai pas de rasoir, et je ne sais vraiment pas avec quoi on peut se raser dans un bois, excepté avec des pierres.

— Pourquoi des pierres ? Une tête de bûche comme toi devrait se raser avec une hache. Mais je suis un homme prévoyant. J'ai apporté tout ce qu'il faut, et je ferai tout moi-même.

— Ma foi, c'est bougrement drôle, gloussa-t-il. Me demande ce que ça donnera. Dites, faites attention de ne pas me couper la gorge avec ce rasoir.

— N'aie pas peur, imbécile, c'est un rasoir de sûreté. Alors, s'il te plaît... Oui, assieds-toi quelque part. Là, sur le marchepied, si tu veux.

Il s'assit après avoir, d'une secousse, enlevé son havresac. Je tirai mon paquet de ma poche et plaçai le nécessaire à raser sur le marchepied. Fallait que je me dépêche : le jour était blême et languissant, l'air devenait de plus en plus lourd. Et quel silence... Il semblait, ce silence, inhérent à ces rameaux immobiles, à ces troncs droits, à ces aveugles plaques de neige, çà et là sur le sol, il semblait inséparable de tout cela.

J'enlevai mon pardessus afin d'être plus libre de mes mouvements. Félix était en train d'examiner avec curiosité les dents brillantes du rasoir de sûreté, ainsi que son manche argenté. Puis il examina le blaireau ; l'approcha de sa joue pour en apprécier la douceur ; il était, en vérité, délicieusement duveteux : je l'avais payé dix-sept marks cinquante. Il fut encore tout à fait fasciné par le tube de coûteuse crème à raser.

— Allons, commençons, dis-je. Barbe-et-ondulation. Assieds-toi un peu de côté, s'il te plaît, autrement tu n'es pas bien à ma portée.

Je pris une poignée de neige, y introduisis un ver de

savon en pressant le tube, fis mousser avec le blaireau, et appliquai la mousse glacée sur ses favoris et sa moustache. Il fit des grimaces, regarda de travers ; un peu de mousse froide avait envahi une narine : il plissa le nez, parce que ça chatouillait.

— La tête en arrière, dis-je, encore plus que ça.

Appuyant mon genou sur le marchepied, je me mis à racler ses favoris ; les poils crépitaient, et il y avait quelque chose de répugnant dans leur façon de se mélanger à la mousse ; je le coupai légèrement, et du sang vint s'y ajouter. Quand j'attaquai sa moustache, il leva les yeux au ciel, mais il se retint bravement de crier, quoique ce ne fût certainement rien moins qu'agréable : je travaillais hâtivement, son poil était dur, le rasoir tirait.

— Tu as un mouchoir ? questionnai-je.

Il tira un chiffon de sa poche. Je m'en servis pour enlever de son visage, très soigneusement, sang, neige et mousse. Ses joues brillaient maintenant... toutes neuves. Il était splendidement rasé ; à un seul endroit, près de l'oreille, on voyait une égratignure rouge qui aboutissait à un petit rubis déjà noirci. Il passa sa paume là où je l'avais rasé.

— Attends un peu, dis-je, ce n'est pas tout. Tes sourcils ont besoin d'être retouchés : ils sont un peu plus épais que les miens.

Je pris des ciseaux et coupai proprement quelques poils.

— Maintenant, c'est fameux ! Quant à tes cheveux, je les brosserai dès que tu auras changé de chemise.

— Vous allez me donner la vôtre ? questionna-t-il en tâtant délibérément ma chemise de soie.

— Allons, tes ongles ne sont pas précisément propres ! m'exclamai-je gaiement.

Plus d'une fois j'avais fait les mains de Lydia... je savais m'y prendre, de sorte que je n'eus pas beaucoup de peine à arranger ces dix ongles rudes, et ce faisant je ne cessais de comparer nos mains : les siennes étaient plus grandes et plus foncées ; mais ça ne fait rien, pensai-je, elles pâliront peu à peu. Comme je ne portais jamais d'alliance, c'est seulement mon bracelet-montre que je dus ajouter à sa main. Il remua les doigts, tournant son poignet d'un côté, puis de l'autre, très satisfait.

— Vite, maintenant. Changeons-nous. Enlève tout, mon ami, absolument tout.

— Brr, grommela Félix, on aura froid.

— Pas d'importance. Ça ne prendra qu'une minute. Dépêche-toi, s'il te plaît.

Il ôta sa veste, tira par-dessus sa tête son pull sombre et velu. En dessous, la chemise était d'un vert vaseux, avec une cravate du même tissu. Puis il se déchaussa, enleva ses chaussettes (reprisées par une main masculine) et eut un hoquet extatique lorsque son orteil nu toucha le sol hivernal. En général, l'homme du peuple aime aller pieds nus : en été, sur l'herbe joyeuse, ce qu'il fait en tout premier lieu c'est d'enlever ses souliers et ses chaussettes ; mais en hiver, également, ce n'est pas un mince plaisir... cela rappelle l'enfance, peut-être, ou quelque chose comme ça.

Je restai à l'écart, dénouant ma cravate, et je ne cessais de regarder attentivement Félix.

— Continue, continue ! criai-je en remarquant qu'il lambinait.

Ce n'est pas sans une petite moue timide qu'il laissa glisser son pantalon sur ses cuisses dépourvues de poil. En dernier, il enleva sa chemise. Là, en face de moi, dans le bois froid, un homme nu était debout.

Incroyablement vite, avec la hâte et le brillant d'un Fregoli, je me déshabillai, lui lançai mon enveloppe extérieure de chemise et caleçon, lestement, pendant qu'il enfilait cela, je tirai du costume que je venais d'enlever, mon argent et autre chose encore, et je glissai tout cela dans les poches du pantalon assez étroit que j'avais mis avec la vélocité d'un virtuose de music-hall. Son pull se trouva être assez chaud ; et comme j'avais maigri ces temps derniers, son veston m'allait presque à la perfection. Devais-je lui offrir une cigarette ? Non, ce serait une faute de goût.

Pendant ce temps, Félix s'était paré de mon linge rose ; ses pieds étaient encore nus, je lui donnai chaussettes et fixe-chaussettes, mais je remarquai soudain que ses orteils, eux aussi, avaient besoin de quelques soins... Il plaça le pied sur le marchepied de la voiture, et je fis hâtivement office de pédicure. Je crains qu'il n'ait eu le temps de prendre un rhume, le pauvre, à rester ainsi debout en chemise. Puis il se lava les pieds avec de la neige, comme fit une fois un personnage de Maupassant, et il enfila les chaussettes avec un empressement compréhensible.

— Dépêche-toi, dépêche-toi ! répétai-je sans cesse. Il va bientôt faire nuit, et il faut que je parte. Regarde, je suis déjà habillé. Dieu, quels gros souliers ! Et où est donc ta casquette ? Ah, la voilà, merci.

Il fixa la ceinture du pantalon. Introduisit péniblement ses pieds dans mes souliers de daim noir. Je l'aidai à se débrouiller avec les guêtres et à nouer la cravate lilas. Finalement, prenant son peigne sale, je lissai ses cheveux gras en les éloignant soigneusement du front et des tempes.

A présent, il était habillé. Il était debout devant moi, mon double, dans mon discret costume gris. S'examinait avec un sourire niais. Il fouilla dans les poches. Y remit les comptes et le porte-cigarettes, mais ouvrit le portefeuille. Il était vide.

— Vous m'avez promis de l'argent d'avance, dit Félix d'un ton câlin.

— C'est juste, répondis-je en tirant ma main de ma poche et en lui montrant une poignée de billets. Le voilà. Je vais compter ta part et te la donner dans une minute. Et ces souliers, te font-ils mal ?

— Oui, dit Félix. Ils me font terriblement mal. Mais je les supporterai quand même. Je pense que je les enlèverai pour la nuit. Et où faut-il que j'aille demain avec la voiture ?

— Tout à l'heure, tout à l'heure... Je t'expliquerai tout. Regarde, il faudrait arranger ça... Tu as éparpillé tes guenilles... Qu'est-ce que tu as dans ce sac ?

— Je suis comme un escargot, je porte ma maison sur mon dos, dit Félix. Vous emportez le sac ? Il y a un saucisson dedans. Voulez-vous en manger un peu ?

— Plus tard. Mets-y toutes ces choses, veux-tu. Ce chausse-pied aussi. Et les ciseaux. Bon. Maintenant, mets mon pardessus et vérifions pour la dernière fois si tu peux passer pour moi.

— Vous n'oublierez pas l'argent ? questionna-t-il.

— Je te répète que non. Ne sois pas idiot. Nous sommes sur le point de régler ça. L'argent est là, dans ma poche... dans ton ancienne poche, pour être exact. Allons fais vite, je te prie.

Il mit mon pardessus beige, et (avec un soin particulier) mon élégant chapeau. Puis vint l'ultime touche : gants beurre frais.

— Bon. Fais seulement quelques pas. Que je voie comment tout ça te va.

Il vint vers moi, tantôt enfonçant ses mains dans les poches, tantôt les retirant.

Lorsqu'il fut tout près, il carra les épaules, fit le fanfaron, singea un gandin.

— Est-ce bien tout, est-ce bien tout, répétais-je à haute voix. Attends, que je réflé... Oui, il me semble que c'est tout... A présent, tourne-toi. Je voudrais te voir de dos...

Il se tourna, et je lui lâchai une balle entre les épaules.

Je me rappelle diverses choses : cette bouffée de fumée suspendue en l'air, puis déployant un pli transparent et s'évanouissant lentement ; la manière dont Félix tomba ; car il ne tomba pas tout de suite ; il termina d'abord un mouvement qui se rattachait encore à la vie, et qui était un tour presque complet ; il avait l'intention, je pense, de volter plaisamment devant moi, comme devant un miroir ; de sorte que, mettant inertement fin à ce pauvre badinage, il vint me faire face (déjà transpercé), étendit lentement les mains comme pour demander : « Qu'est-ce que cela signifie ? »... et, ne recevant pas de réponse, s'affaissa lentement en arrière. Oui, je me rappelle tout cela ; je me rappelle aussi le bruit étouffé qu'il fit sur la neige, quand il commença à se raidir et à se convulser comme si ses vêtements neufs l'avaient gêné ; il s'immobilisa bientôt, et la rotation de la terre se fit alors sentir, et seul son chapeau se mut lentement, se séparant du sommet de sa tête et tombant en arrière, bouche ouverte, comme s'il disait « au revoir » à son propriétaire (ou encore, faisant songer à cette phrase éculée : « les assistants se découvrirent »). Oui, je me rappelle tout cela, mais il est une chose que ma mémoire n'a pas retenue : la détonation de mon coup de feu. C'est vrai, un tintement persistant me resta dans les oreilles. Il se colla à moi et rampa sur moi, et trembla sur mes lèvres. A travers ce voile sonore, j'approchai du corps et, avec avidité, regardai.

Il existe des moments mystérieux, et celui-là en était un. Comme un auteur relisant mille fois son œuvre, scrutant et vérifiant chaque syllabe, et finalement incapable de dire si cet amas de mots affadis est bon ou mauvais... voilà ce que j'éprouvai, voilà ce que j'éprouvai... Mais il y a la certitude secrète du créateur, qui jamais ne peut se tromper. En cet instant où tous les caractères nécessaires étaient fixés et figés, notre ressemblance était telle que je ne sus réellement pas qui avait été tué, moi ou lui. Et tandis que je regardai, l'obscurité se fit dans le bois silencieux et vibrant, et avec ce visage qui se dissolvait devant moi, vibrant de plus en plus faiblement, il me sembla que je regardais mon reflet dans une mare stagnante.

De crainte de me salir, je ne touchai pas le corps ; ne vérifiai pas s'il était vraiment tout à fait, tout à fait mort ; je savais instinctivement qu'il l'était, que ma balle avait glissé avec une parfaite exactitude le long du sillon qu'avaient creusé mon œil et ma volonté. Dépêchons, dépêchons, criait le vieux monsieur Pichon en rentrant les bras dans les jambes de son pantalon. Ne l'imitons pas. Rapidement, attentivement, je regardai autour de moi. Félix lui-même avait tout mis dans le sac, à l'exception du pistolet, pourtant je fus assez maître de moi pour m'assurer qu'il n'avait rien laissé tomber ; et j'allai même jusqu'à brosser le marchepied sur lequel je lui avais coupé les ongles. Ensuite, je fis une chose que j'avais depuis

206

longtemps décidée : je roulai la voiture jusqu'à la lisière même du bois, la plaçant adroitement de façon qu'au matin elle fût visible de la grande route, ce qui conduirait à la découverte de mon cadavre.

La nuit tombait très vite. Le bourdonnement de mes oreilles avait presque disparu. Je plongeai dans le bois, passant ainsi assez près du corps ; mais je ne m'arrêtai plus... je ramassai seulement le sac, et, sans broncher, marchant d'un bon pas, vraiment comme si je n'avais pas eu aux pieds ces souliers aussi lourds que des pierres, je fis le tour du lac, sans jamais sortir du bois, j'allais toujours plus loin, dans le crépuscule spectral, parmi la neige spectrale... Mais comme je connaissais magnifiquement la bonne direction, avec quelle exactitude, avec quelle vivacité je m'étais représenté tout cela, lorsqu'en été j'étudiais les sentiers conduisant à Eichenberg !

J'atteignis la gare en temps utile. Dix minutes plus tard, avec l'obligeance d'une apparition, arriva le train que je voulais prendre. Je passai la moitié de la nuit assis sur une dure banquette, dans un wagon de troisième classe grinçant et oscillant, et à côté de moi deux hommes âgés jouaient aux cartes, et les cartes dont ils se servaient étaient extraordinaires : grandes, rouges et vertes, avec des glands et des nids d'abeille. Après minuit, il fallut que je change de train ; quelques heures plus tard, je roulais déjà vers l'ouest ; puis, dans la matinée, je changeai de nouveau, prenant cette fois un rapide. C'est seulement là, dans la solitude du lavabo, que j'examinai le contenu du sac. Outre les choses qu'on y avait mises en dernier lieu (mouchoir ensanglanté inclus), j'y trouvai quelques chemises, un bout de saucisson, deux grosses pommes couleur d'émeraude, une semelle de cuir, cinq marks dans une bourse de dame, un passeport, et mes lettres à Félix. Immédiatement, dans les W.C., je mangeai les pommes et le saucisson ; mais je mis les lettres dans ma poche et j'examinai le passeport avec le plus vif intérêt. Il était allé à Mons et à Metz. C'était assez bizarre, sur la photo Félix ne me ressemblait pas beaucoup ; elle pouvait, certes, facilement passer pour ma photo... tout de même, cela me fit une impression bizarre, et je me rappelle avoir pensé que là était la cause qui lui faisait sentir si peu notre ressemblance : il se voyait tel qu'il était sur cette photo ou dans un miroir, c'est-à-dire indirectement, gauche et droite interverties, et non pas directement comme dans la réalité. La stupidité humaine, la négligence, la faiblesse des sens, tout cela s'exprimait dans ce fait, entre autres, que même les définitions officielles de son bref signalement ne correspondaient pas tout à fait aux épithètes de mon propre passeport (laissé à la maison). Un rien, certainement, mais caractéristique. Et à la rubrique « profession », lui, cet imbécile qui, sûrement, avait joué du violon de la même façon que les laquais amoureux, en Russie, avaient coutume de pincer la guitare durant les soirs d'été, il était désigné comme « musicien », ce qui, aussitôt, me transforma également en musicien. Plus tard dans la journée, dans une petite ville frontière, j'achetai une valise, un pardessus, etc., après quoi le sac contenant ses effets et mon revolver... non, je ne dirai pas ce que j'en fis, comment je le cachai : gardez le silence, ondes rhénanes. Et bientôt, un monsieur pas rasé, qui portait un pardessus noir bon marché, se trouva du bon côté de la frontière.

X

Depuis l'enfance, j'aime les violettes et la musique. Je suis né à Zwickau. Mon père était cordonnier et ma mère blanchisseuse. Quand elle se mettait en colère, elle criait après moi en tchèque. Mon enfance fut sombre et sans joie. A peine étais-je adulte, que je commençai à vagabonder. Je jouais du violon. Je suis gaucher. Visage ovale. Pas marié ; montrez-moi une seule femme qui soit honnête. J'ai trouvé la guerre joliment dégoûtante ; elle passa pourtant, comme passent toutes choses. Chaque souris a sa maison... J'aime les écureuils et les moineaux. La bière tchèque est meilleur marché. Ah, si seulement on pouvait se chausser chez le maréchal-ferrant... quelle économie ! Tous les ministres sont vendus, et toute la poésie, c'est de la blague. Un jour, à la foire, j'ai vu des jumeaux ; on vous promettait une prime si vous trouviez une différence entre eux, alors Fritz le rouquin a giflé l'un des deux et lui a fait enfler l'oreille... ça faisait une différence ! Bon Dieu, ce que nous avons ri ! Batailles, vols, carnages, tout ça est mauvais ou bon suivant les circonstances.

Je me suis approprié de l'argent chaque fois qu'il s'en est trouvé sur mon chemin ; ce que vous avez pris est vôtre, il n'y a rien qui soit l'argent de l'un ou de l'autre ; on ne voit pas, écrit sur une pièce de monnaie : appartient à Müller. J'aime l'argent. J'ai toujours souhaité trouver un ami sincère ; nous aurions fait de la musique ensemble, il m'aurait légué sa maison et son jardin. Argent, argent chéri. Petit argent chéri. Gros argent chéri. J'ai roulé ma bosse ; trouvé du travail ici et là. Un jour j'ai rencontré un type rupin qui disait tout le temps qu'il me ressemblait. Sottise, il ne me ressemblait pas le moins du monde. Mais je n'ai pas ergoté avec lui, car il était riche, et quiconque trinque avec les riches peut aussi devenir riche. Il voulait que je prenne sa place pour faire un tour en voiture, pendant qu'il ferait un coup intéressant. J'ai tué ce bluffeur, et je l'ai volé. Il gît dans le bois, il y a de la neige par terre, des corbeaux croassent, des écureuils bondissent. J'aime les écureuils. Ce pauvre monsieur est mort, dans son beau pardessus, et il est allongé non loin de sa voiture. Je sais conduire une voiture. J'aime les violettes et la musique. Je suis né à Zwickau. Mon père était un cordonnier chauve, qui portait des lunettes, et ma mère était une blanchisseuse aux mains écarlates. Quand elle se mettait en colère...

Et cela reprend depuis le commencement, avec de nouveaux détails absurdes... C'est ainsi qu'une image réfléchie, s'affirmant elle-même, exposait ses prétentions. Ce n'était pas moi qui cherchais refuge à l'étranger, ce n'était pas moi qui laissais pousser ma barbe, mais Félix, mon assassin. Ah, si je l'avais bien connu, pendant des années d'intimité, j'aurais pu prendre plaisir à emménager dans l'âme dont j'avais hérité. J'aurais connu toutes ses crevasses ; tous les corridors de son passé ; j'aurais pu jouir de toutes ses commodités. Mais je n'avais que très superficiellement étudié l'âme de Félix, je ne connaissais que les contours sommaires de sa personnalité, deux ou trois traits au hasard. Devais-je me servir de ma main gauche ?

De telles sensations, pour pénibles qu'elles fussent, il était possible de s'en arranger... plus ou moins. Il était, par exemple, plutôt difficile d'oublier comme il s'était totalement livré à moi, ce faiblard, pendant que je l'apprêtais pour son exécution. Ces obéissantes pattes froides ! J'étais tout à fait déconcerté au souvenir de sa docilité. L'ongle de son gros orteil était si épais que mes ciseaux ne purent le mordre du premier coup, il s'enroula autour du tranchant comme la bande métallique d'une boîte de corned-beef enveloppe la clé. La volonté d'un homme est-elle vraiment assez puissante pour transformer un autre homme en un mannequin ? L'ai-je réellement rasé ? Fantastique ! Oui, ce qui me tourmentait plus que tout, lorsque je revoyais les choses, c'était la soumission de Félix, la qualité ridicule, écervelée, automatique de sa soumission. Mais, je l'ai déjà dit, je surmontai cela. Bien pire était l'impossibilité de supporter les miroirs. En fait, la barbe que je commençais à laisser pousser était destinée à me cacher de moi-même bien plus que d'autrui. Terrible chose, une imagination hypertrophiée. On conçoit donc aisément qu'un homme doué de ma sensibilité suraiguë se mette dans des états épouvantables pour des bagatelles de l'ordre d'un reflet dans un miroir sombre, ou de son ombre même, tombant morte à ses pieds, *und so weiter*. Arrêtez, bonnes gens... je lève une énorme paume blanche, comme un agent de police allemand, arrêtez ! Pas de soupirs de compassion, braves gens, pas un seul soupir. Arrête, pitié ! Je n'accepte pas votre sympathie ; car il se trouve sûrement parmi vous quelques âmes qui s'apitoieront sur moi... sur moi poète incompris. « Brume, vapeur... un son qui vibre dans la brume. » Non, ce n'est pas un vers, cela vient du livre célèbre de Dosto, *Crime et Saleté*. Pardon : *Schuld und Sühne* (édition allemande). Il n'est absolument pas question d'un remords quelconque de ma part : un artiste n'éprouve pas de remords, même lorsque son œuvre n'est pas comprise, pas acceptée. Quant à l'enjeu...

Je sais, je sais : du point de vue du romancier, c'est une grave erreur d'accorder si peu d'attention dans tout le cours de mon récit — autant que je m'en souvienne — à ce qui semble avoir été mon principal mobile : l'appât du gain. Comment se fait-il que je sois si réticent et si vague quant au but que je poursuivais en m'arrangeant pour avoir un double mort ? Mais, sur ce point, je suis assailli par d'étranges doutes : étais-je réellement tellement, tellement avide de profit, et me semblait-elle réellement si désirable, cette somme plutôt équivoque (la valeur monnayée d'un homme ; et une rémunération honorable pour sa disparition), ou bien était-ce le contraire, et le souvenir, écrivant pour moi, était-il incapable (véridique jusqu'au bout) d'agir autrement et d'attacher une importance particulière à une conversation dans le bureau d'Orlovius (ai-je décrit ce bureau ?) ?

Et il y a une autre chose que j'aimerais dire à propos de mon humeur posthume : dans le secret de mon âme, je n'avais aucun doute concernant la perfection de mon œuvre, croyant que dans le bois noir et blanc gisait un homme mort qui me ressemblait parfaitement, et pourtant, comme un novice du génie, encore peu familier avec la renommée, mais plein de l'orgueil qui escorte la sévérité envers soi-même, je désirais jusqu'à la douleur que ce chef-d'œuvre qui était mien (achevé et signé le neuf mars dans un bois lugubre) fût apprécié par les hommes, ou, en d'autres termes, que l'imposture — et toute œuvre d'art est une imposture, — fût couronnée de succès; quant aux droits d'auteur, pour ainsi dire payés par la compagnie d'assurances, ils étaient dans mon esprit une question d'importance secondaire. Oh oui, j'étais le pur artiste de la romance.

Les choses qui passent sont thésaurisées plus tard, comme l'a chanté le poète. Un beau jour, enfin, Lydia me rejoignit à l'étranger; j'allai la voir à son hôtel. « Pas tant de fougue », dis-je en la prévenant gravement, comme elle était sur le point de se jeter dans mes bras. « Rappelez-vous que mon nom est Félix, et que je ne suis pour vous qu'une simple relation. » Elle avait fort bonne mine dans ses vêtements de veuve, de même que me seyaient mon artistique cravate noire et ma barbe joliment taillée. Elle se mit à raconter... oui, tout avait marché comme je m'y étais attendu, sans anicroche. Elle me dit qu'elle avait pleuré avec beaucoup de sincérité durant la cérémonie au crematorium, lorsque le prêtre, avec une émotion professionnelle dans sa voix vibrante, avait parlé de moi, « ... et cet homme, ce noble cœur qui... ». Je lui fis part de la suite de mon plan, et je commençai bientôt à la courtiser.

Nous sommes maintenant mariés, moi et ma petite veuve; nous vivons dans une localité calme et pittoresque, dans notre cottage. Nous coulons de longues heures oisives dans le petit jardin de myrtes qui domine de loin le golfe bleu, et nous parlons très souvent de mon pauvre frère défunt. Je lui raconte toujours de nouveaux épisodes de sa vie. « Le destin, kismet », dit Lydia en soupirant. « A présent, du moins, au Ciel, son âme est consolée parce que nous sommes heureux. »

Oui, Lydia est heureuse avec moi ; elle n'a besoin de personne d'autre. « Comme je suis contente », dit-elle parfois, « que nous soyons pour toujours débarrassés d'Ardalion. J'avais vraiment pitié de lui, et je lui donnais beaucoup de mon temps, mais, réellement, je n'ai jamais pu supporter cet homme. Me demande où il est en ce moment. Probablement en train de se tuer avec la boisson, pauvre type. Cela aussi, c'est le Destin ! »

Le matin, je lis et j'écris ; je publierai peut-être bientôt une ou deux petites choses sous mon nouveau nom ; un auteur russe qui vit dans le voisinage fait de grands éloges de mon style et du brillant de mon imagination.

Parfois, Lydia reçoit un mot d'Orlovius… à l'occasion du Nouvel An, par exemple. Il la prie invariablement de transmettre ses compliments à son mari qu'il n'a pas le plaisir de connaître, tout en pensant probablement : « Ah, voilà une veuve qui se console facilement. Pauvre Hermann Karlovitch ! »

Sentez-vous la saveur de cet épilogue ? Je l'ai conçu suivant une recette classique. Pour dénouer le récit, on dit quelque chose sur chacun des personnages du livre ; et ce faisant, on a soin que le train de leur existence reste correctement, bien que sommairement, en accord avec ce qu'on a déjà montré de leurs caractères respectifs ; on admet aussi une note facétieuse, raillant finement la nature conservatrice de la vie.

Lydia est toujours aussi oublieuse et aussi peu soigneuse...

Et, placé tout à fait à la fin de l'épilogue, il y a, *pour la bonne bouche*[1], un passage particulièrement bien senti, qui peut faire allusion à un objet insignifiant qui n'a fait que passer le temps d'un éclair dans une partie antérieure du roman :

On peut encore voir au mur de leur chambre ce même portrait au pastel, et, à son ordinaire, chaque fois qu'il le regarde, Hermann rit et jure.

C'est fini. Adieu, Tourgueniev ! Adieu Dosto !

Rêves, rêves... et même, rêves d'un genre plutôt banal. Au reste, qui s'en soucie... ?

Revenons à notre récit. Essayons de mieux nous contenir. Omettons certains détails du voyage. Je me rappelle que, le douze, lorsque j'arrivai à la ville de Pignan, presque à la frontière avec l'Espagne, la première chose que je fis fut d'essayer de trouver des journaux allemands ; j'en trouvai quelques-uns, mais ils ne parlaient encore de rien.

Je pris une chambre dans un hôtel de second ordre, une chambre immense, avec un sol de pierre et des murs de carton sur quoi semblait peinte la porte couleur terre de sienne qui menait dans la chambre voisine, et un miroir cérusé. Il faisait horriblement froid ; mais le foyer ouvert de l'absurde cheminée n'était pas plus apte à donner de la chaleur qu'un truc de théâtre ne le serait, et, quand les copeaux apportés par la femme de chambre eurent fini de brûler, la pièce parut encore plus froide. La nuit que je passai là fut pleine des visions les plus extravagantes et les plus épuisantes ; et quand vint le matin, comme je me

1. En français dans le texte (N.d.T.).

sentais tout moite et hérissé, j'émergeai dans l'étroite petite rue, j'inhalai les riches odeurs nauséabondes et je fus écrasé parmi la foule méridionale qui se bousculait sur la place du marché, et il m'apparut clairement que je ne pouvais absolument pas rester plus longtemps dans cette ville.

Avec des frissons qui descendaient continuellement le long de mon épine dorsale, et la tête bien près d'éclater, je me rendis au *Syndicat d'initiative*[1] où un individu loquace me conseilla une vingtaine d'endroits : j'en voulais un qui fût isolé et quand, vers le soir, un car nonchalant me laissa à l'adresse que j'avais choisie, je sus que là était exactement ce que je désirais.

Écarté, solitaire, entouré de chênes-lièges, se dressait un hôtel qui semblait convenable, et dont presque tous les volets étaient encore fermés (la saison ne commençant qu'en été). Un fort vent d'Espagne tourmentait le duvet de poussin des mimosas. Dans un pavillon qui faisait penser à une chapelle, jaillissait une source d'eau curative, et des toiles d'araignée pendaient aux fenêtres de sombre rubis.

Peu de gens séjournaient là. Il y avait le docteur, âme de l'hôtel et souverain de la table d'hôte : il trônait au haut bout de la table et se chargeait de la conversation ; il y avait un vieux garçon à bec de perroquet et veste d'alpaga, qui émettait un assortiment de ronflements et de grognements quand, avec un léger claquement de pieds, l'agile servante présentait à la ronde le plat de truites qu'il avait pêchées dans le torrent voisin ; il y avait un jeune couple vulgaire qui, pour venir dans ce trou, ne s'était pas effrayé du

---

1. En français dans le texte (N.d.T.).

long voyage de Madagascar ; il y avait la vieille petite dame à guimpe de mousseline, qui était maîtresse d'école ; il y avait un bijoutier avec sa nombreuse famille ; il y avait une jeune personne maniérée, que l'on nomma d'abord vicomtesse, puis comtesse, et finalement marquise (ce qui nous amène au moment où j'écris ceci)... tout cela à cause des efforts du docteur (qui fait tout ce qu'il peut pour rehausser la réputation de l'établissement). N'oublions pas, non plus, le triste commis voyageur de Paris, qui représente une marque brevetée de jambon ; ni l'abbé gras et grossier qui ne cessait de jacasser sur la beauté d'un cloître des environs ; et, pour mieux l'exprimer, il cueillait un baiser sur ses lèvres charnues, froncées à l'image d'un petit cœur. C'était toute la collection, je crois. Le gérant aux gros sourcils se tenait debout près de la porte, mains serrées derrière le dos, et suivait d'un œil morose le dîner cérémonieux. Dehors, un vent tumultueux faisait rage.

Ces impressions nouvelles me firent un effet bienfaisant. La nourriture était bonne. J'avais une chambre ensoleillée et il était intéressant de regarder, de la fenêtre, le vent retournant les multiples jupons des oliviers qu'il bousculait. Au loin, contre un ciel inexorablement bleu, se détachait le mauve pain de sucre d'une montagne qui ressemblait au Fuji-Yama. Je ne sortais pas beaucoup : il m'effrayait, ce tonnerre dans ma tête, ce vent de mars incessant, turbulent, aveuglant, ce meurtrier souffle montagnard. Pourtant, le second jour, j'allai en ville parce que l'incertitude m'exaspérait outre mesure, je résolus de ne plus me soucier d'eux pendant quelques jours.

Je crains d'avoir produit sur la table d'hôte une impression d'insociabilité renfrognée, en dépit de mes efforts pour répondre à toutes les questions que l'on me posait ; mais c'est en vain que le docteur me pressait après dîner de passer au salon, petite pièce qui sentait le renfermé, avec un piano rustique et désaccordé, des fauteuils de peluche et une table ronde encombrée de prospectus de tourisme. Le docteur avait un bouc, d'humides yeux bleus et un petit ventre rond. Il mangeait d'une façon pratique et très répugnante. Il réglait leur compte aux œufs pochés en donnant au jaune, avec un bout de pain, une secousse sournoise qui l'envoyait tout entier dans sa bouche, accompagné par une juteuse aspiration de salive. Avec les doigts trempés de sauce, il avait coutume de rassembler les os que les gens avaient laissés dans leur assiette au cours du repas, et il enveloppait n'importe comment son butin qu'il enfonçait dans la poche de son ample veste ; ce faisant, il cherchait évidemment à se faire passer pour un personnage excentrique : « c'est pour les pauvres chiens », disait-il (et dit-il toujours), « les animaux sont souvent meilleurs que les humains »... affirmation qui provoquait (et qui continue à provoquer) des disputes passionnées dans lesquelles l'abbé s'échauffait particulièrement. En apprenant que j'étais un Allemand et un musicien, le docteur sembla tout à fait fasciné ; et, d'après les regards qu'il me décocha, je conclus que ce n'était pas tant mon visage (en train de passer du « mal rasé » au « barbu ») qui attirait son attention, que ma nationalité et ma profession, deux facteurs dans lesquels le docteur percevait quelque chose de nettement favorable au prestige de la maison. Il m'attrapait par une boutonnière, sur l'escalier ou dans l'un des longs corridors blancs, et se lançait dans un bavardage sans fin, tantôt discutant les crimes de lèse-étiquette de l'ambassadeur du jambon, tantôt déplorant l'intolérance de l'abbé. Cela me portait quelque peu sur les nerfs, tout en me divertissant d'une certaine façon.

Dès que la nuit tombait et que les ombres des branches, saisies et lâchées par la lampe solitaire, dans la cour, venaient balayer ma chambre au passage, une confusion stérile et hideuse emplissait mon âme vacante. Oh non, je n'ai jamais eu peur des cadavres, pas plus que ne m'effraient les jouets cassés et détraqués. Ce que je craignais, seul dans un monde perfide, dans un monde de reflets, c'était de m'effondrer au lieu de tenir le coup jusqu'à un certain moment extraordinaire, follement heureux, qui résoudrait tout, et qu'il me fallait absolument atteindre ; le moment du triomphe de l'artiste ; de l'orgueil, de la délivrance, de la béatitude.

J'étais là depuis six jours quand le vent se fit si violent que l'on pouvait comparer l'hôtel à un navire au large dans la tempête : les vitres tremblaient, les murs craquaient ; et le lourd feuillage toujours vert tombait en arrière avec un bruit de reflux puis, se précipitant en avant, donnait l'assaut à la maison. Je tentai de sortir dans le jardin, mais je fus immédiatement plié en deux, je retins mon chapeau par miracle, et je montai dans ma chambre. Une fois là, debout à la fenêtre, perdu dans mes pensées au milieu de ce tumulte et de ce tintamarre, je n'entendis pas le gong, de sorte que, lorsque je descendis pour déjeuner et pris place à la table, on en était au troisième service — des abattis, mousseux au palais, avec de la sauce tomate — le plat favori du docteur. D'abord je ne prêtai pas attention à l'entretien général, habilement dirigé par le docteur, mais tout à coup ie remarquai que tout le monde me regardait.

— Et vous, me disait le docteur, qu'en pensez-vous ?

— De quoi ? questionnai-je.

— Nous parlions, dit le docteur, de cet assassinat, chez vous, en Allemagne. Il faut qu'un homme soit un monstre... poursuivit-il, s'attendant à une intéressante discussion... pour s'assurer sur la vie et ensuite...

Je ne sais ce qui me prit, mais soudain je levai la main et dis : « Assez, arrêtez », et la laissant retomber, j'assénai sur la table un coup de poing qui fit sauter en l'air mon rond de serviette, et je criai, d'une voix que je ne reconnus pas pour la mienne :

— Assez, assez ! Comment osez-vous, quel droit avez-vous ? De toutes les paroles insultantes... Non, je ne le tolérerai pas ! Comment osez-vous... Mon pays, mes compatriotes... taisez-vous ! Taisez-vous, criai-je de plus en plus fort. Vous !... Oser me dire en face qu'en Allemagne... Taisez-vous !

En fait, ils se taisaient tous depuis longtemps déjà... depuis l'instant où, après mon coup de poing, le rond s'était mis à rouler. Il roula jusqu'au bout de la table, où le plus jeune fils du bijoutier l'arrêta d'une tape circonspecte. Un silence de toute première qualité. Le vent même, je crois, avait cessé son vacarme. Le docteur, tenant son couteau et sa fourchette, était pétrifié : une mouche s'était pétrifiée sur son front. Je sentis un spasme dans ma gorge ; je jetai ma serviette et quittai la salle à manger, tandis que chaque visage se tournait automatiquement pour me regarder passer.

Sans interrompre mon élan, j'empoignai le journal qui était étalé sur une table du hall, et, une fois dans ma chambre, je me laissai tomber sur mon lit. J'étais tout tremblant, étranglé par les sanglots qui mon-taient, convulsé de fureur ; mes doigts étaient ignoblement éclaboussés de sauce tomate. Pendant que j'étudiais le journal, j'eus encore le temps de me dire que ce n'était qu'une absurdité, une pure coïncidence… on pouvait difficilement s'attendre à ce qu'un Français eût vent de la chose, mais dans un éclair, mon nom, mon ancien nom, vint danser devant mes yeux…

Je ne me rappelle pas exactement ce que m'apprit ce journal-là : depuis ce jour, j'en ai lu des tas, et ils se sont plutôt mélangés dans mon esprit ; ils traînent à présent quelque part, par là, mais je n'ai pas le temps de les trier. Ce que je me rappelle fort bien, toutefois, c'est que je saisis immédiatement deux faits : premièrement, que l'identité de l'assassin était connue, et deuxièmement, que celle de la victime ne l'était pas. L'article n'émanait pas d'un correspondant particulier, mais était simplement un bref résumé de ce que, sans doute, contenaient les journaux allemands, et il y avait quelque chose de négligent et d'insolent dans la façon dont il était servi, entre une bagarre politique et un cas de psittacose. Et je fus indiciblement choqué par le ton de la chose : c'était si impropre, si impossible en ce qui me concernait, que pendant un moment je crus même qu'il pouvait s'agir d'une autre personne portant le même nom que moi ; car c'est le ton dont on use en parlant d'un demi-fou qui coupe toute une famille en morceaux. A présent, je comprends. C'était, je suppose, une ruse de la police internationale ; une tentative idiote pour m'effrayer et m'étourdir ; mais comme je ne me rendais pas compte de cela, je fus d'abord envahi d'une fureur frénétique, et devant mes yeux flottèrent des taches qui passaient constamment dans l'une ou l'autre colonne du journal... lorsque soudain un coup sonore fut frappé à la porte. Je fourrai le journal sous mon lit et dis :

— Entrez.

C'était le docteur. Il finissait de mâcher quelque chose.

— Écoutez, dit-il dès qu'il eut passé le seuil, c'est un malentendu. Vous avez mal interprété mes paroles. J'aimerais vraiment...

— Dehors ! hurlai-je. Sortez !

Son visage changea et il sortit sans fermer la porte. Je me levai d'un bond et la fis claquer avec un bruit incroyable. Puis je pris le journal sous le lit ; mais maintenant je ne pouvais retrouver dedans ce que je venais de lire. Je l'examinai du commencement à la fin : rien ! Avais-je pu rêver que j'avais lu cela ? Je parcourus de nouveau les pages ; c'était comme dans un cauchemar, lorsqu'un objet se perd et que non seulement on ne peut le découvrir, mais encore qu'il n'existe aucune de ces lois naturelles qui donneraient à la recherche une certaine logique, au lieu de quoi tout est absurdement informe et arbitraire. Non, il n'était pas question de moi dans le journal. Pas un mot. Je devais me trouver dans un horrible état d'aveugle excitation, car je m'aperçus au bout de quelques secondes que je tenais une feuille de chou allemande, et non le journal de Paris que je venais de lire. Plongeant encore une fois sous le lit, j'en retirai l'exemplaire que je cherchais, et je relus l'article aux termes triviaux et même diffamatoires. Je sentis alors ce qui m'avait le plus choqué... ce qui m'avait atteint comme une insulte : il n'y avait pas un mot concernant notre ressemblance ; non seulement on ne la critiquait pas (on aurait pu dire, par exemple : « oui, une ressemblance admirable, mais telle et telle marques montrent que ce n'est pas son corps ») mais, d'une façon générale, on n'y faisait aucune allusion... et cela donnait l'impression qu'il s'agissait d'un homme dont l'aspect était tout à fait différent du mien. Pourtant, une seule nuit ne pouvait vraiment pas l'avoir décomposé ; au contraire ; son visage aurait dû acquérir une qualité marmoréenne, ciselant encore plus nettement notre ressemblance ; mais même si le corps avait été trouvé plus tard, donnant ainsi à la Mort folâtre le temps de s'occuper de lui, les étapes de sa décomposition auraient tout de même concordé avec celles de la mienne... façon diantrement hâtive d'exprimer cela, j'en ai peur, mais pour l'instant je ne suis pas d'humeur à écrire des gentillesses. Cette ignorance affectée de ce qui, pour moi, était extrêmement précieux, plus important que tout, me frappa comme un très lâche artifice, car cela impliquait que dès le début tout le monde savait parfaitement que ce n'était pas moi, et que personne absolument n'avait pu se mettre dans la tête que ce cadavre devait être pris pour le mien. Et le sans-gêne avec lequel l'histoire était contée semblait, par lui-même, souligner un solécisme que je n'aurais certainement jamais, jamais commis ; et pourtant ils étaient là, bouches cachées, gueules détournées, silencieux mais tout tremblants, les scélérats, tout bouillonnants de joie, oui, de méchante joie vindicative ; oui, vindicative, railleuse, intolérable...

De nouveau, on frappa à la porte ; je sautai sur mes pieds, haletant. Le docteur et le gérant parurent.

— Voilà, dit le docteur d'une voix profondément ulcérée, s'adressant au gérant et me désignant. Là... non seulement ce monsieur s'est offensé d'une chose que je n'ai jamais dite, mais encore il m'a insulté, refusant de m'entendre et se montrant extrêmement grossier. Voulez-vous lui parler, s'il vous plaît. Je ne suis pas accoutumé à de telles manières.

— *Il faut s'expliquer*[1], dit le gérant en me fixant d'un air sombre. Je suis sûr que monsieur lui-même...

— Hors d'ici ! vociférai-je en tapant du pied. Ce que vous m'infligez... C'est au-delà... Vous n'oserez pas m'humilier et tirer vengeance... J'exige, entendez-vous, j'exige...

Le docteur et le gérant, levant tous deux les mains et piaffant sur leurs jambes raides, comme des automates, m'accablèrent de leur baragouin, fanfaronnant de plus en plus près de moi ; je ne pus y tenir plus longtemps, mon accès de fureur se dissipa, mais je sentis à sa place la pression des larmes, et soudain (laissant la victoire à quiconque la désirait) je tombai sur mon lit et sanglotai violemment.

— Les nerfs, ce sont les nerfs, dit le docteur, radouci comme par enchantement.

Le gérant sourit et quitta la chambre en fermant la porte avec une grande délicatesse. Le docteur me versa un verre d'eau, m'offrit d'apporter du bromure, me tapota l'épaule ; et je continuai à sangloter, se rendant parfaitement compte de mon état dont je voyais même la honte avec une froide lucidité railleuse, et en même temps je sentais tout le charme dostoïevskien de l'hystérie et aussi quelque chose d'obscurément avantageux pour moi, si bien que je continuai à me secouer et à haleter, tout en m'essuyant les joues avec le grand mouchoir sale, sentant la viande, que le docteur m'avait donné, tandis qu'il me

1. En français dans le texte (N.d.T.).

flattait de la main et qu'il murmurait d'une voix apaisante :

— Un simple malentendu ! *Moi qui dis toujours*[1], que nous ne voulons plus jamais avoir de guerre... Vous avez vos défauts, et nous les nôtres. Il faudrait oublier la politique. Tout simplement, vous n'avez pas compris de quoi nous parlions. Je vous demandais seulement votre avis sur ce meurtre...

— Quel meurtre ? questionnai-je à travers mes sanglots.

— Oh, *une sale affaire*[1] : il a changé de vêtements avec un homme, et il l'a tué. Mais apaisez-vous, mon ami, ce n'est pas seulement en Allemagne qu'il y a des assassins, nous avons nos Landru, Dieu merci, ainsi vous n'êtes pas les seuls. *Calmez-vous*[1], ce ne sont que les nerfs, l'eau d'ici agit merveilleusement sur les nerfs... ou plus exactement, sur l'estomac, *ce qui revient au même, d'ailleurs*[1].

Il continua à me tapoter pendant un moment, puis il se leva. Je rendis le mouchoir et remerciai.

— Savez-vous ? me dit-il alors qu'il était déjà sur le pas de la porte. La petite comtesse s'est entichée de vous. Alors, vous devriez nous jouer quelque chose au piano, ce soir (il laissa courir ses doigts comme s'il faisait des trilles) et croyez-moi, vous l'aurez dans votre lit !

Il était déjà dans le couloir, mais tout d'un coup il changea d'idée et revint.

— Au temps de ma folle jeunesse, dit-il, une fois que nous autres, étudiants, nous donnions du bon temps, le plus chahuteur d'entre nous prit une cuite

1. En français dans le texte (N.d.T.).

formidable, alors, dès qu'il cessa de se rendre compte des choses, nous lui avons mis une soutane, nous lui avons fait une tonsure, et, tard dans la nuit, nous avons frappé à la porte d'un couvent, une religieuse est venue ouvrir, et l'un de nous lui a dit : « Ah, ma sœur, voyez dans quel triste état s'est mis ce pauvre abbé ! Recevez-le, laissez-le dormir et se remettre dans une de vos cellules. » Et, imaginez ça, les sœurs l'ont pris. Comme nous avons ri !

Le docteur se tapa sur les hanches qu'il avait légèrement abaissées. Il me vint soudain à l'esprit que, qui sait, peut-être il disait tout cela (ils l'avaient déguisé... avaient voulu le faire passer pour quelqu'un d'autre), avec un certain dessein secret, que peut-être il était envoyé pour espionner... et de nouveau la fureur me posséda, mais, regardant ses rides stupidement rayonnantes, je me dominai, fis semblant de rire ; il agita la main, très satisfait, et enfin me laissa en paix.

En dépit d'une grotesque ressemblance avec Raskolnikoff... Non, c'est faux. Biffé. Que se passa-t-il ensuite ? Ah oui, je décidai que la toute première chose à faire était de me procurer le plus grand nombre possible de journaux. Je descendis quatre à quatre. Sur l'un des paliers, je croisai l'abbé : de son sourire huileux, je déduisis que le docteur avait déjà trouvé moyen d'informer le monde de notre réconciliation.

En arrivant dans la cour, je fus tout de suite à moitié étourdi par le vent ; mais je ne cédai pas, je me cramponnai précipitamment à la porte, et le car parut alors, je lui fis signe, j'y grimpai, et nous descendîmes la pente dans un affolant tourbillon de poussière blanche. En ville, j'achetai plusieurs quotidiens allemands, et je profitai de l'occasion pour passer à la poste. Il n'y avait pas de lettre pour moi, mais, d'autre part, je trouvai les journaux pleins de nouvelles, beaucoup trop pleins, hélas... aujourd'hui, après une semaine de cet accaparant travail littéraire, je suis guéri et je n'éprouve que du mépris, mais sur le moment, le ton froidement ricaneur de la Presse me fit presque tomber en syncope.

Voici le tableau d'ensemble que j'établis enfin : le dimanche dix mars, à midi, dans un bois, un coiffeur de Kœnigsdorf découvrit un cadavre. Comment il se trouva dans ce bois qui, même en été, restait désert, et pourquoi ce fut seulement le soir qu'il fit connaître sa trouvaille, ce sont là des énigmes dont la solution manque encore. Puis vient cette histoire follement drôle, à laquelle je crois que j'ai déjà fait allusion : la voiture, intentionnellement laissée par moi à l'orée du bois, avait disparu. Grâce à des empreintes semblables à une succession de T, on retrouva la marque des pneus, et certains habitants de Kœnigsdorf, qui possédaient des mémoires phénoménales, se rappelèrent avoir vu passer une Icarus bleue, petit modèle, roues pleines, ce à quoi l'agréable et joyeux gaillard du garage de ma rue ajouta des renseignements concernant le nombre de chevaux et de cylindres, indiquant non seulement le numéro d'immatriculation, mais encore les numéros de fabrication du moteur et du châssis.

Il est généralement admis qu'en ce moment même je me promène on ne sait où dans cette Icarus... ce qui est délicieusement ridicule. A présent il me paraît évident que, de la grande route, quelqu'un aperçut ma voiture, se l'appropria sans plus de façons et, dans sa hâte, ne vit pas le cadavre couché près de là.

Inversement, ce coiffeur qui, lui, remarqua le cadavre, affirme que nulle voiture n'était en vue. C'est un personnage suspect, cet homme ! Il semblerait que la chose la plus naturelle du monde, pour la police, fût de lui mettre le grappin dessus ; des gens ont eu la tête tranchée pour moins que ça, mais vous pouvez être sûrs que rien de tel n'est arrivé, on ne songe pas à voir en lui l'assassin possible ; non, ils m'ont attribué le forfait sur-le-champ, sans réserve, avec une froide et brutale promptitude, comme s'ils avaient été joyeusement avides de me condamner, comme si ç'avait été une vengeance, comme si je les avais longtemps offensés, comme si longtemps ils avaient eu soif de me châtier. Non contente de tenir pour établi, par un étrange jugement anticipé, que le mort ne pouvait être moi ; non contente de négliger d'observer notre ressemblance, dont elle excluait même, *a priori*, la possibilité (car les gens ne voient pas ce qu'ils ne veulent pas voir), la police donna un brillant exemple de logique en se montrant surprise du fait que j'avais pensé abuser le monde en habillant de mes vêtements un individu qui ne me ressemblait pas du tout. L'imbécillité et la hurlante mauvaise foi d'un tel raisonnement sont hautement comiques. Logiquement, l'étape suivante consistait à me faire passer pour pauvre d'esprit ; on alla même jusqu'à supposer que je n'avais pas toute ma raison, ce que confirmèrent certaines personnes qui me connaissaient... cet âne d'Orlovius, entre autres (me demande qui étaient les autres), qui raconta que je m'écrivais des lettres à moi-même (assez inattendu !).

Ce qui déconcerta absolument la police, ce fut la question de savoir comment ma victime (la Presse chérissait particulièrement le mot « victime ») en était venue à se trouver dans mes vêtements, ou, plus exactement, comment j'étais parvenu à forcer un homme vivant à revêtir non seulement mon costume, mais jusqu'à mes chaussettes et à mes souliers qui, étant trop petits pour lui, avaient dû lui faire mal... (en tout cas, pour ce qui est de le chausser, j'aurais pu faire ça après coup, gros malins !)

En se fourrant dans la tête que ce n'était pas mon cadavre, ils agirent tout à fait comme un critique littéraire qui, à la seule vue d'un livre écrit par un auteur qu'il n'aime pas, décide que ce livre ne vaut rien et part de là pour bâtir ce qu'il lui plaît de bâtir, sur la base de cette première supposition gratuite. De même, mis en présence du miracle de notre ressemblance, ils s'étaient précipités sur telles défectuosités minuscules et dérisoires qui seraient passées inaperçues si l'on avait eu vis-à-vis de mon chef-d'œuvre une attitude plus profonde et plus délicate, tout comme un beau livre n'est en rien diminué par une faute d'impression ou un *lapsus calami*. Ils mentionnèrent la rudesse des mains, ils découvrirent même certaines callosités extrêmement significatives, remarquant pourtant la netteté des ongles de toutes les extrémités ; et quelqu'un — je croirais volontiers que ce fut ce coiffeur qui trouva le corps — attira l'attention des limiers sur le fait que, en raison de certains détails visibles pour l'œil d'un professionnel (délicieux, cela), il était clair que les ongles avaient été coupés par quelqu'un d'autre que leur propriétaire.

J'ai beau chercher, je ne puis découvrir quelle fut la conduite de Lydia lors de l'enquête. Comme nul ne mettait en doute que l'homme assassiné ne fût pas moi, elle a certainement été soupçonnée de complicité, et elle l'est peut-être encore : c'est sa propre faute, pour sûr, elle aurait dû comprendre que l'argent de l'assurance était fichu, qu'il était donc inutile de jouer la veuve éplorée. A la longue, elle s'effondrera et, sans jamais douter de mon innocence, seulement pour tâcher de sauver ma tête, elle racontera la tragique histoire de mon frère ; sans nul profit, toutefois, car on peut établir assez facilement que je n'eus jamais de frère ; quant à la théorie du suicide, eh bien, il n'y a qu'une très maigre chance pour que l'imagination officielle avale ce truc de la ficelle et de la détente.

Ce qui est d'importance primordiale pour ma sécurité, c'est le fait que l'identité de l'homme assassiné n'est pas et ne peut pas être connue. Entre-temps, j'ai vécu sous son nom, j'ai déjà laissé des traces ici et là, de sorte que je pourrais être flanqué par terre en un clin d'œil si l'on découvrait qui j'ai descendu (pour employer un terme accepté). Mais il n'y a pas moyen de le découvrir, ce qui me convient admirablement, car je suis trop las pour recommencer à combiner des plans et à agir. Et, en vérité, comment pourrais-je me dépouiller de son nom que j'ai fait mien avec un art si consommé ? Car je ressemble à mon nom, messieurs, et il me va aussi exactement qu'il lui allait. Vous seriez idiots de ne pas vouloir comprendre cela.

Maintenant, pour ce qui est de la voiture, on finira bien par la trouver, tôt ou tard… non que cela leur serve à grand-chose ; car je voulais qu'elle fût trouvée. Quelle farce ! Ils me croient humblement assis au volant alors qu'ils trouveront, en réalité, un voleur très ordinaire et très effrayé.

Je ne mentionne pas ici les épithètes monstrueuses dont ils crurent nécessaire de me gratifier, ces gratte-papier irresponsables, ces marchands de sensations, ces vilains charlatans qui tiennent boutique là où du sang a été répandu ; je ne m'arrêterai pas davantage aux solennels arguments d'ordre psychanalytique, dans lesquels se complaisent les compilateurs. Toute cette bave et cette fange m'exaspérèrent au commencement, surtout le fait que l'on m'associait à tel ou tel idiot aux goûts de vampire, qui, en son temps, avait contribué à faire monter le nombre d'exemplaires vendus. Il y avait, par exemple, ce type qui brûla sa voiture, avec le corps de sa victime dedans, après avoir sagement scié un morceau des pieds, parce que le cadavre s'était trouvé de plus haute taille que lui, le propriétaire de la voiture. Mais qu'ils aillent au diable ! Ils n'ont rien de commun avec moi. Une chose encore qui me mit en fureur, c'est que les journaux imprimèrent ma photo de passeport (sur laquelle j'ai vraiment l'air d'un criminel, et qui ne me ressemble pas du tout, tant ils l'ont méchamment retouchée) au lieu de quelque autre photo, comme celle où je suis plongé dans un livre... coûteuse épreuve aux tendres nuances de chocolat au lait ; et le même photographe me prit dans une autre pose, doigt à la tempe, yeux graves regardant de dessous un front penché : c'est ainsi que les romanciers allemands aiment à être pris. Réellement, ils n'avaient que l'embarras du choix. Il y a aussi quelques bons instantanés... Celui, par exemple, qui me montre en caleçon de bain, sur le terrain d'Ardalion.

Oh, à propos... j'oubliais presque, au cours de ses méticuleuses investigations, la police examina chaque buisson et fouilla même le sol, mais elle ne découvrit rien ; rien, excepté un seul objet remarquable, à savoir : une bouteille — la bouteille — de vodka faite à la maison. Elle était restée là depuis juin : autant qu'il m'en souvienne, j'ai décrit Lydia en train de la cacher... Dommage que je n'aie pas également enterré une balalaïka dans les parages, de façon à leur donner le plaisir d'imaginer un meurtre slave accompagné du tintement des gobelets et du chant de *Pajaleil jémegna, dara-gailla...* « Prends-moi en pitié, chérie... »

Mais assez, assez. Tout ce dégoûtant gâchis est dû à l'inertie, à la stupidité, aux préventions des humains qui ont refusé de me reconnaître dans le cadavre de mon double parfait. J'accepte, avec un sentiment d'amertume et de mépris, le fait même de la méconnaissance (quel maître n'en a pas été atteint ?) mais je persiste à croire fermement en la perfection de mon double. Je n'ai rien à me reprocher. Des erreurs — des pseudo-erreurs — m'ont été attribuées rétrospectivement par mes critiques, lorsqu'ils s'empressèrent de conclure gratuitement que mon idée même était radicalement fausse, sur quoi ils firent ressortir ces infimes contradictions dont je suis le premier à me rendre compte et qui n'ont aucune importance pour l'ensemble de la réussite artistique. Je maintiens que les bornes de l'habileté furent atteintes dans le dessein et l'exécution de l'affaire tout entière ; que son achèvement parfait était, en un sens, inévitable ; que tout se combina, indépendamment de ma volonté, par une sorte d'intuition créative. Et c'est pourquoi, afin de faire reconnaître, de justifier et de sauver le fruit de mon cerveau, d'expliquer au monde toute la profondeur de mon chef-d'œuvre, j'ai imaginé d'écrire ce récit.

Car c'est après avoir froissé et jeté le dernier journal qui, vidé de son suc, m'avait tout appris ; avec une sensation de brûlure et de démangeaison envahissante, et un désir intense d'adopter immédiatement certaines mesures que moi seul pouvais apprécier, c'est alors, dans ces dispositions, que je m'assis à ma table et commençai à écrire. Si je n'étais absolument certain de ma puissance littéraire, du remarquable talent... tout d'abord ce fut un travail pénible, comme de gravir une pente. Je haletais, je m'arrêtais, puis je recommençais. Ma tâche, tout en m'épuisant terriblement, me donnait un singulier délice. Oui, un remède drastique, un purgatif inhumain, médiéval; mais qui prouva son efficacité.

Une semaine entière s'est écoulée depuis le jour où j'ai commencé; et maintenant, mon travail touche à sa fin. Je suis calme. Tout le monde à l'hôtel est merveilleusement gentil envers moi; la mélasse de l'affabilité. A présent je prends mes repas séparément, à une petite table près de la fenêtre. Le docteur a approuvé mon isolement, et sans se rendre compte que je suis à portée de voix, il explique aux gens qu'un sujet nerveux a besoin de tranquillité, et qu'en général les musiciens sont des nerveux. Pendant les repas il m'interpelle fréquemment de sa place, à travers toute la pièce, pour me recommander un plat, ou encore pour me demander plaisamment si je ne me laisserai pas tenter, pour aujourd'hui seulement, et si je ne me joindrai pas au repas général, et tous me regardent alors avec une grande bienveillance.

Mais que je suis donc fatigué, mort de fatigue ! Il y eut des jours, avant-hier par exemple, où, à part deux courtes interruptions, j'écrivis pendant dix-neuf heures tout d'une traite; et croyez-vous que j'aie dormi après ça ? Non, je n'ai pas pu dormir, et tout mon corps était bandé et brisé comme si j'avais été roué. Maintenant pourtant, comme je suis en train d'en finir, comme je n'ai presque plus rien à ajouter à mon récit, j'éprouve un vrai déchirement à me séparer de tout ce papier noirci ; mais il faut que je m en sépare ; et, quand j'aurai relu mon œuvre, quand je l'aurai corrigée, cachetée et bravement mise à la poste, il faudra, je suppose, que j'aille plus loin, en Afrique, en Asie — où j'irai, cela importe peu — bien que j'éprouve tant de répugnance à me déplacer, et que j'aie un tel désir de quiétude. En vérité, le lecteur n'a qu'à imaginer la position d'un homme qui vit sous un certain nom, non pas parce qu'il ne peut obtenir un autre passep...

XI

Je ne suis plus au même endroit : le désastre m'a fait changer de séjour.

Je pensais qu'il y aurait dix chapitres en tout... je me trompais ! Il me semble étrange de me rappeler avec quelle fermeté, avec quelle tranquillité, en dépit de tout, j'étais en train d'achever le dixième ; ce à quoi je ne parvins pas tout à fait. La bonne vint me déranger pour faire ma chambre, alors, n'ayant rien de mieux à faire, je descendis au jardin ; et là, un silence céleste et tendre m'enveloppa. Tout d'abord, je ne compris même pas ce que c'était, mais je me secouai, et soudain je sus que l'ouragan qui avait fait rage venait de s'apaiser.

L'air était divin, où flottait le duvet soyeux des saules ; même la verdure des feuillages persistants tentait de paraître rénovée ; et les torses demi-nus, athlétiques des chênes-lièges brillaient d'un rouge opulent.

Je me promenai le long de la grande route ; à ma droite, les vignes escaladaient le coteau, dressant leurs ceps dénudés, au dessin uniforme, qui ressemblaient à des croix de cimetière rampantes et tordues. Bientôt je m'assis sur l'herbe, et, comme je regardais par-dessus les vignes le sommet couvert de genêts d'une colline enfoncée jusqu'aux épaules dans l'épais feuillage des chênes, comme je regardais le bleu-bleu profond-profond du ciel, je songeai avec une sorte de tendresse fondante (car le caractère essentiel mais caché de mon âme, c'est peut-être la tendresse) qu'une vie nouvelle et simple avait commencé, laissant en arrière le faix des fantaisies laborieuses. Alors, au loin, dans la direction de mon hôtel, l'autocar apparut, et je décidai de m'amuser pour la toute dernière fois à lire les journaux de Berlin. Une fois dans le car, je fis semblant de dormir (et je poussai le raffinement jusqu'à sourire en rêve), parce que je remarquai, parmi les passagers, le vendeur de jambon ; mais je ne tardai pas à m'endormir authentiquement.

Ayant trouvé en ville ce que je désirais, je n'ouvris le journal que quand je fus de retour, et, avec un petit rire enjoué, je me mis en devoir de le lire. Tout de suite, je ris aux éclats : on avait découvert la voiture.

Sa disparition était expliquée comme suit : trois joyeux compagnons qui marchaient, le matin du dix mars, sur la grande route — un mécanicien sans travail, le coiffeur que nous connaissons déjà, et le frère du coiffeur, un jeune homme sans occupations stables — aperçurent à la lointaine lisière de la forêt l'éclat d'un radiateur de voiture, et se dirigèrent incontinent de ce côté. Le coiffeur, homme établi qui respectait la loi, dit alors qu'il fallait attendre que le propriétaire revînt, et, s'il ne revenait pas, emmener la voiture à Kœnigsdorf, mais son frère et le mécanicien, qui tous deux aimaient à rire un peu, firent une autre proposition. Le coiffeur répliqua pourtant qu'il ne permettrait rien de tel ; et il s'enfonça dans le bois, tout en regardant autour de lui. Il atteignit bientôt le cadavre. Il s'en retourna à la hâte, hélant ses camarades, et fut horrifié de ne retrouver ni eux ni la voiture. Il s'attarda quelque temps dans ces parages, pensant qu'ils reviendraient peut-être. Ils ne revinrent pas. Vers le soir, il se décida enfin à informer la police de sa « macabre découverte », mais, en frère affectueux, il ne parla pas de la voiture.

On apprenait maintenant que les deux chenapans avaient eu tôt fait d'endommager mon Icarus qu'ils avaient enfin cachée, avec l'idée de se tenir cois, mais ils avaient réfléchi et s'étaient livrés. « Dans la voiture — ajoutait l'article — on a trouvé un objet qui établit l'identité de l'homme assassiné. »

D'abord, par une erreur de l'œil, je lus « l'identité de l'assassin », et cela accrut mon hilarité : en effet, ne savait-on pas depuis le début que la voiture m'appartenait ? Mais une seconde lecture me rendit pensif.

Cette phrase m'irritait. Il y avait en elle je ne sais quel obscur secret. Naturellement, je me dis aussitôt que c'était quelque nouveau truc, ou bien alors qu'ils avaient trouvé quelque chose de pas plus important que cette ridicule vodka. Tout de même, cela m'ennuyait... et pendant un moment je fus assez consciencieux pour vérifier mentalement tous les objets qui avaient joué un rôle dans l'affaire (je me rappelai même le chiffon qui lui avait servi de mouchoir, et son peigne d'un bleu révoltant), et comme j'avais alors agi avec une précision vigilante et sûre, je n'avais maintenant aucune difficulté à refaire ce travail, et je fus satisfait de trouver que tout était en ordre. C.Q.F.D.

En vain : je n'avais nulle paix... Il était grandement temps d'en terminer avec ce dernier chapitre, mais au lieu d'écrire, je sortis de nouveau, m'attardant dehors, et quand je rentrai j'étais si absolument harassé que le sommeil me prit tout de suite, en dépit du malaise confus dont souffrait mon esprit. Je rêvai qu'après de pénibles recherches (dans la coulisse... hors de la scène de mon rêve) je trouvais enfin Lydia qui m'avait fui et qui maintenant me déclarait froidement que tout était bien, qu'elle avait facilement touché l'héritage et qu'elle allait se marier avec un autre homme « parce que, vois-tu », disait-elle, « toi, tu es mort ». Je me réveillai dans une rage terrible, mon cœur battant follement : dupé ! Sans recours ! — car comment un mort pouvait-il intenter un procès aux vivants — oui, sans recours... et elle le savait ! Puis je repris mes esprits et je me mis à rire... quels tours les rêves peuvent jouer ! Mais soudain je sentis qu'il y avait réellement quelque chose d'extrêmement désagréable dont nul rire ne pouvait me débarrasser, et que ce n'était pas mon rêve qui importait... ce qui avait une importance véritable, c'était le mystère de la nouvelle d'hier soir : l'objet trouvé dans la voiture... si vraiment, me dis-je, ce n'est ni un canard ni un piège astucieux ; si vraiment il a été possible de trouver un nom à l'individu assassiné, et si ce nom est bien le sien. Non, il y avait trop de « si », je me rappelai ma soigneuse vérification d'hier, alors que j'avais suivi les courbes, gracieuses et régulières comme les routes des planètes, que les divers objets utilisés avaient décrites... oh, j'aurais pu tracer leurs orbites en pointillé ! Mais néanmoins mon esprit demeurait mal à l'aise.

En quête d'un moyen de me délivrer de ces pressentiments intolérables, je rassemblai les feuillets de mon manuscrit, soupesai le tout sur ma paume, murmurai même facétieusement : « bien, bien ! » et décidai qu'avant d'écrire les deux ou trois phrases finales, j'allais le relire du commencement à la fin.

Je me dis alors qu'un régal exquis m'était réservé. En chemise de nuit, debout près de la table où j'écrivais, c'est avec amour que je secouai entre mes mains la craquante profusion des pages griffonnées. Ceci fait, je me recouchai; arrangeai convenablement l'oreiller sous mes omoplates; puis m'aperçus que j'avais laissé le manuscrit sur la table... j'aurais pourtant juré que je l'avais constamment eu dans les mains. Calmement, sans proférer de jurons, je me levai et le rapportai dans mon lit, tapotai de nouveau l'oreiller, regardai la porte, me demandai si elle était verrouillée ou non (car je trouvais déplaisante la perspective d'interrompre ma lecture pour faire entrer la bonne quand elle m'apporterait mon petit déjeuner, à neuf heures); me levai encore une fois... et encore une fois très calmement; vis que la porte n'était pas verrouillée, que j'aurais donc pu ne pas me déranger, retournai dans mon lit bouleversé, m'installai confortablement, me trouvai sur le point de me mettre à lire, mais à présent ma cigarette s'était éteinte. Contrairement aux marques allemandes, les cigarettes françaises réclament une attention constante. Où étaient passées les allumettes? Les avais à l'instant! Je me levai pour la troisième fois, avec, maintenant, les mains légèrement tremblantes; découvris les allumettes derrière l'encrier... mais en rentrant dans mon lit, écrasai sous ma hanche une autre boîte cachée dans les draps, ce qui signifiait que, de nouveau, j'aurais pu m'épargner l'ennui de me lever. Je me mis en colère; ramassai par terre les pages éparses de mon manuscrit, et le délicieux avant-goût qui venait de me pénétrer se changea alors en quelque chose qui

ressemblait à de la douleur... en une horrible appréhension, comme si un démon malfaisant se promettait
de me dévoiler des maladresses accumulées, et rien
que des maladresses. Ayant pourtant rallumé ma
cigarette et soumis à force de coups cet oreiller
acariâtre, je pus commencer ma lecture. Ce qui me
confondit, ce fut l'absence de titre sur la première
page : car, assurément, j'avais un jour inventé un
titre, quelque chose qui commençait par « Mémoires
d'un... » d'un quoi ? Je ne pouvais m'en souvenir ; et,
en tout cas, « Mémoires » semblait terriblement lourd
et banal. Alors, comment intitulerais-je mon livre ?
« Le Double » ? Mais la littérature russe en possédait
déjà un. « Crime et plaisanterie ». Pas mal mais un
peu dur. « Le Miroir » ?... « Portrait de l'artiste dans
un miroir » ? Trop sec, trop à la mode... Que penser
de « La Ressemblance » ?... « La Ressemblance
Méconnue » ?... « Justification d'une Ressemblance » ?
Non... un peu aride, avec une touche de philosophie... Peut-être : « Une Réponse aux Critiques » ? ou
« Le Poète et la Canaille » ? Il y a là quelque chose...
faut y réfléchir... mais d'abord, lisons le livre, dis-je
tout haut, le titre viendra ensuite.

Je commençai à lire... et j'en arrivai très vite à me
demander si je lisais des lignes écrites ou si j'avais des
visions. Bien plus : ma mémoire transfigurée inhalait,
pour ainsi dire, une double dose d'oxygène ; ma
chambre était encore plus claire, parce que les vitres
avaient été lavées ; mon passé encore plus graphique,
parce que doublement irradié par l'art. De nouveau, je
gravissais cette colline, près de Prague... j'entendais
l'alouette dans le ciel, je voyais le dôme rouge et rond
de l'usine à gaz ; de nouveau, en proie à une prodigieuse émotion, je me penchais sur le vagabond

endormi, et de nouveau il étirait ses membres et bâillait, et de nouveau, pendant la tête en bas à sa boutonnière, une molle petite violette se balançait. Je continuais à lire, et l'un après l'autre, ils firent leur entrée : mon épouse aux joues vermeilles, Ardalion, Orlovius ; et tous ils étaient vivants, mais, en un certain sens, je tenais leur vie dans mes mains. De nouveau, je regardais le poteau jaune, et je marchais à travers le bois tandis que mon esprit combinait déjà ; de nouveau, par un jour d'automne, ma femme et moi, debout, regardions une feuille qui tombait à la rencontre de son reflet, et me voilà, moi-même, tombant mollement dans une ville saxonne pleine d'étranges réminiscences, et voilà mon double, se levant mollement au-devant de moi. Et de nouveau je traçais mon sortilège autour de lui, et je l'avais dans mes rets, mais il s'échappait, et je feignais de renoncer à mon plan, et avec une puissance inattendue le récit s'enflammait de nouveau, exigeant de son créateur une suite et un dénouement. Et de nouveau, un après-midi de mars, je roulais rêveusement le long de la grande route, et là, dans le fossé, près du poteau, il m'attendait déjà.

— Monte vite, il faut que nous partions.

— Où allons-nous ? demandait-il.

— Dans ce bois.

— Là ? questionnait-il en pointant...

Son bâton, lecteur, son bâton. B-A-T-O-N, gentil lecteur. Un bâton grossièrement taillé, sur lequel était pyrogravé le nom de son propriétaire : Félix Wohl-fahrt, de Zwickau. C'est son bâton qu'il pointa, courtois et gentil lecteur, son bâton ! Vous savez ce que c'est qu'un bâton, n'est-ce pas ? Eh bien, c'est cela qu'il pointa — un bâton — et il monta dans la voiture,

et il y laissa le bâton quand il en descendit, naturellement... puisque la voiture lui appartenait temporaire-
ment. En fait, je notai cette « tranquille satisfaction ».
La mémoire d'un artiste... quelle chose étrange ! Elle
dépasse toutes les autres, j'imagine. « Là ? »... questionna-t-il en pointant son bâton. De ma vie, je ne fus
jamais si étonné.

Assis dans mon lit je regardai fixement, yeux
écarquillés, la page, la ligne écrite par moi — pardon,
pas par moi, mais par ma singulière associée : la
mémoire — et je voyais fort bien, déjà, à quel point
c'était irréparable. Non pas le fait qu'ils avaient trouvé
le bâton et découvert, ainsi, le nom qui nous était
commun, et qui, maintenant, conduirait inévitable-
ment à ma capture... oh, non, ce n'est pas cela qui
m'irritait... mais la pensée que mon chef-d'œuvre tout
entier, que j'avais imaginé et exécuté avec un soin si
minutieux, était transformé en un petit tas de moisis-
sure, à cause de la faute que j'avais commise. Écoutez,
écoutez ! Même si son cadavre avait été pris pour le
mien, ils auraient trouvé ce bâton et m'auraient
attrapé, pensant qu'ils le pinçaient, lui... voilà bien ce
qu'il y a de plus honteux ! Car tout mon édifice avait
été basé précisément sur l'impossibilité d'une erreur,
et il apparaissait maintenant qu'il y avait eu une
erreur... et de la nature la plus grossière, la plus
comique, la plus triviale. Écoutez, écoutez ! Je me
penchai sur les restes de ma merveille brisée, et une
voix maudite me hurla dans l'oreille qu'elle se trouvait
avoir raison, la canaille qui refusait de me reconnaître... Oui, j'en arrivai à douter de tout, à douter de
l'essentiel, et je compris que le petit peu de vie qui
s'étendait encore devant moi serait uniquement consacré à une lutte futile contre ce doute ; et je souris le

sourire du condamné, et avec un crayon émoussé qui criait de douleur j'écrivis rapidement et hardiment sur la première page de mon œuvre : « *Désespoir*[1] » ; inutile de chercher un meilleur titre.

La femme de chambre apporta mon café ; je le bus, sans toucher au toast. Puis je m'habillai à la hâte, je fis ma valise et la descendis moi-même. Par bonheur, le docteur ne me vit pas. En revanche, le gérant se montra surpris de mon départ soudain et me fit payer une note exorbitante ; mais cela ne m'importait plus du tout : je m'en allais seulement parce que c'est de rigueur dans des cas semblables. Je suivais une certaine tradition. Soit dit en passant, j'avais des raisons de présumer que la police française était déjà sur mes traces.

En gagnant la ville, je vis, de mon car, deux agents de police dans une voiture rapide qui était aussi blanche que le dos d'un meunier : ils passèrent en trombe, dans l'autre direction, et disparurent dans un tourbillon de poussière ; mais venaient-ils avec le dessein défini de m'arrêter, cela, je ne puis le dire... et d'ailleurs peut-être n'étaient-ce pas du tout des policiers — non, je ne puis le dire — ils passèrent bien trop vite. En arrivant à X, j'entrai au bureau de poste, tout simplement... et à présent je regrette d'y être entré, car je me serais parfaitement passé de la lettre que j'y trouvai. Le même jour, je choisis au hasard un paysage dans une flamboyante brochure, et tard dans la soirée j'arrivai là, à ce village de montagne. Quant à cette lettre... En y réfléchissant, je ferais mieux de la copier, c'est un bel échantillon de bassesse humaine.

1. Traduction littérale du titre russe et anglais de ce roman. C'est l'auteur qui avait choisi de l'appeler *La méprise* (N.d.T.).

Voyez-vous, je vous écris, mon bon monsieur, pour trois raisons : 1° parce qu'elle m'a demandé de le faire ; 2° j'ai la ferme intention de vous dire exactement ce que je pense de vous ; 3° je désire sincèrement vous suggérer de vous livrer aux représentants de la Loi, afin de dissiper cet ignoble gâchis et ce dégoûtant mystère qui, bien entendu, la font surtout souffrir, elle, innocente et terrorisée. Je vous en avertis : c'est avec un doute considérable que je regarde la sombre histoire dostoïevskienne que vous avez pris la peine de lui raconter. Pour employer un terme modéré, c'est un foutu mensonge, j'ose le dire ! Et aussi, un mensonge diablement lâche, si l'on songe à la façon dont vous avez joué de ses sentiments.

Elle m'a demandé d'écrire, parce qu'elle a pensé que vous ne saviez peut-être encore rien du tout ; elle a tout à fait perdu la tête, et elle répète constamment que vous vous fâcherez si l'on vous écrit. Je voudrais bien vous voir vous fâcher à présent : ça doit être bougrement drôle !

… Alors, voilà où en sont les choses ! Il ne suffit pas, cependant, de tuer un homme et de le vêtir de manière adéquate. Un seul détail complémentaire est indispensable, et c'est celui-ci : la ressemblance entre les deux ; mais dans le monde entier il n'y a pas, il ne peut pas y avoir deux hommes semblables, quelle que soit la façon dont on les déguise. Il est vrai que l'on n'en arriva jamais à discuter de telles subtilités, car la chose qui advint en tout premier lieu, c'est qu'une bonne âme l'avertit charitablement qu'on avait trouvé un homme mort ayant sur lui les papiers de son mari, mais que ce n'était pas son mari. Et voici maintenant le plus terrible : soigneusement dressée par un sale gredin, la pauvre petite ne cessa de soutenir avant même d'avoir vu le cadavre (avant même… vous saisissez ?) de soutenir contre toute vraisemblance que

c'était le corps de son mari, et non celui d'un autre. Je ne parviens pas à comprendre comment vous avez pu inspirer une telle terreur sacrée à une femme qui, en fait, n'était et n'est encore qu'une étrangère pour vous. Pour y réussir, il faut vraiment qu'on soit, en fait de monstre, quelque chose d'extraordinaire. Dieu sait quelles épreuves l'attendent encore ! Il ne faut pas que cela soit ! Votre devoir évident, c'est de la libérer de l'ombre de cette complicité. Allons donc, l'affaire elle-même est claire pour tout le monde ! Mon brave homme, ces petites blagues avec les polices d'assurance sur la vie sont vieilles comme les rues. Je dirais même que la vôtre est la plus plate et la plus rebattue de toutes.

Ensuite : ce que je pense de vous. Les premières nouvelles me parvinrent dans une ville où je me trouvais avoir échoué. Vous voyez, je n'atteignis jamais l'Italie, et j'en rends grâces au ciel. Eh bien, quand je lus ces nouvelles, savez-vous ce que je ressentis ? Pas la moindre surprise ! J'ai toujours su que vous étiez une canaille et un matamore, et, croyez-moi, je n'ai pas gardé pour moi, à l'enquête, tout ce que j'avais vu de mes propres yeux. J'ai donc décrit tout au long le traitement que vous lui infligiez... vos sarcasmes, vos railleries, votre hautain mépris et votre affreuse cruauté, et votre présence glaciale qui nous oppressait tous. Vous ressemblez merveilleusement à un horrible gros sanglier aux défenses pourries... dommage que vous n'en ayez pas mis un dans votre costume. Et il y a quelque chose dont je veux délivrer ma poitrine : peu importe ce que je suis — un ivrogne sans volonté, ou un garçon toujours prêt à vendre son honneur pour l'amour de son art — laissez-moi vous dire que j'ai honte d'avoir accepté les morceaux que vous m'avez jetés, et qu'avec joie je publierais ma honte, je la crierais dans

*les rues… si cela pouvait m'aider à me soulager de son
faix.*

*Écoutez, sanglier ! Cet état de choses ne peut pas durer.
Je veux que vous périssiez, non pas parce que vous êtes un
meurtrier, mais parce que de tous les vils scélérats vous êtes
le plus vil, usant, pour vos viles fins, de l'innocence d'une
crédule jeune femme qu'un séjour de dix ans dans votre
enfer particulier a déchirée et affolée. Si, néanmoins, il y a
encore une lueur dans votre noirceur : constituez-vous
prisonnier !*

Je devrais laisser cette lettre sans commentaire. Le
lecteur loyal de mes précédents chapitres ne peut pas
avoir manqué de noter l'amabilité, la gentillesse de
mon attitude vis-à-vis d'Ardalion ; et voilà comment
cet homme m'en a su gré. Mais passons, passons…
Mieux vaut penser qu'il avait bu quand il écrivit cette
dégoûtante lettre… Autrement elle serait réellement
trop déformée, trop éloignée de la vérité, trop pleine
d'assertions diffamatoires, dont le même lecteur attentif verra aisément l'absurdité. Ma Lydia si gaie, si
vide, et pas très intelligente, l'appeler une « femme
affolée par la peur », ou… quelle était son autre
expression ?… « déchirée » ; faire allusion à je ne sais
quel désaccord entre elle et moi, désaccord qui en
arrivait presque aux gifles ; réellement, réellement,
c'est un peu fort… j'ai peine à trouver des mots pour
qualifier cela. Il n'existe pas de tels mots. Mon
correspondant les a déjà tous employés… mais, il est
vrai, à un autre propos. Et, précisément parce que,
peu de temps auparavant, j'avais complaisamment
supposé que j'avais dépassé les bornes suprêmes de
toute douleur possible, de l'injustice, de l'anxiété,
précisément à cause de cela, je me mis dans un état

épouvantable en lisant cette lettre, une telle crise de tremblements s'empara de mon corps que tout se mit à vaciller autour de moi : la table ; le gobelet, sur la table ; même la souricière, dans un coin de ma nouvelle chambre.

Mais soudain je me tapai sur le front en éclatant de rire. Comme tout cela était simple ! Comme la mystérieuse frénésie de cette lettre, me dis-je, est maintenant simplement résolue ! La frénésie du propriétaire ! Ardalion ne peut me pardonner d'avoir pris son nom pour chiffre et d'avoir choisi son bout de terrain pour scène du meurtre. Il se trompe ; depuis longtemps, ils ont tous fait faillite ; nul ne sait à qui ce terrain appartient réellement... et... Ah, en voilà assez sur cet imbécile d'Ardalion ! J'ai donné l'ultime touche à son portrait. D'un dernier trait de pinceau, je l'ai signé dans le coin. Il est mieux réussi que la croûte aux affreuses couleurs que ce bouffon fit de mon visage. Assez ! Une belle ressemblance, messieurs.

Mais tout de même... Comment ose-t-il ?... Au diable, au diable, qu'ils aillent tous au diable !

31 mars (nuit).

Hélas, mon récit dégénère en un journal. Pourtant, il n'y a rien à faire ; j'ai pris l'habitude d'écrire, au point que je suis maintenant incapable d'y renoncer. Un journal, je l'admets, est la forme la plus basse de la littérature. Les connaisseurs apprécieront ce « nuit » charmant, conscient de soi-même, faussement significatif (incitant le lecteur à imaginer l'écrivain de la variété sans sommeil, si pâle, si attirant). Mais c'est un fait, en ce moment, il fait nuit.

Le hameau où je languis est couché dans le berceau

d'un vallon, entre des montagnes hautes et proches. J'ai loué une grande chambre semblable à une grange, dans la maison d'une vieille femme basanée qui tient une épicerie en bas. Le village se résume en une seule rue. Je pourrais m'étendre sur les charmes de l'endroit, décrire, par exemple, les nuages qui s'insinuent et rampent à travers la maison, utilisant une rangée de fenêtres, puis sortent en rampant, utilisant la rangée opposée... mais c'est un morne travail que de décrire ce genre de choses. Ce qui m'amuse, c'est que je suis ici l'unique touriste ; un étranger, par-dessus le marché, et comme les gens ont eu vent (oh, oui, je crois que je l'ai dit moi-même à ma propriétaire) de ce que je viens d'aussi loin que l'Allemagne, je provoque une extraordinaire curiosité. On n'a pas connu pareille excitation depuis qu'une compagnie de cinéma est venue ici prendre des photos de leur starlette dans les « Contrebandiers ». Sûrement, je devrais me cacher, au lieu de quoi je gagne le lieu le plus visible ; car il serait difficile de mieux choisir, si tel avait été mon objet. Mais je suis mort de fatigue ; plus vite tout cela finira, mieux cela vaudra.

Aujourd'hui, fort à propos, j'ai fait la connaissance du gendarme local... un type parfaitement grotesque ! Imaginez un individu grassouillet, cagneux, au visage rose, avec une prétentieuse petite moustache. J'étais assis sur un banc, au bout de la rue, et tout autour de moi les villageois s'affairaient ; ou plus exactement, ils faisaient semblant de s'affairer ; en réalité, ils ne cessaient de m'observer avec une curiosité féroce, et cela quelle que fût leur posture : toute ligne de vision leur était bonne... par-dessus l'épaule, par-dessous l'aisselle ou le genou ; je voyais parfaitement leur manège. Le gendarme vint vers moi avec assez de timidité ; fit allusion au temps pluvieux ; passa à la politique. Il me rappela d'une certaine façon le défunt et regretté Félix : ce ton judicieux, cet esprit naturel de l'homme qui s'est fait lui-même. Je lui demandai à quelle époque avait eu lieu la dernière arrestation dans le pays. Il réfléchit un peu et répondit qu'il y avait six ans de cela, quand on avait pris un Espagnol qui s'était enfui dans la montagne après avoir joué du couteau. Bientôt, il lui parut nécessaire de me raconter qu'il y avait dans la montagne des ours amenés là par la commune, afin de se débarrasser des loups indigènes, ce que je trouvai fort comique. Mais il ne riait pas, lui ; debout, la main droite tortillant tristement la pointe gauche de sa moustache, il se mit à discuter l'éducation moderne :

— Tenez, moi, par exemple, dit-il. Je sais la géographie, l'arithmétique, la science de la guerre ; j'ai une belle écriture...

— Et jouez-vous du violon, par hasard ? questionnai-je.

Lugubrement, il secoua la tête.

A présent, je frissonne dans ma chambre glaciale ; je maudis les chiens qui aboient ; à chaque minute, je m'attends à entendre s'abattre la petite guillotine de la souricière, dans le coin, décapitant une souris anonyme ; je bois machinalement, à petites gorgées, l'infusion de verveine que ma logeuse croit devoir m'apporter, trouvant que j'ai l'air patraque et craignant probablement que je meure avant le procès ; à présent, dis-je, je suis assis là et j'écris sur ce papier rayé — pas moyen d'en trouver d'autre dans le village — puis je médite, puis je regarde à nouveau de côté, vers la souricière. Dieu merci, il n'y a pas de miroir dans la chambre, pas plus que n'existe le Dieu que je remercie. Tout est obscur, tout est effrayant, et je ne vois nulle raison spéciale de m'attarder dans ce monde obscur, inventé en vain. Non pas que j'aie l'intention de me tuer : ce serait inéconomique... puisque l'on trouve, dans presque tous les pays, une personne payée par l'État pour vous aider à mourir. Et puis, le murmure creux de l'éternité vide. Mais le plus remarquable, peut-être, c'est qu'il existe une chance pour que cela ne finisse pas encore, c'est-à-dire pour qu'ils ne m'exécutent pas, pour qu'ils me condamnent aux travaux forcés ; dans quel cas il peut advenir que d'ici cinq ans environ, grâce à quelque opportune amnistie, je retourne à Berlin et recommence à fabriquer du chocolat. Je ne sais pourquoi... mais cela semble excessivement drôle.

Supposons que je tue un singe. Nul ne me touche. Supposons que ce soit un singe particulièrement intelligent. Nul ne me touche. Supposons que ce soit un nouveau singe... une race glabre et parlante. Nul ne me touche. En montant avec circonspection ces subtils degrés, je puis grimper jusqu'à Leibniz ou Shakespeare et les tuer, et nul ne me touchera, parce que tout aura été fait si graduellement qu'il sera impossible de dire à quel instant fut passée la limite au-delà de laquelle le sophiste s'attire des ennuis.

Les chiens aboient. J'ai froid. Cette souffrance mortelle, inextricable... Pointa son bâton. Bâton. Quels mots peut-on former avec les lettres de « bâton » ? Ban, bât, boa, bon, bot, an, nota, ton, taon, on... J'ai abominablement froid. Les chiens qui aboient : il y en a un qui commence, puis tous les autres se joignent à lui. Il pleut. Ici, la lumière électrique est blafarde, jaunâtre. Qu'ai-je donc fait ?

Le danger que mon récit s'affadisse en un mauvais journal est heureusement écarté. A l'instant, mon burlesque gendarme est venu : très sérieux, portant son sabre ; sans me regarder dans les yeux, il a poliment demandé à voir mes papiers. J'ai répondu que c'était très bien, que je passerais un de ces jours pour les formalités de police, mais que, pour le moment, je ne tenais pas à sortir de mon lit. Il insista, fut très courtois, s'excusa... il était obligé d'insister. Je sortis du lit et lui donnai mon passeport. En s'en allant, il se retourna sur le pas de la porte et (toujours de la même voix polie), me demanda de ne pas quitter la maison. Quelle idée !

J'ai rampé jusqu'à la fenêtre et, avec précaution, j'ai écarté le rideau. La rue est pleine de gens qui restent là et regardent, bouche bée ; une centaine de têtes, je pense, qui regardent ma fenêtre. Une voiture sale, avec un gendarme à l'intérieur est déguisée par l'ombre d'un platane sous laquelle elle attend, discrète. A travers cette foule, mon gendarme se fraye un passage. Mieux vaut ne pas regarder.

Peut-être que tout cela n'est qu'une fausse existence, un mauvais rêve, et que tout à l'heure je me réveillerai quelque part ; sur l'herbe, près de Prague. Une bonne chose, tout au moins, qu'ils m'aient eu si vite.

J'ai encore jeté un coup d'œil. Ils sont là, qui regardent. Il y en a des centaines — des hommes en bleu, des femmes en noir, des garçons bouchers, des fleuristes, des employés, des commerçants... Mais le silence est absolu ; il n'y a que leur respiration. Si j'ouvrais la fenêtre pour faire un petit discours...

« Français ! Ceci est une répétition. Retenez ces policiers. Un célèbre acteur va sortir dans un instant de cette maison. C'est un monstrueux criminel mais il doit pouvoir s'échapper. On vous demande de les empêcher de lui mettre la main au collet. Cela fait partie de l'intrigue. Foule de France ! J'exige que vous lui fassiez un passage depuis la porte jusqu'à la voiture. Faites partir son chauffeur ! Démarrez le moteur ! Retenez ces policiers, cassez-leur la figure, asseyez-vous sur eux — nous les payons pour tout cela. C'est une compagnie allemande, aussi on voudra bien pardonner ma vulgarité française. *Les preneurs de vues* [1], mes techniciens et mes conseillers armés sont déjà parmi vous. *Attention* [1] ! Je veux partir en beauté. C'est tout. Merci. Voilà, maintenant je peux sortir. »

1. En français dans le texte (N.d.T.).

DU MÊME AUTEUR

CHAMBRE OBSCURE (*Laughter in the Dark*), roman, Grasset, 1934, 1959.

LA COURSE DU FOU (*The Defense*), roman, Fayard, 1934, repris sous le titre LA DÉFENSE LOUJINE, nouvelle traduction, Gallimard, 1964 et traduction revue en 1991.

L'AGUET (*The Eye*), roman, Fayard, 1935, repris sous le titre LE GUETTEUR, nouvelle traduction, Gallimard, 1968.

LA MÉPRISE (*Despair*), roman, Gallimard, 1939, 1959.

LA VRAIE VIE DE SEBASTIAN KNIGHT (*The Real Life of Sebastian Knight*), roman, Albin Michel, 1951, Gallimard, 1962.

NICOLAS GOGOL (*Nikolaï Gogol*), essai, La Table Ronde, 1953, nouvelle traduction, Rivages, 1988.

LOLITA (*Lolita*), roman, Gallimard, 1959.

INVITATION AU SUPPLICE (*Invitation to a Beheading*), roman, Gallimard, 1960.

AUTRES RIVAGES (*Speak, Memory*), souvenirs, Gallimard, 1961, édition revue et augmentée, 1989.

PNINE (*Pnin*), roman, Gallimard, 1962.

FEU PÂLE (*Pale Fire*), roman, Gallimard, 1965.

LE DON (*The Gift*), roman, Gallimard, 1967.

ROI, DAME, VALET (*King, Queen, Knave*), roman, Gallimard, 1971.

ADA OU L'ARDEUR (*Ada or Ardor : a Family Chronicle*), roman, Fayard, 1975.

L'EXTERMINATION DES TYRANS (*Tyrants Destroyed and Other Stories*), nouvelles, Julliard, 1977.

REGARDE, REGARDE LES ARLEQUINS ! (*Look at the Harlequins !*), roman, Fayard, 1978.

BRISURE À SENESTRE (*Bend Sinister*), roman, Julliard, 1978.

LA TRANSPARENCE DES CHOSES (*Transparent Things*), roman, Fayard, 1979.

UNE BEAUTÉ RUSSE *(A Russian Beauty)*, *nouvelles*, Julliard, 1980.

L'EXPLOIT *(Glory)*, *roman*, Julliard, 1981.

MACHENKA *(Mary)*, *roman*, Fayard, 1981.

MADEMOISELLE O *(Nabokov's Dozen)*, *nouvelles*, Julliard, 1983.

LITTÉRATURES I *(Lectures on Literature)*, *essais*, Fayard, 1983.

LITTÉRATURES II *(Lectures on Russian Literature)*, *essais*, Fayard, 1985.

DÉTAILS D'UN COUCHER DE SOLEIL *(Details of a Sunset)*, *nouvelles*, Julliard, 1985.

INTRANSIGEANCES *(Strong Opinions)*, *interviews*, Julliard, 1985.

LITTÉRATURES III *(Lectures on Don Quixote)*, *essais*, Fayard, 1986.

L'ENCHANTEUR *(The Enchanter)*, *roman*, Rivages, 1986.

L'HOMME DE L'U.R.S.S. ET AUTRES PIÈCES *(The Man From the U.S.S.R.)*, *théâtre*, Fayard, 1987.

CORRESPONDANCE NABOKOV-WILSON, 1940-1971 *(The Nabokov-Wilson Letters, 1940-1971)*, Rivages, 1988.

LA VÉNITIENNE ET AUTRES NOUVELLES, Gallimard, 1991.

*Impression Bussière Camedan Imprimeries
à Saint-Amand (Cher),
le 20 juillet 2001.
Dépôt légal : juillet 2001.
1er dépôt légal dans la collection : septembre 1991.
Numéro d'imprimeur : 013259/1.*

ISBN 2-07-038402-0./Imprimé en France.